著者は長らくお付き合いくださりこの四年間は研究員として
け入れてくださっているサンタ・フェ研究所に感謝する。
たアマンダ・アーバンにもお礼を申しあげたい。

ノー・カントリー・フォー・オールド・メン

登場人物

エド・トム・ベル……………………保安官
アントン・シガー……………………殺人者
ルウェリン・モス……………………退役軍人。ヴェトナム帰還兵
カーラ・ジーン………………………モスの妻
ロレッタ………………………………ベルの妻
ウェンデル
トーバート　}………………………ベルの部下
モリー…………………………………ベルの秘書
ラマー…………………………………他の郡の保安官
カーソン・ウェルズ…………………フリーランスの仕事人

1

少年を一人ハンツヴィルのガス室に送りこんだことがある。そんなことは後にも先にもその一人だけだ。おれが逮捕して法廷で証言もした。刑務所へも二、三度面会に行ったよ。たしか三度だ。三度目は処刑の日だった。行く義務はなかったが行ったんだ。行きたくはなかったがね。それは十四歳の女の子を殺した少年で今もはっきり言えるが面会なんか行きたくなかったし処刑なんぞも見たくなかったんだがそれでも出かけていったんだ。新聞は激情犯罪（クライム・オブ・パッション）と書いたが当人は感情（パッション）なんて何もなかったとおれに話したよ。女の子はまだ十四歳だったがとにかくその少年は付き合ってたんだ。少年のほうは十九だった。少年が言うにはずっと前から誰か人を殺そうと思ってたそうだ。娑婆（しゃば）に出されたらまたやるだろうと言った。自分が地獄行きになるのはわかってるとも言ったな。自分の口からそう話したんだ。これをどう考えていいのやらおれにはわからん。本当にわからん。そんな人間には出会ったことがなかったからひょっとしたらこれは新種の人間かと思ったもんだ。見ていると少年は椅子に縛りつけられて部屋のドアが閉められた。ちょっとそわそわしているようにも見えたがそれだけだった。十五分後には自分が地獄へ行ってることはちゃんとわかってたと思う。ほんとにそう思うよ。それについてはその後ずいぶん考えたもんだ。あの少年は話をしにくい子じゃなかった。ちゃんと保安官とおれを呼んでね。しかしおれはあの子に何を話していいかわからなかった。魂なんか持ってないと自分で言っている人間に何が言える？　なぜ何か言おうという気になれる？　それについてはさんざん考えたもんだ。しかしあの少年もその後に現われたやつに比べたらどうってことはなかった。

眼は魂の窓だとよく言うだろう。すると魂のない人間の眼はなんの窓なのかおれは知らないしどちらかというと知りたくない気がする。しかしこの世には普通とは違う世界の眺め方がありそんな眺め方をする普通とは違う眼があってこの話はそういうところへ行く。おかげでおれは考えてみたこともなかった場所へ連れていかれた。この世界のどこかには本物の生きた破壊の預言者がいるんだがおれはあいつと対決したいとは思わない。あの男が本当にいることは知っている。あの男のやったことはこの眼で見た。やつの眼の前を歩いたことも一度だけある。そんなことは二度とする気はないよ。チップをテーブルの上で前に押し出してあの男と勝負するのはごめんだ。それはおれがもう年だというだけのことじゃない。そうならどんなにいいかと思う。どこまでやる覚悟があるかという問題でもないだろう。この仕事をする以上は死ぬ覚悟がなきゃだめだくらいわかってる。それは本当のことだ。偉そうなことを言ってるんじゃなくて実際そうなんだ。その覚悟がないと犯罪者にはわかる。一瞬のうちに見抜かれちまう。だから問題は自分がどんなものになる覚悟があるかだろう。人は自分の魂を危険にさらすことになるんだと思う。おれはそれをやるつもりはない。今こうして考えてみても絶対にやらないだろうと思う。

保安官補は後ろ手錠をかけられたシガーを事務所の隅に立たせておき自分は回転椅子に坐って帽子を脱ぎ両足を机の上にあげて無線電話でラマーに連絡を入れた。

今事務所に戻ったとこです。保安官こいつ妙なもの持ってんですよ肺気腫の人が使うみたいな酸素ボンベですがね。シャツの袖の中にホースを通してその先っぽに家畜用のスタンガンみたいなのをつけてましてね。ええ。とにかくそんな感じの道具です。ご覧になるとわかりますよ。はい。わかりました。はい。

椅子から立ちあがり腰のベルトから鍵束をはずして机の引き出しを開け留置場の鍵を出そうとした。保安官補が軽く背をかがめているあいだにシガーはゆっくりとしゃがみ手錠をかけられた両手を膝の後ろへおろしていく。それと一続きの動作で床に尻をつけて坐り身体を後ろへ傾け両手を尻の下へ通し腕の輪から両足を抜いてすっくと立ちあがった。まるで何度も練習した動作のように見えたが実際そうだった。シガーは手錠の鎖を保安官補の首にかけ跳びあがって両膝をうなじに打ち当てると同時に鎖を強く引いた。

二人は床に倒れた。保安官補は喉を締めつける鎖の下へ両手の指をこじ入れようとしたが無駄だった。シガーは床に横向きに寝て両腕のあいだに自分の膝を入れ顔をそむけて手錠の鎖を引っ張った。保安官補は激しく身悶え転がったまま床の上を歩くように足をばたつかせて身体を回転させ塵入れを蹴り椅子を部屋の向こうまで蹴飛ばした。その足が当ってドアが閉まり小さな敷物が二人のあいだで押し曲げられた。保安官補は喉を鳴らし口から血を吐いた。自分の血で窒息しかけていた。シガーはさらに力をこめた。ニッケルめっきをした手錠が手首の骨に食いこんだ。保安官補の右の頸動脈が裂けて血飛沫(しぶき)がひとすじ飛び壁に当たって伝い落ちた。足の動きが鈍くなりやがてとまった。保安官補は身体をひくつかせた。それからまったく動かなくなった。シガーは静かな息遣いでじっと横たわり保安官補をじっと押さえていた。それから立ちあがり保安官補の腰から鍵束をとって手錠をはずすと保安官補のリヴォルヴァーをズボンの縁に差しバスルームに入った。

シガーは冷たい水で手首を冷やして血がとまるとタオルを歯で引き裂いてそれぞれの手首に巻きつけてからバスルームを出た。椅子に坐り机の上のセロハンテープをぴりぴり引き出して手首のタオルに巻きつけながら口を開けて死んでいる保安官補をじっと見つめた。テープを巻きつけ終えると保安官補のポケットから財布をとって金を出しそれを自分のシャツの胸ポケットに入れ財布を床に放り出した。それからスタンガンのついたエアタンクを拾いあげて事務所を出ると保安官補の車に乗りこみエンジンをかけバックで道路に出て走りだした。

州間高速道路で運転手が一人で乗っている年式の新しいフォードのセダンに眼をつけると回転灯をつけサイレンを短く鳴らした。フォードは路肩に寄って停止した。シガーはその後ろに車を停めてエンジンを切りエアタンクの革帯を肩にかけて車を降りた。運転手は近づいてくるシガーをルームミラーでじっと見ていた。

なんですかおまわりさん？　と運転手は訊いた。

ちょっと車から降りてもらえるかな。

男はドアを開けて降りてきた。なんです？

車から離れてくれ。

男は車から離れた。シガーには自分の血で汚れた服を見て男が眼に疑いを浮かべたのがわかったが今頃疑ったのでは遅すぎた。シガーは祈禱（きとう）治療師のように男の額に手をあてた。圧縮空気が鋭い音を立てスタンガンがドアを閉めるような音を立てた。男は声も立てずに地面にくずおれたがその額には丸い穴があき血が泡立ちながら噴き出して眼に流れこみそれとともに男の可視の世界がゆっくりと解体されていった。シガーはハンカチで手を拭いた。車を血で汚してもらいたくなかったんだ、と彼は言った。

モスは土地が小高く隆起した場所で火山岩の砂利にブーツの踵を食いこませてしゃがみ十二倍のドイツ製双眼鏡で下方の荒れ野を眺めた。帽子はあみだにかぶっていた。肘はそれぞれ膝の上に載せていた。革のストラップで肩にかけたライフルはモーゼル98に二七〇口径の重銃身をとりつけたもので銃床は楓材と胡桃材の薄板で仕上げてある。その銃に双眼鏡と同じ倍率のユナートルのスコープを装着していた。羚羊の群れは一マイル弱のところにいた。太陽は小一時間前にのぼったばかりで隆起した土地とユッカの木々と岩の影が眼下の氾濫原の遠いところまで伸びていた。その遠い影の端のどこかにモスの影もあった。モスは双眼鏡をおろして周囲の土地を見渡した。南の彼方にはメキシコの赤肌の山並み。川岸の崖。西は陽に炙られた代赭色の国境地帯。モスは空唾を吐き綿のワークシャツの肩で口を拭いた。

このライフルは半分の分角度で着弾がまとまる。千ヤードなら五インチのグルーピングだ。射撃の位置に決めた場所は横に長く伸びている溶岩のガレ場の裾でそこなら標的から千ヤード以内だ。ただしそこへたどり着くまで小一時間かかりそのあいだに草を食べている羚羊の群れが遠ざかるだろう。一つだけありがたいのは風がないことだった。

ガレ場の裾にたどり着いたモスはゆっくりと上体を起こして標的を探した。羚羊の群れはそう遠くへ移動していなかったがそれでも距離はたっぷり七百ヤードあった。双眼鏡で群れの様子をうかがった。圧縮された空気の中で塵と熱が像をゆがめていた。砂埃と花粉の微光する靄（もや）が低くわだかまっている。その靄よりほかに目隠しはなく一発撃てば二発目を撃つ機会はなかった。

ガレ場に伏せ革ブーツを片方脱いで岩の上に置きその上へライフルの先台を載せ親指で安全装置をはずしてスコープを覗いた。

羚羊はいっせいに頭を持ちあげてこちらを見た。

くそ、とモスは囁いた。陽は背後から射しているのでスコープのレンズが光を反射したはずはなかった。なぜかこちらの姿が眼に入ったのだ。

キャンジャー社のカスタムメイドの引き金をつけてその張力を九オンスに設定したライフルをブーツごと慎重に引き寄せて狙いをつけ直し身体を一番広く見せている羚羊の背中のほんのわずか上に十字線の中心を持ってきた。百ヤード離れるごとに弾丸が重力でどれだけ落ちるかは正確に知っている。定かでないのは距離だった。曲線を描いている引き金に指をあてがった。金鎖でぶらさげた猪の牙が肘の内側の岩の上に載っている。

　重銃身にマズル・ブレーキを装着していてもライフルはブーツから跳ねあがった。ふたたびスコープを覗くと羚羊の群れはもとのまま立っていた。火薬量百五十グレインの弾丸がこの距離を飛ぶのに一秒近くかかり音が届くにはその倍の時間がかかる。群れは弾丸が命中した箇所にあがった土埃を見た。それからびくっと動いた。そしてたちまち全速力で粘土質の平地を走りだしそのあとを長く尾を引く銃声が追いかけて岩にはね返り早朝の寂しい開けた荒れ野に響き渡った。

　モスは立ちあがって群れが走り去るのを見た。双眼鏡を眼にあてた。一頭の羚羊が遅れ片足を引いているのを見ておそらく弾丸が岩ではね返り左の後足に当たったのだろうとモスは思った。うつむいて唾を吐いた。くそ、と言った。

　群れは南の細く突き出た岩山の向こう側に消えた。淡いオレンジ色の埃が風のない朝の光の中で薄れやがて完全に消えた。荒れ野は静まり返り陽光のもとでがらんと空虚になった。まるで何も起こらなかったかのように。モスは地面に腰をおろしてブーツを履きライフルをとりあげ空薬莢(からやっきょう)を弾き出すとそれをシャツの胸ポケットに入れボルトを閉じた。それからライフルを肩にかけて歩きだした。

粘土質の平地を横切るのに四十分ほどかかった。そこから火山岩の長い斜面をのぼり丘の尾根を南東に進んで羚羊の群れが逃げていった土地を俯瞰(ふかん)できる場所へ来た。双眼鏡でゆっくりと土地を見渡した。尻尾のない黒い大きな犬が一匹歩いていく。モスはその犬を見つめた。頭が大きく両耳がちぎれ足をぎくしゃく引いていた。犬は立ちどまった。後ろを振り返った。それからまた歩きだした。モスは双眼鏡をおろして遠ざかっていく犬を見送った。

片手の親指を肩にかけたライフルのストラップに引っかけ帽子をあみだに押しあげてさらに尾根を進んだ。シャツの背中はすでに汗で濡れていた。周囲の岩にはおそらく千年ほど前の絵文字が刻まれていた。それを描いた人々もモスのように狩人だった。その人々の痕跡はほかには残っていなかった。

尾根の端は岩と砂利が崩れた斜面になっておりそこに小道がついていた。キャンデリラとキャッツクローの繁みが点々としていた。モスは岩のあいだにしゃがみ膝に肘を載せて双眼鏡で周囲の土地を観察した。氾濫原の一マイルほど先に三台の車が見えた。

双眼鏡をおろして風景全体を眺めやった。それからまた双眼鏡を眼にあてた。地面に男が何人か倒れているようだった。モスはブーツの踵を砂利に突き立て双眼鏡の焦点を合わせ直した。車は大きな全地形型タイヤを履いたフォードのブロンコか何かの四輪駆動トラックで屋根にはウィンチとルーフライトが付いていた。男たちはみな死んでいるように見えた。モスは双眼鏡をおろした。それから眼にあてた。それからまたおろしてじっとしゃがんでいた。何も動かなかった。モスはしばらくのあいだそうしていた。

トラックに近づいたときライフルは肩からはずし腰で構えて安全装置を解除していた。やがて足をとめた。周囲を眺めまわしてからトラックの様子をうかがった。どの車も銃の乱射を受けていた。等間隔に並んだ線になり鉄の車体を横切っている弾痕は明らかにフルオートマチック銃の仕業だった。ガラスはほとんどが割れタイヤはパンクしていた。モスはじっと立っていた。耳をすました。

一番近い車の運転席では男が一人ハンドルの上に突っ伏していた。その車の向こうの黄色く枯れた草の上にも死体が二つ転がっていた。地面に流れた血が黒く乾いていた。少し歩いて立ちどまり聞き耳を立てた。何も聞こえない。蝿（はえ）の羽音だけだ。トラックの後部の向こうへまわりこんだ。少し前に氾濫原を横切っていたのと似た大きな犬が死んでいた。モスは銃で撃たれていた。その向こうにもう一つうつぶせの死体があった。モスはトラックの運転席を見た。男は頭を撃ち抜かれていた。あたりに血が飛び散っている。二台目のトラックに近づいたがこちらは無人だった。うつぶせの死体のそばへ行った。草の上にショットガンが一挺落ちていた。銃身が短くピストル・グリップだけのタイプで装弾数十二発のドラム・マガジンが装着されていた。モスは男のブーツを爪先でつついてから周囲をとり巻く低い丘を眺めた。

三台目の車はフォードのブロンコで車高をあげ濃いスモークガラスをはめていた。運転席側のドアを開けてみた。座席に坐っている男がこちらを見ていた。

モスは後ろによろめきさがってライフルを構えた。男の顔は血まみれだった。乾いた唇を動かした。水(アグワ)をくれ、あんた(クワーテ)、と男は言った。水(アグワ)だ、頼む(ポル・ディオス)。

男の膝に黒いナイロン製ストラップのついた銃身の短いヘッケラー&コッホのサブマシンガンが載っているのを見てモスはつかみとり後ろにさがった。水(アグワ)を、頼む(ポル・ディオス)と男は言った。

水は持ってない。

水(アグワ)を。

モスはドアを開けたままにしてサブマシンガンのストラップを肩にかけ車から離れた。男が眼で追ってきた。モスは車の前部をまわりこんで助手席側のドアを開けた。レバーを引いて座席を前に倒した。後ろの荷台部分は銀色の防水シートで覆われていた。それをはぐってみた。煉瓦大のビニールの包みが積み重ねてあった。運転席の男をちらちら見ながら包みの一つにナイフで切れ目を入れた。茶色い粉がこぼれ出た。人差し指を舐めてそこに粉をつけ匂いを嗅いだ。指をジーンズで拭いてまた包みに防水シートをかぶせて後ろにさがり周囲の土地を見まわした。異状はなかった。トラックから離れて低い丘を双眼鏡で眺めた。溶岩が凝固した丘の尾根。南の平坦な土地。ハンカチを出して車のそばに戻り手を触れたところを全部拭いた。ドアのハンドルに座席のレバーに防水シートにビニールの包み。反対側にまわってそちらも全部を拭いた。ほかに何を触っただろうかと考える。一台目の車に戻りハンカチを使ってドアを開けて中を見た。グローブボックスを開けてまた閉めた。運転席の死んだ男を観察した。ドアは開けたままにして運転席側にまわった。運転席側のドアも弾痕だらけだった。フロントガラスも同じだ。小口径の銃らしい。六ミリ弾か。四号のバックショットかもしれない。弾痕のパターンはショットガンらしく見える。ドアを開けてウィンドーをおろすボタンを押したがイグニッションがオフになっていた。ドアを閉めて低い丘に観察眼を走らせた。

それからしゃがんで肩からライフルをおろして草の上に置きサブマシンガンのコッキング・ハンドルを掌の肉の厚い部分で手前に引いた。薬室に一発入っていたがマガジンには二発しか残っていなかった。モスは銃口の匂いを嗅いだ。薬室の弾薬を排莢してからライフルを肩にかけサブマシンガンを反対側の肩にかけてブロンコのところまで戻りマガジンを男に見せた。替え（オトラ）はないか、とモスは訊いた。替え（オトラ）だ。

男はうなずいた。ポケットの中だ（エン・ミ・ボルサ）。

英語はしゃべれないのか？

男は答えなかった。顎で示そうとした。男が着ている上着のキャンヴァス地のポケットから二本のマガジンが突き出ていた。モスは手を伸ばしてその二本をとって後ろにさがった。血と糞便の匂いがした。弾薬がフルに詰まったマガジンの一つをサブマシンガンに装塡してあとの二本をポケットに入れた。水をくれ（アグワ）、あんた（クワーテ）、と男は言った。

モスは周囲の土地を見た。言っただろう、と答えた。水は持ってないんだ。

ドアを（ラ・プエルタ）、と男は言った。

モスは相手を見た。

ドアを閉めてくれ（ラ・プエルタ）。狼がいる（アイ・ロボス）。

狼なんていやしない。

いや、いる（シ、シ）。狼が（ロボス）。ピューマも（レオーネス）。

モスは肘でドアを閉めた。

最初のトラックに戻って助手席側の開いたドアを見た。そのドアには弾痕はなかったが座席は血で汚れていた。差されたままのキーをひねりエンジンをかけて窓の開閉ボタンを押した。ガラスが引っかかりながら溝からゆっくりとあがってきた。穴が二つあいており内側に血飛沫がついて乾いていた。モスはしばらくそのことをじっと考えた。地面を見た。粘土質の土に血の染みがあった。草にも血がついていた。このトラックが進んできたのであろう道を眼でたどりカルデラの南のほうを眺めやった。誰か最後まで生き残った人間がいるに違いない。それはブロンコの運転席で水を乞う男ではないはずだ。

大きく輪を描きながら氾濫原を歩いて短い草の上にトラックのタイヤの痕が陽射しの加減で見分けられないか見てみた。手がかりを探して南へ百フィートほど進んだ。人の足跡が見つかりそれをたどると草が血に汚れていた。その先にはさらに大量の血。

遠くへは行けそうにないな、とモスは言った。行けると思ったかもしれないが無理だろうよ。

足跡から離れ安全装置をはずしたサブマシンガンを小脇に抱えて付近で一番高い場所へあがった。南のほうを双眼鏡で覗いた。何もない。シャツの胸に垂らした猪の牙を手でいじった。今あんたはどこか物陰に隠れて自分が来た道を見てるんだろうな、とモスは一人ごちた。たまたま出くわすんじゃないかぎりあんたがおれを見つける前におれがあんたを見つけるチャンスはほとんどないな。

モスはしゃがんで膝に肘をつき谷間の岩場を双眼鏡でざっと流して見た。それからあぐらをかき周囲の土地をさらにゆっくりと眺めたあとで双眼鏡をおろしじっと坐っていた。

こんなところで撃たれるなよ、とモスは言った。それだけはよせ。

太陽を振りあおいだ。時刻はおおよそ午前十一時だった。これが起こったのはゆうべとはかぎらないな。おとといの夜かもしれない。三日前の夜かもしれない。

でもひょっとしたらゆうべかもしれない。

微風が吹いてきた。帽子をあみだに押しあげバンダナで額の汗を拭きそのバンダナをジーンズの尻ポケットに戻した。カルデラの東の縁にあたる低い岩の山並みを眺めた。

怪我をしたやつは高いところへのぼらない、とモスは言った。それはない。

カルデラの東の縁の上までのぼるのはかなり大変だったが正午前にはたどり着いた。北を眺めやると陽炎（かげろう）で揺れる風景の中を一台のトレーラーが横切っていくのが見えた。十マイルほど先か。十五マイルくらいか。ハイウェイ九〇号線だ。モスは腰をおろしてまた周囲を双眼鏡で眺め渡した。それから双眼鏡をとめた。

カルデラの崩れた斜面についている曲がりくねった小道の一番下に小さな青いものがあった。それを双眼鏡でしばらくのあいだ見ていた。動きはない。また周囲の土地を見る。それからふたたび青いものを見た。さらにじっと観察した。小一時間たってから腰をあげて斜面を降りはじめた。

死んだ男は岩にもたれて坐り両脚のあいだの草の上にニッケル仕上げのコルト・ガヴァ

メント四五口径を撃鉄を起こしたまま放り出していた。上体は斜めにかしいでいる。眼は両方とも開いていた。何か草の上にある小さなものをじっと見つめているような感じだった。地面に血が流れ背後の岩にも血がついていた。血がまだ赤黒い色なのは日陰にいるせいだった。しゃがんで銃把についた血を男のズボンでこすり落とそうとしたが血はねっちりとこびりついていた。モスは拳銃を拾いあげ親指でグリップ・セイフティーを押しながら撃鉄を戻した。モスは立ちあがって拳銃をズボンの背中側に差し帽子をあみだに押しあげてシャツの袖で額の汗をぬぐった。身体の向きを変えて周囲を見た。死んだ男の膝の脇に重そうな書類鞄が立ててあるがその中身は見なくてもわかりモスは自分でも理解できない恐怖にとらわれた。

しばらくしてようやくそれを手にさげそこから少し歩いて草の上に坐りライフルを肩からおろして脇へ置いた。足を開いてヘッケラー&コッホのサブマシンガンを膝と腹のあいだにはさみ両足のあいだに書類鞄を置いた。鞄についている二つのストラップの留め金をはずし真鍮の掛け金をはずしてフラップを開いた。

鞄には百ドル札の束が縁まで詰まっていた。札束は帯封で留められそれぞれの帯封に一万ドルとスタンプが押してあった。合計の金額は不明だがおおよその見当はつく。しばらく札束を眺めたあとでフラップを閉じ頭を垂れてじっと坐っていた。自分の全生涯が眼の前にあった。これから死ぬまでの陽がのぼり陽が沈む一日一日。そのすべてが鞄の中の重さ四十ポンドほどの紙の束に凝縮されていた。

顔をあげて斜面を眺めやった。北からかすかな風が吹いていた。涼しい。陽射しがまぶしい。午後一時。草の上で死んでいる男を見た。鰐革（わにがわ）の上等のブーツは血に満たされて黒く変色していた。生涯の終わり。それをここで迎えた。南の遠い山並み。草の上を吹き渡る風。静寂。モスは鞄の掛け金をかけストラップを留めて立ちあがりライフルを肩にかけ鞄とサブマシンガンをとりあげると自分の影を手がかりに方角を見定めて歩きだした。

どう行けば自分のトラックまで戻れるかはわかるが夜中に真っ暗な砂漠をうろつくのはどんなものだろうと考えた。このあたりにはモハーヴェ・ガラガラヘビがいて夜中に咬まれたらおそらく死体の一団の仲間入りをして書類鞄とその中身は誰かほかの者の手に渡るだろう。夜まで待つのにはそういう問題があるが一方で真っ昼間に開けた土地をサブマシンガンを肩にかけて数百万ドルが入った鞄をさげて歩くのも考えものだ。いずれにしても誰かがこの金を捜しにくるのはまず間違いない。ひょっとしたら何人かの誰かが。

引き返してドラム・マガジンのついたショットガンをとってこようかとも考えた。モスはショットガンに絶大な信頼を置いている。サブマシンガンを捨てていくことも考えた。これの所持は刑務所行きになる犯罪だ。

だが何も捨てず三台の車のところへ戻りもしなかった。砂漠を横切りカルデラの稜線の切れ目を通って隣のカルデラとのあいだの平坦な土地やゆるやかに起伏する土地を進んだ。夕方近くになってようやくその日の朝まだ暗いうちに走ってきた農場の道路にたどり着いた。その道路を一マイルほど歩いて自分のトラックのところまで戻ってきた。

助手席側のドアを開けて床にライフルを立てた。運転席側にまわってドアを開けレバーを引いて座席を前に倒し書類鞄とサブマシンガンをその後ろに置いた。四五口径の拳銃と双眼鏡を助手席に置き運転席に乗りこんで座席をできるだけ後ろへ押しやってからキーを差す。それから帽子を脱ぎ頭をリアウィンドーの冷たいガラスにつけて目を閉じた。

農場の道路のはずれでキャトルガード（溝に間隔の広い鉄格子などを渡し、人や車は渡れるが家畜は渡れないようにしたもの）をゆっくりと渡りアスファルトのハイウェイに出るとヘッドライトをつけた。西のサンダーソンに向かって走るあいだはずっと制限速度を守った。町の東のはずれでガソリンスタンドに寄り煙草を買い水をたっぷり飲んでからデザート・エアというトレーラーパークまで走り自分のトレーラーハウスの前で車を停めてエンジンを切った。トレーラーハウスの中は明かりが点（とも）っていた。百まで生きても、とモスは一人ごちた。今日みたいな日は二度とないだろうな。そう口にしたとたんにモスは言わなければよかったと後悔した。

グローブボックスからフラッシュライトを出し車を降りて座席の後ろからサブマシンガ

ンと書類鞄をとりだすとトレーラーハウスの下にもぐりこんだ。地面にあおむけに寝て車台を見あげる。安っぽいプラスチックのパイプとベニヤ板。はみ出している断熱材。ヘッケラー＆コッホのサブマシンガンを一隅に押しこみ断熱材を引き出してそれを隠すとしばらくそのままの姿勢で考えた。それから書類鞄を持って這い出し服の砂埃を払って階段をのぼりトレーラーハウスに入った。

妻はソファーに寝そべりコーラを飲みながらテレビを見ていた。こちらを見もしなかった。三時、と言った。

なんならもっと遅く帰ってきてもいいぞ。

妻はソファーの背もたれ越しにこちらを振り向いてからまたテレビに眼を戻した。その鞄何が入ってんの？

金がぎっしりだ。

はあん。すごいね。

モスは台所に入り冷蔵庫からビールを出した。

キー貸してくれる？

どこへ行くんだ？

煙草買いに。

煙草か。

そうよ、ルウェリン。煙草。一日中ここに坐ってたんだから。

それより青酸はどうだ？　そいつを吸ってみたら。

いいからキー貸して。外で吸うからいいでしょ。

モスはビールを一口飲んでから寝室に入り片膝をついて書類鞄をベッドの下に押しこんだ。それから戻ってきた。煙草なら買ってきてやったよ。今持ってくる。

ビールをカウンターに置いて外に出ると二箱の煙草と双眼鏡と拳銃をとりライフルを肩にかけてトラックのドアを閉めトレーラーハウスに戻った。妻に煙草を渡してまた寝室に入った。

その拳銃どうしたの？

あったとこから持ってきた。

買ったの？

いや。見つけた。

妻はソファーの上で半身を起こした。ルウェリン？

モスは戻ってきた。なんだ？　大声出すなよ。

それいくらで買ったのよ？

おまえは何もかも知らなくていいんだ。

いくら？

言っただろう。見つけたんだ。

そんなことあるわけないじゃない。

モスはソファーに坐りコーヒーテーブルに両足をあげてビールを飲んだ。おれのじゃないんだ、とモスは言った。おれは拳銃なんか買わない。

買わないほうがいいって。

妻は煙草を一箱開封して一本くわえライターで火をつけた。今日はどこへ行ってきたのよ？

おまえの煙草を買いにいってきた。

知りたくない。あんたが今まで何してたかなんて知りたくない。

モスはビールを飲んでうなずいた。それがいい、と言った。

そんなこと知らないほうがよっぽどいい。

いつまでもべらべらしゃべってると奥へ連れこんで姦っちまうぞ。

えらっそうに。

よしそのまま続けてろ。

そのまま続けてって女が言ったのね。

今ビールを飲んじまうからな。そしたら女が何を言って何を言わなかったか教えてやる。

眼が醒めたときナイトテーブルのデジタル時計は1：06を表示していた。モスが天井を眺めて寝ている寝室は外の放電灯のむきつけの冷たい青い光に浸されていた。冬の月が放つような光。あるいは何か別の種類の月の光。その光はどこかの恒星の異質な世界を思わせそれがモスには心地よくなっていた。暗闇の中で眠るのに比べればなんでもよかった。

上掛けの下から両足を出して上体を起こした。妻の裸の背中を見た。枕の上に広がっている髪を。上掛けを肩まで引きあげてやり立ちあがって台所に入った。

冷蔵庫から水の入った瓶を出してねじ蓋をはずしドアを開けたままの冷蔵庫の光の中で水を飲んだ。ガラスの表面に細かな水滴のついた冷たい瓶を手にして窓の外の明かりに照らされたハイウェイを眺めやった。長いあいだそうしていた。

寝室に戻り床に落ちているパンツを拾いあげて穿きバスルームに入ってドアを閉めた。それからもう一つの寝室に入りベッドの下から書類鞄を引き出して開いた。

床に坐り両脚のあいだに鞄を置いて札束を外に出した。札束は二十個重ねてあった。札束をもとに戻し鞄を揺さぶって高さを均(なら)した。水平に十二個並んでいる。モスは暗算した。

二百四十万ドル。全部使用済みの紙幣だ。モスは金を見つめた。こいつはまじめに考えなくちゃいけない、と一人ごちた。ただの幸運と思っちゃいけない。

鞄を閉じてストラップの留め金をとめベッドの下に突っこんで立ちあがり窓の外に眼をやって町の北にある岩の丘の上の星を眺めた。死んだような静寂。犬一匹吠えない。モスが起きたのは金を数えるためではなかった。おまえはもう死んだのか？　とモスは言った。いや、まだ死んじゃいないはずだ。

服を着ていると妻が眼を醒ましてこちらを見た。

ルウェリン？

うん。

何してんの？

服を着てるんだ。

どこ行くの？

外だ。

どこ行くのよ、ベイビー？

やり忘れたことがある。すぐ戻るよ。

何しにいくのよ？

モスは引き出しを開けて四五口径の拳銃を出しマガジンを抜いて調べまた装塡して拳銃をズボンの縁に差した。それから振り返って妻を見た。

ちょっと馬鹿なことをしにいくんだがとにかく行かなくちゃいけない。もし戻ってこなかったらお義母さんによろしく言っといてくれ。

あなたのお母さんはもう死んでるじゃない、ルウェリン。

そんなら自分で言うことにしよう。

妻は上体を起こした。怖いこと言わないでよ、ルウェリン。なんか面倒なことになってんの？

いや。寝てろよ。

寝てろ？

すぐ戻る。

もう、ルウェリンの馬鹿。

モスは戸口まで行って彼女を見た。おれが戻ってこなかったらどうする？　今のが最後の言葉になるぞ。

彼女はローブを引っかけながら台所に通じる廊下までついてきた。モスは流しの下から一ガロンのプラスチック容器をとって水道の水を満たした。

今何時だかわかってんの？　と彼女は言った。

ああ。何時かはわかってる。

ベイビー行かないで。どこ行くのよ？　ねえ行かないで。

じゃおれたち気が合うってことだおれも行きたくないんだから。戻ってくるよ。寝ててくれ。

モスはガソリンスタンドに乗り入れてライトの下で車を停めエンジンを切ってグローブボックスから地図を出し助手席に広げて調べた。あの三台のトラックがあると思われる場所に印をつけそこからハークルの農場のキャトルガードまで線を引く。トラックには全地形型タイヤを履かせており荷台にはスペアタイヤを二つ積んでいるがそこは走行のかなり困難な土地だ。今地図の上に引いた線を見た。それから背をかがめてさらに地形をよく調べて別の線を引いた。地図をじっと眺めた。それからエンジンをかけてハイウェイに乗ったのは午前二時十五分で道路はがらんと空きラジオをつけてもこの僻地(へきち)ではどの局も雑音すら立てず死んだように静まっていた。

ゲートまで来ると車を降りてそれを開き車に乗りこんでそこをくぐるとまた降りてゲートを閉め静寂に耳をすました。それからまた車に乗り農場の道路を南に進んだ。

二輪駆動のまま二速でトラックを走らせた。まだのぼらない月の光が前方の黒い書割のような低い山並みの上に広がっているのは舞台の紗幕のようだった。前日の朝トラックを駐（と）めた場所からさらに進んで東のハークルの土地に通じる古い馬車道とおぼしき道をたどる。山間（やまあい）から顔を出した月は青白くゆがんだ形で膨れあがっていたがその月の光が周囲の土地を照らし出すとモスはトラックのヘッドライトを消した。

　三十分後モスは車を駐め小高く隆起した土地の頂上を歩いて東のほうを眺めそれから南に眼を転じた。月がやや高くなっている。青い世界。氾濫原を渡っていく雲の影。影は斜面を急ぎ足で降りていく。瘡蓋（かさぶた）のような岩地に腰をおろし両足を前に投げ出してブーツを重ねた。コヨーテも啼（な）かない。何も起こらない。たかがメキシコ人の麻薬密売人のために。まったく。しかしまあ。どんな人間も人間には違いない。

　トラックに戻ると小道をはずれ月明かりを頼りに進んだ。谷間をのぼり火山岩の岬の下を通ってふたたび南に進路をとった。地理はちゃんと頭に入っていた。前日に丘の尾根から眺めた土地を横切りやがてまた車を停めて外に出ると耳をすました。トラックに戻ると車内灯のプラスチックのカバーをはずし電球をとって灰皿に入れた。フラッシュライトをつけて地図を見る。次に車を停めたときにはエンジンを切りウィンドーを閉めたまま坐っていた。そうやって長いあいだ坐っていた。

　モスはカルデラの縁から半マイルのところにトラックを駐め床から水の入ったプラスチ

ック容器をとりあげフラッシュライトをジーンズの尻ポケットに突っこんだ。助手席から四五口径の拳銃をとり親指でハンドルのボタンを押しながらそっとドアを閉めて三台のトラックのほうへ歩きだした。

三台のトラックは銃弾でパンクしたタイヤの上に前日と同じように低くうずくまっていた。モスは拳銃の撃鉄をあげて近づいた。死んだような静寂。月が出ているせいでそう感じられるのかもしれなかった。自分の影が邪魔に思えた。ここにいるとなんとも嫌な感じがした。不法侵入者の気分だった。不法侵入者。死人の世界への。変なこと考えるな、とモスは一人ごちた。おまえは死人の仲間じゃない。今はまだな。

ブロンコのドアは開いていた。それを見てモスは片膝をついた。水を入れた容器を地面に置いた。おまえは馬鹿だ、とモスは言った。こんなことをして。こうまで馬鹿だとそのうち死ぬぞ。

ゆっくりと身体をまわし空を背景にした土地の影絵に眼を走らせた。聞こえるのは自分の心臓の鼓動だけだった。トラックに近づいて開いたドアのそばにしゃがんだ。運転席の男は上体を斜めに倒してコンソールに覆いかぶせていた。シートベルトを肩にかけたまま。そこらじゅうに新鮮な血が飛び散っている。モスは尻ポケットからフラッシュライトを抜き掌でレンズを覆ってスイッチを入れた。男は頭を撃ち抜かれていた。狼じゃない。ピューマでもない。掌で弱めた光で座席の後ろの荷台スペースを照らしてみた。何もかもなくなっていた。明かりを消して身体を起こした。ほかの死体のところへゆっくりと歩いていった。ショットガンもなくなっていた。月は天頂までの四分の一の高さにのぼっていた。ほとんど昼間の明るさだ。モスはガラス瓶の中にいるような気がした。

自分のトラックのところへ戻ろうとカルデラの斜面をのぼりはじめたところであることに気づいて足をとめた。撃鉄を起こした拳銃を膝にあてたまましゃがんだ。一台のトラックが斜面の上で月明かりに照らされていた。もっとよく見えるように視線を少し横にずらした。トラックの脇に人が立っていた。それから姿を消した。おまえは馬鹿の条件に全部あてはまるな、とモスは一人ごちた。いよいよおまえは死ぬんだ。

モスは拳銃をジーンズの背中側に差しカルデラの縁まで小走りに走った。遠くでトラックのエンジンが始動する音がした。斜面の上でライトが点る。モスは駆けだした。

岩のごろごろしている場所にたどり着いたときにはトラックはすでにライトを上下に揺らしながら足場の悪い斜面を半分ほど降りていた。モスは隠れ場所を眼で探した。だがぐずぐずしている暇はない。その場に伏せ両腕のあいだの草に額をつけてじっと待った。見られたかどうかはわからない。さらに待つ。トラックはそのまま進んでいく。車が行ってしまうとモスは立ちあがり斜面をのぼりはじめた。

半分ほどのぼったところで足をとめ大きく息を吸いこみ何か音が聞こえないかと耳をすました。下方にヘッドライトの光があるはずだった。だが見えなかった。さらに斜面をのぼった。しばらくすると下方に例の三台の車の黒い形が見えてきた。それから最前のトラックがライトを消してカルデラの斜面をまたのぼってきた。

モスは岩陰に伏せた。フラッシュライトの光が溶岩の地面の上をさっと走ってまた消えた。トラックが速度をゆるめた。アイドリングの音が聞こえた。カムの緩慢な律動。大型のエンジン。フラッシュライトの光がまた岩地の上を滑ってきた。もういい、とモスは一人ごちた。さっさと片をつけてもらおう。それがみんなのためになる。

エンジンが軽くふかされてからまたアイドリング状態に戻った。低く唸る排気音。カムやら排気管やら何やらが鳴っている。しばらくしてトラックは闇の中を動きだした。

モスは斜面の上にあがるとしゃがんで背中から拳銃を抜き撃鉄を戻してまたもとの場所に差し北のほうを眺めやったあと東に眼を向けた。トラックは影も形もなかった。

おれの古いピックアップでさっきのトラックを振り切ったらどうだ？　とモスは一人ごちた。だがすぐにもう自分のトラックを見ることはないだろうと気づいた。おまえはもういろんなものを二度と見ることがないだろうな。

カルデラの縁でまたフラッシュライトが点りその光が尾根づたいに移動した。モスは腹這いになってそれを見つめた。光はまた戻ってきた。

自分の二百四十万ドルを持ち逃げした人間がこの辺をうろついてるとわかってるとして、おまえはいつの時点で捜すのをやめる?

ああそのとおり。捜すのをやめはしないだろうよ。

モスは聞き耳を立てた。トラックの音は聞こえなかった。しばらくして立ちあがり尾根の反対側を降りはじめた。周囲の土地をよく観察した。月明かりの下で氾濫原は広く静かだった。ここを横切っていくわけにはいかないがほかに行くところもない。さあどうする、兄弟?

時刻は午前四時。あなたの大事な息子さんが今どこにいるか知ってますかってやつだな。こうしたらどうだ。おまえのトラックに乗ってあのメキシコ人のところへ水を持っていってやるってのは?

月は空の高みで小さく見えていた。斜面をのぼりながらモスは平地から眼を離さなかった。おまえはどれだけやる気があるんだ? と一人ごちた。

やる気満々だぞ。

そうだといいがな。

トラックの音が聞こえた。ライトを消したまま尾根から突き出た岬のような部分をまわって月明かりに照らされた氾濫原の端に降りてきた。モスは岩のあいだに伏せた。ふたたび現われたトラックのほかに蠍（さそり）とガラガラヘビのことも心配だった。フラッシュライトの光が尾根を照らして往復した。順序よく塗りつぶしていく照らし方だ。黒い織機を往復するまぶしく光る杼（ひ）。モスは動かなかった。

トラックは氾濫原の反対側まで行ってまた戻ってきた。二速で走っていたのが停止してエンジン音だけを響かせた。モスはもっとよく見ようと身体を前に押し出した。額の傷から血が眼に流れこんだ。いつ怪我をしたのかもわからなかった。掌の肉の厚い部分で眼をぬぐいその手をジーンズで拭いた。ハンカチを出して額を押さえた。

南の川のほうへ行ったほうがいいんじゃないか。

ああ。そのほうがいいかもな。

あっちのほうが見通しが少しばかり悪い。

少しばかりじゃしょうがないが。

モスはハンカチを額にあてたまま身体の向きを変えた。月を隠してくれそうな雲はない。

陽がのぼるときにはどこかほかの場所にいないとな。

家で寝ていたら一番いいんだが。

静寂に浸っている青い氾濫原に眼を走らせた。広い闘技場のような平原にはそよとの風もなかった。じっと待った。こんな感じは前にも味わったことがある。ほかの国で。また味わうことになるとは思ってもみなかった。

モスは長いあいだ待っていた。トラックは戻ってこなかった。尾根づたいに南へ移動した。立ちあがって耳をすました。コヨーテも啼かずなんの音もしない。

川べりの平原に降りる頃には東の空にかすかな暁の光がにじみはじめていた。夜の一番暗いときが訪れた。平原の前方に川岸の崖を見たモスは最後にもう一度耳をすましてから小走りに駆けだした。

川まではかなり距離がありまだ二百ヤードほど残したところでトラックのエンジン音が聞こえた。低い山並みの上に灰色のまだらな光が現われはじめていた。後ろを振り返ると新しく浮かびあがってきた地平線に土埃が巻きあがっていた。音はまだ一マイル近く離れている。夜明け前の静寂の中でその音は湖の上を進む小舟の櫂の音ほどにも無害そうに聞こえた。それからギアを落としたのがわかった。拳銃を落とさないようズボンの背中側から抜き必死で走りだした。

ふたたび振り返ると距離はかなり縮まっていた。川までまだ百ヤードほどあるし川にたどり着けばどう成算が立つのかもわからない。岸壁は急な斜面だ。東の山並みの鞍部から長い陽射しが漏れ出して前方の平原に扇形に広がった。トラックがその陽射しをいっぱいに浴びてルーフのラックとバンパーを光らせた。車体が跳ねてタイヤが地面から浮くたびにエンジンが喚き声をあげた。

撃ってくるもんか、とモスは一人ごちた。殺したら金が戻らないからな。

ライフルの銃声が長く尾を引いて平原に響き渡った。頭上で囁きが聞こえたのは銃弾が空を切り川のほうへ飛び過ぎていった音だった。振り返るとトラックのサンルーフから男が上体を出し片手でルーフをつかみ反対側の手でライフルを垂直に立てている。

峡谷から流れ出た川はモスがたどり着いた箇所でかなり広くなり葦の大きな繁みにはさまれていた。下流で水が岩の断崖を洗い流れは南に曲がっていた。峡谷は闇が深かった。水が黒かった。モスは崖っぷちの切れ込みに飛び降りるとずり落ちて転がったあと起きあがって砂利の長い尾根づたいに流れのほうへ降りようとした。だが二十フィートほど進んだところでその暇はないと悟った。崖っぷちをさっと振り返るとしゃがみこんで拳銃を胸の前で両手で持ち急な斜面を滑り降りた。

かなりの高さを転がり落ちて巻きあげた土埃と砂で眼をほとんどふさがれながら拳銃を胸に押しあてる。それから転がるのがとまりただひたすらずるずる滑り落ちた。眼を開いた。新鮮な朝が訪れた空がゆっくりとまわっていた。

砂利の土手に激突してうめきを漏らした。それから何かの粗い草の上を転がった。うつぶせに寝た状態で身体がとまり息をあえがせた。

拳銃がなくなっていた。押しつぶされた草の上を這い戻りそれを見つけると振り返って崖っぷちを見あげながら拳銃の銃身を腕先に叩きつけて砂を落とした。口の中に砂がいっぱい入っていた。眼にも砂が入っていた。空を背景に二人の男が現われたのを見て拳銃の撃鉄を起こし一発撃つと男たちの姿は消えた。

川まで這っていく時間の余裕はないので立ちあがってそちらに駆け、網目状の浅い水をはね散らかしながら長い砂州を横切るとその向こうが川の一番広い流れだった。鍵束と財布をズボンのポケットから出しシャツの胸ポケットに入れてボタンを留めた。川面から吹いてくる冷たい風には鉄の匂いがあった。鉄の味が舌に感じられそうだった。フラッシュライトを捨て拳銃の撃鉄をおろしジーンズの股の中に入れた。ブーツを脱ぎ逆さにして身体の両脇のベルトにはさみこみそのベルトを最大限に強く締め直して身体の向きを変え川に飛びこんだ。

水の冷たさに息ができなくなった。身体をねじって崖っぷちを振り返り息を継いでばた足で灰青色の水を蹴った。崖の上には何もない。前に向き直って泳いだ。

流れに運ばれて曲がり目にやってくると身体が岩壁に強くぶつかった。両手で岩壁をぐいと押して離れた。頭上に切り立つ暗い色の崖は深くえぐられ影の中に入っている水は黒く波立っていた。ようやく浅瀬に流れ着いたとき振り返ってみると崖の上にはトラックが駐めてあったが人の姿は見えなかった。ブーツと拳銃がちゃんとあるのを確かめてから反対側の岸を目指してまた泳ぎはじめた。

　震えながら水からあがった場所は飛びこんだところから一マイル近く離れていた。靴下は脱げていたので裸足(はだし)で葦の繁みのほうへ走った。崖の岩棚には古代人が穀物を挽くのに使った丸い凹(くぼ)みがいくつもあった。また振り返るとトラックは消えていた。二人の男が高い崖の縁に沿って走っている姿が影絵となって見えた。葦の繁みに近づいたとき周囲で空を切る音がしてその直後に重い音がしたと思うとすぐにその反響が対岸から返ってきた。

　バックショットが上腕に命中して雀蜂(すずめばち)に刺されたような痛みが走った。手で腕を押さえて葦の繁みに飛びこんだ。鉛玉は腕の後ろ側に半ば埋まっていた。左脚がたえずがくりと折れそうになり息が苦しい。

　繁みの奥深くで両膝をつき必死で空気を吸った。ベルトをゆるめブーツを抜いて砂地の上に落とし拳銃をとりだして脇に置いてから腕の後ろ側を手で探る。銃弾はなくなっていた。ボタンをはずしてシャツを脱ぎ腕をひねって傷を見た。傷口はバックショットの形をしており血が少し出てシャツの繊維がめりこんでいた。腕の後ろ側全体がすでに紫色に見苦しく腫れはじめている。シャツの水を絞りもう一度着てボタンを留めてブーツを履き立ちあがってベルトのバックルを留めた。拳銃を拾いあげてマガジンを抜き薬室の一発も弾き出して銃を振り銃身に息を吹きこんでからまたマガジンを叩きこんだ。発射できるかどうかわからないがたぶんだいじょうぶだろうと思った。

葦の繁みの反対側から出ると足をとめて振り返ったが繁みは高さが三十フィートほどあり何も見えなかった。下流には広い段丘がありポプラの木立がある。そこへたどり着いたときには濡れたブーツをじかに履いた裸足の足に水脹れ(みずぶく)ができはじめていた。腕が腫れあがりずきずき痛むが出血はやんだようで陽射しを浴びている砂利州に出て坐り両方のブーツを脱いで踵の赤剝けを見た。坐るとたちまち脚がまた痛みだした。

ベルトにつけた小さな革の鞘(さや)のホックをはずしてナイフを抜き立ちあがってまたシャツを脱いだ。シャツの袖を肘のところで切り取り腰をおろして足に巻きつけブーツを履いた。ナイフを鞘に戻してホックを留め拳銃をとりあげて立ちあがると耳をすました。羽衣烏(はごろもがらす)が啼く。それ以外には何も聞こえない。

歩きだそうとしたとき川の対岸からトラックの音がかすかに届いてきた。そちらに眼を走らせたが車は見えなかった。二人の男はもう川のこちら側に来てどこか後ろのほうにいるのではないかと思った。

モスは木立の中を進んだ。木の幹には増水したときの高さまで泥がついており根は岩間でもつれ合っていた。またブーツを脱いで足跡を残さずに砂州を渡りブーツと包帯代わりのシャツの袖と拳銃を手に持って南側の岩壁の凹みにあがるとその崖っぷちまで長く続く岩だらけの凹みをたどりながら川べりから眼を離さず警戒した。陽が峡谷の中へ射しこんできたので岩の上の濡れた足跡はすぐ乾くはずだった。崖っぷちに近い段丘で足をとめて腹這いになりブーツをかたわらの草むらに置いた。崖の上まであと十分ほどだがその十分が自分にはないように思えた。対岸の崖から一羽の鷹が細く啼きながら飛び立った。モスは待った。しばらくすると川上の葦の繁みから一人の男が出てきて立ちどまった。サブマシンガンを持っている。後ろに第二の男が現われた。二人は顔を見合わせてからこちらに進んできた。

男たちが眼下を通り過ぎて下流へ姿を消すのを見送った。モスはその男たちのことをあまり考えてはいなかった。考えていたのは自分のトラックのことだった。月曜日の朝九時に郡庁舎が開くと誰かが陸運局で車両登録番号を告げてこちらの名前と住所を訊き出すだろう。それが今から二十四時間ほどたつと起こる。連中はこちらの身元をつかんでしつこく追ってくるはずだ。しつこく、とことん執拗こく。

カリフォルニアに兄貴がいるがなんと話せばいいのか？　アーサーもうじきそっちへ怖いお兄さんたちが行ってあんたの金玉を幅六インチの万力ではさんでおれの居所を教えない

いかな。

と四分の一ずつハンドルをまわすと思うんだ。中国へでも引っ越したほうがいいんじゃないかな。

身体を起こして坐り足にシャツの袖を巻きつけてブーツを履くと立ちあがって崖の頂上まであがった。そこには真っ平らな平原が南と東のはるか彼方まで広がっていた。赤土の土壌と低いクレオソート・ブッシュ。中景と遠景の山並み。がらんとした土地。陽炎。モスは拳銃をジーンズに差し川のほうを一度だけ見てから東に向かって歩きだした。テキサス州ラングトリーは直線距離で三十マイルほど。あるいはもう少し近いかもしれない。かかる時間は十時間か。十二時間か。もう足が痛くなってきた。腿も痛い。胸も。腕も。川が背後に遠ざかっていく。モスは川で一滴の水も飲まなかった。

2

警察の仕事が昔より危険になったのかどうかはわからない。おれがこの仕事についた頃にはどこかで殴り合いがあって仲裁に入るとおまえもやるかと挑まれることがあった。そしてときには相手にならざるを得ないこともあった。そうでなければ収まらなかったからだ。そんなときは負けるわけにはいかなかった。近頃はそういうのも少なくなったがもっとひどいことが起きたりする。あるとき相手が銃を抜いたので撃たれる寸前に銃をつかんだら撃鉄の先の撃針が親指の肉に食いこんだことがあった。今も痕が残ってるがね。そいつはおれを殺す気だった。それからほんの何年か前に夜二車線のアスファルト道路を走っていると前をピックアップ・トラックが走っていてその荷台に男が二人坐っていた。その二人がまぶしそうにしたから少し後ろにさがったらメキシコのコアウイラ州のナンバーがついているのに気づいたからこいつは一つ停めさせて調べてみなければと思った。それでルーフライトをつけたんだがとたんに運転席の後ろのスライドウィンドーが開いて車内からショットガンが荷台に坐っている男たちに手渡されるのが見えた。おれは慌てて両足でブレーキペダルを踏んだもんだ。こっちの車が横滑りしてルーフライトの光も道路脇の繁みのほうへ飛んだがその直前には荷台の男の一人がショットガンを肩づけして構えるのが見えた。おれは座席に伏せたが伏せると同時にフロントガラスが割れて小さな破片がばらばら落ちてきた。片足はまだブレーキペダルを踏んでいたがタイヤが側溝に滑りこむのがわかって車がひっくり返るかと思ったがそうはならなかった。車の中に土が入ってきただけだった。トラックの男がまた二発撃ってきてこちらの車の片側のウィンドーを全部砕いたからおれは座席の上に伏せたまま拳銃を抜いてトラックがまた走りだす音を聞くと身体を起こしてテールライトを目印に何発か撃ったがトラックはもう遠く離れていた。

要するに言いたいのは誰かの車を停止させようとすると何が起きるかわからないってことだ。ハイウェイで車を停止させる。車を降りてその停めた車のほうへ歩いていくと何が待っているかわからないわけだ。トラックから撃たれたあとおれはかなり長いあいだ車の中で坐っていた。エンジンはとまっていたがヘッドライトとルーフライトはまだついていた。車内はガラスの破片と土でいっぱいだった。おれは車を降りて身体を振りガラスと土を落としたあとまた運転席に戻った。頭の中で考えをまとめた。ワイパーがダッシュボードのほうへ頭を垂れていた。おれはライトを消してじっと坐っていた。警察の人間に刃向かって銃をぶっ放すのは相当やばい連中だ。あのトラックはその後二度と見かけなかった。ほかにも見た者は一人もいなかった。あのライセンス・ナンバーのことも何もわからなかった。徹底的に調べるべきだったのかもしれない。少なくともその努力をすべきだったのか。それはわからない。あのあとはサンダーソンの町に戻ってカフェの駐車場に乗り入れたがみんなが車を見に出てきたもんだ。車体は穴だらけだった。ボニーとクライドの車みたいだった。おれは怪我一つしなかった。あれだけガラスの破片をかぶったのに。おれをなじるやつらもいた。こんなところへ車を駐めて。見せびらかしにきたんだろうと。まあそれもあったかもしれない。でもどうしてもコーヒーを一杯飲みたかったんだ。

おれは毎朝新聞を読む。これからこの土地でどんなことが起きるようになるのか知っておきたいということだろう。知ったからといって今までうまく防げたというわけでもないんだが。それはだんだん難しくなってくる。しばらく前にカリフォルニア出身の若い男とフロリダ出身の若い男がたまたま出会った。その二つの州のあいだのどこかで知り合ったんだった。それから二人はアメリカ中を旅して人を殺してまわった。何人殺したのかは忘れた。さあそんなことが起きる確率はどれくらいあるのかな。二人はそれまで全然知らない同士だったのに。そんなことはそうないだろう。ないだろうと思う。でもわからない。このあいだは自分の赤ん坊を台所のごみ圧縮器で殺した女がいた。そんなことが起きるなんて誰が考える?　うちの家内はもう新聞を読まない。それが正しいんだろう。あれの考えはたいていい正しいんだ。

ベルは郡庁舎の裏階段をのぼり廊下を歩いて自分の事務所へ行った。回転椅子をまわし腰かけて電話を見た。さあ鳴れよ、と彼は言った。おれはここにいるぞ。

電話が鳴った。受話器をとった。はいベル保安官、と言った。

相手の話を聞く。うなずいた。

ミセス・ダウニーじきに降りてきますよ。もう少したってだめならまた電話をください。はい。

帽子を脱いで机の上に置き眼を閉じて両眼のあいだの鼻筋をつまんだ。はい、とベルは言った。はい。

ミセス・ダウニー木の上で死んでる猫はあんまり見たことないですからね。放っとけばじきに降りてきますよ。もう少したってだめなら電話ください、いいですね？

受話器を置いて電話を見た。要するに金だな、とベルは一人ごちた。金がありゃ木にのぼった猫のことで電話をするほど寂しい思いはしないもんだ。

いや。そうでもないか。

無線機が雑音を立てた。受話器をとってボタンを押し机に両足をあげた。ベルだ、と応答した。

相手の話を聞いた。両足を床におろして背を起こした。

キーをとってトランクの中を見てみろ。ああかまわん。無線を切らずに待ってるから。

ベルは机を指でコツコツ叩いた。

わかった。ライトはつけとけ。五十分で行く。それからなトーバート。トランクは閉めとけよ。

ベルとウェンデルは舗装道路の路肩に駐めてあるパトカーの前に駐車して車から降りた。パトカーからトーバートが降りてきてドアのそばに立った。ベル保安官はトーバートにうなずきかけた。それから道路の端を歩いてタイヤの痕を調べた。もうおまえが調べたんだろうな、とベルは言った。

ええ。

じゃあ見てみるか。

トーバートが問題の車のトランクを開け三人で死体を見た。男のシャツの前を汚している血は部分的に乾いていた。顔全体が血まみれだ。ベルは背をかがめてトランクの中へ手を伸ばし男のシャツのポケットから紙切れを出して広げた。テキサス州ジャンクションにあるガソリンスタンドの血のついたレシートだった。やれやれ、とベルは言った。これがビル・ワイリック氏の旅路の果てか。

財布を持ってるかどうかはまだ確かめてません。

いいんだ。どうせ持ってない。レシートが残ってたのは運がよかっただけだ。

ベルは男の額の穴を調べた。四五口径のようだな。きれいな穴だ。ワッドカッターかと思うくらいだ。

ワッドカッターってなんです？

標的射撃に使う弾だよ。キーは持ってるか？

ええ。

ベルはトランクを閉めた。周囲を見まわした。州間高速道路を行き交うトラックはみなこちらに近づくと速度を落とした。ラマーとはもう話した、とベルは言った。パトカーは三日ほどで返せると言っておいたよ。オースティンにも電話をしておいたが明日の朝一番に死体を引き取りにくるそうだ。うちの車に乗せるわけにはいかないしヘリを呼ぶほどのことでもないからな。おまえはここの作業がすんだらラマーのパトカーをソノーラへ戻しておれかウェンデルに電話をくれ、そしたらどっちかがおまえを迎えにいく。金は持ってるか？

ええ。

ちゃんと報告書を書いとけよ。

はい。

白人男性、三十代後半、中肉中背。

ワイリックってどういう綴りです？

綴らなくていい。名前はわからないんだから（レシートに客の名前は書いていないので、ワイリック云々はベルの冗談）。

はい。

どこかに家族がいるかもしれん。

ええ。ねえ保安官？

なんだ。

犯人の手がかりってありますかね？

ないな。忘れないうちにキーをウェンデルに渡しとけ。

車の中ですが。

パトカーにキーを差しとくなよ。

はい。

じゃあまた明日か明後日に。

はい。

犯人の野郎カリフォルニアに逃げてりゃいいがな。

ええ。言ってる意味わかりますよ。

しかしどうもそうじゃない気がするな。

ええ。おれもそう思います。

ウェンデル、もういいか？

ウェンデルは唾を吐いた。はい。終わりました。それからトーバートを見て言った。おまえトランクの中のあのおっさんを誰かに見つけられたらなんにも知らないと言えよ。コーヒーを飲んでるあいだに誰かが入れたんだってな。

トーバートはうなずいた。おれが死刑囚の房に入れられたらあんたと保安官が出しにきてくれるんですか？

出せなかったらおれたちもおまえと一緒にそこへ入るさ。

おまえたちそんなふうに死人を冗談の種にするのはよくないぞ、とベルは言った。

ウェンデルはうなずいた。そうですな。おっしゃるとおりだ。おれもいつか死人になるかもしれないわけだし。

九〇号線をドライデンの出口に向かって走っていくと路上に鷹の死骸があった。羽毛が風になびいていた。ベルは車を停めて降り死骸のところまで引き返ししゃがんでそれを眺めた。片方の翼を持ちあげてまたぱたりと落とした。冷たい盲いた黄色い眼が青い穹窿を見あげていた。

大きなアカオノスリだった。翼の端をつまんで死骸をぶらさげ側溝の中の雑草の上に置いた。ノスリはよく高圧線の鉄塔にとまりアスファルト舗装のハイウェイの両方向を数マイルにわたって見張っている。小動物が道路を渡ろうとするのを待っている。見つけると太陽の反対側から近づく。影を落とさない。この猛禽は狩猟に没頭していたのだろう。このうえ何度もトラックに轢かせたくなかった。

ベルは砂漠を眺めやった。静かだった。電線が風に低く唸っていた。丈の高いブラッドウィードが道路沿いに生えていた。ワイヤーグラスとサカウィスタも。石のごろごろする涸れ谷の向こうにはオオトカゲの足跡がついていた。午後遅くの陽射しに赤肌の岩山の連なりは翳り東のほうでは煤のように黒い雨雲の緞帳が四分円弧に沿って垂れこめる空のもとで砂漠の平原の横座標が揺らめいていた。自分に従う土地を塩と灰できれいに磨くあの神は沈黙のうちに生きている。ベルはパトカーまで戻って乗りこみ走りだした。

ソノーラの保安官事務所の前で車を停めたとき最初に見たのは駐車場に張られた立入禁止の黄色いテープだった。郡庁舎の前に小さな人だかりができていた。ベルは車を降りて通りを渡った。

何があったんです、保安官？

わからん、とベルは言った。今来たところなんだ。

黄色いテープの下をくぐり階段をのぼった。ドアをノックすると室内のラマーが顔をあげた。入ってくれ、エド・トム、とラマーは言った。入ってくれ。えらいことが起きた。

二人は外の芝地に出た。何人かの男がついてきた。

みんな先に行ってくれ、とラマーが言った。ベル保安官と話したいことがあるんだ。

ラマーは憔悴(しょうすい)した顔をしていた。ベルを見てから地面に視線を落とした。首を振り眼をよそへ向けた。おれは子供の頃ここでナイフ投げをして遊んだんだ。ちょうどここでだ。今の子供はどういう遊びか知らんだろうな。エド・トムこいつはとんでもなく狂った事件だぞ。

そうだな。

何かわかってることはあるのか？

そうは言えないな。
ラマーは脇を向いた。シャツの袖で眼をぬぐった。今から言っとくよ。あれをやったく
そ野郎が法廷に出ることはないとな。おれがとっ捕まえたらそれは絶対にない。
まあまずは捕まえんとな。
あいつは結婚してたんだ。
それは知らなかった。
まだ二十三だった。さっぱりした気持ちのいい男だった。まっすぐな男でな。奥さんが
ラジオで知る前に行って知らせてやらなくちゃいけない。
羨ましくないよその務めは。本当に。
おれはもう辞めようかと思ってるんだ、エド・トム。
なんなら一緒に行こうか？
いや。気持ちはありがたいがね。おれ一人で行くよ。
わかった。
なんだかおれたちが今まで見たことないことが起こってるような気がするよ。
おれも同じだ。また今夜電話する。
ああありがとう。

ベルはラマーが芝生を横切って事務所に通じる階段をのぼるのを見送った。まあしかし辞めないでくれるとありがたいな、とベルは声をかけた。できるだけ大勢で捜査したほうがいいと思うからな。

バスは夜中の午前一時二十分にカフェの前で停まった。乗っているのは三人だけだった。

サンダーソン、と運転手は言った。

モスは車の前のほうへ行った。運転手がミラーで見ているのがわかった。運転手さん、とモスは言った。悪いけどデザート・エアまで行っておろしてくれないかな。そこに住んでるんだが脚が悪いうえに迎えの者がいないんだ。

運転手はドアを閉めた。ああ、行ってあげるよ、と言った。

トレーラーハウスに入るとソファーから妻が立ちあがり駆けてきてモスの首に両腕を巻きつけた。死んだかと思った、と妻は言った。

死んじゃいないからめそめそするな。

そんなことしてない。

シャワーを浴びてるあいだにベーコンと卵を焼いてくれないかな。

その頭の傷を見せて。どうしたの？　トラックは？

シャワーを浴びたいんだ。食い物を頼むよ。おれの胃袋はおれが喉を切られたんじゃないかと思ってる。

シャワーを浴びたモスはパンツ一枚で戻ってくると台所の小さなフォーマイカのテーブルについたが妻が最初に口にしたのはその腕はどうしたのかという問いだった。

卵はいくつ使った？

四つよ。

トーストはもっとないのか？

あと二枚焼いてるから。ねえ腕どうしたのよ、ルウェリン？

どういう答えが聞きたい？

ほんとの答え。

モスはコーヒーを一口飲んでから卵に塩を振りかけた。

答える気ないんでしょ。

ああ。

脚はどうしたの？

急にできものができたんだ。

妻は焼きあがったトーストにバターを塗って皿に載せ向かいの椅子に坐った。夜中に朝飯を食うのはいいな、とモスは言った。独り者に戻ったみたいだ。

いったいどうなってるのよ、ルウェリン？

こういうことだ、カーラ・ジーン。おまえは荷物をまとめて夜明けにここを出る。ここへ残していくものは二度と見られないから要るものは残していくな。七時十五分にバスが出る。オデッサへ行っておれからの電話を待ってくれ。

カーラ・ジーンは椅子の背にもたれてモスをまじまじと見た。あたしにオデッサへ行けっていうの。

そうだ。

それ冗談じゃないのね？

ああ。冗談なんかじゃない。ジャムは切らしてるのか？

カーラ・ジーンは立って冷蔵庫からジャムの瓶を出しテーブルに置いてまた坐った。モスは瓶のねじ蓋をはずしバターナイフでジャムをトーストに塗り広げた。

昨日持ってきた鞄には何が入ってんの？

それはもう言っただろう。

金がぎっしりって言ったけど。

そんなら金がぎっしりじゃないかな。
今どこにあるの？
奥の部屋のベッドの下だ。
ベッドの下。
そうだよ奥さん。
見てきていい？
おまえは二十一歳の自由な白人だからなんでもやりたいことをやっていいと思うよ。
あたし二十一じゃない。
まあ何歳でもさ。
でバスに乗ってオデッサへ行けと。
バスに乗ってオデッサへ行くんだ。
ママになんて言えばいいの？
玄関に立って大声でママただいまって言うんだな。
トラックはどうしたのよ？
形あるものはみな滅ぶ。永遠に生き延びるものなんてない。
朝バス停までどうやって行けばいいわけ？

ミス・ローザに電話したらいい。どうせ暇だろう。

あんた何したの、ルウェリン?

フォート・ストックトンで銀行強盗をやった。

この大嘘つき野郎。

おれの言うことを信じないならなぜ訊くんだ? 奥へ行って荷物をまとめてこいよ。夜が明けるまであと四時間ほどだぞ。

その腕のそれを見せて。

手当てしてあげる。

もう見てるじゃないか。

ああ、戸棚にバックショット用の軟膏があるんだったな。切らしてなけりゃ。いいから行けよおれにかまわずに。おれは飯を食ってるんだ。

撃たれたの?

いや。今のはおまえを脅かそうと思って言っただけだ。いいから行けって。

　シガーはテキサス州シェフィールドのすぐ北でペコス川を渡り三四九号線を南にくだった。シェフィールドのガソリンスタンドに車を乗り入れたときにはあたりはほとんど暗くなっていた。長く続く赤い夕暮れ時に鳩の群れがハイウェイを渡り南のほうのどこかの農場の給水タンクを目指して飛んでいった。シガーはガソリンスタンドの店主に金を崩してもらって電話をかけ車にガソリンを入れてからまたスタンドが経営する店に入り給油の代金を払った。

　来る道で雨が降ってましたかね？　と店主が訊いた。

　それはどこの道のことだ？

　お客さんダラスのほうから来たんでしょ。

　シガーはカウンターから釣り銭をとった。おれがどこから来たかなんてあんたになんの関係があるんだ、ダチ公（フレンドー）？

今のは別になんの意味もないですよ。

今のは別になんの意味もなかったと。

ただの世間話ですから。

あんたら貧乏白人はそれをお愛想だと思ってるわけだ。

今のは謝りますよ。謝ってもだめだと言うんならほかにどうしたらいいかわかりませんな。

これはいくらだ？

はい？

これはいくらかと訊いたんだ。

六十九セントです。

シガーは一ドル札を広げてカウンターに置いた。店主はレジをチンと鳴らして開けると賭けの胴元がチップを置くように釣り銭をシガーの前に置いた。シガーは店主から眼を離さない。店主は視線をそらした。咳をした。シガーはカシューナッツのポリ袋を歯で破り中身の三分の一を掌に出して立ち食いした。

ほかに何かご入用のものは？

さあな。あるかな？

何か気に入らないことでもあるんですか？

何が？

いやなんでもいいですがね。

そんなことをおれに訊いてるのか？　何か気に入らないことがあるかどうか。

店主は眼をそらし拳を口にあててまた咳をした。シガーを見てからまた眼をそらした。窓の外の店先を見た。ガソリン計量機と客の車が見えた。シガーはまた少しカシューナッツを食べた。

ほかに入用のものはありますかね？

それはさっき訊いただろう。

そろそろ店を閉めようかと思ってましてね。

そろそろ店を閉めようかと思ってると。

ええ。

閉店は何時だ？

今ですよ。今閉めるんです。

今というのは時刻じゃない。何時に閉めるんだ？

いつも暗くなる頃ですよ。陽が暮れたとき。

シガーはゆっくりとナッツを嚙んだ。おまえは自分で何を言ってるかわかってないだろう。

え？

自分で何を言ってるかわかってないだろう。

店じまいのことですよ。そのことを言ってるんです。

何時に寝るんだ？

え？

おまえちょっと耳が悪いのか？　何時に寝るのかと訊いてるんだ。

そりゃあ。九時半頃かな。だいたい九時半頃ですよ。

シガーはまた掌にナッツを出した。その頃にもういっぺん来るかな。

店は閉めてますよ。

それはいいんだ。

なんでまた来るんです？　閉めてるのに。

それはさっき言ったろう。

だって閉めてるんだから。

おまえこの店の裏の家に住んでるのか？

そうですよ。

ずっと昔からか？

店主は少し間を置いてから答えた。ここは女房の親父のものだったんでさ。もともとはね。

財産付きの女房をもらったわけだ。

長いことテキサスのテンプルに住んでたんです。あっちで子供も育ててね。ここへ移ってきたのは四年前ですよ。

財産付きの女房をもらったわけだ。

そういう言い方をしたけりゃ別にいいですがね。

言い方も何もない。そういうことだろう。

とにかくそろそろ閉めますから。

シガーはナッツの残りを掌に出しきりポリ袋をくしゃくしゃに丸めてカウンターに置いた。妙に背筋をぴんと伸ばしてナッツを嚙んでいた。

あんたはいろんなことを訊きますね、と店主は言った。自分がどっから来たか言いたがらない人にしちゃ。

おまえが今まで見た中でコイン投げで失くした一番でかいものはなんだ？

コイン投げで?

コイン投げで。

さあ。この辺の人間はあんまりコイン投げの賭けをやらないから。それよりもなんか決めるときですね。

あんたが見た中で一番でかいことを決めたのはなんだ?

さあ。

シガーはポケットから二十五セント硬貨を出して頭上の蛍光灯の青みがかった光の中へくるくる回転させながら弾きあげた。それを受けとめて腕の血のにじんだ布を巻いた部分のすぐ上に叩きつけた。裏か表か、とシガーは言った。

裏か表か?

そうだ。

こりゃなんです?

いいからどっちだ。

何を賭けるのかわからないとねえ。

それがわかったらどうだというんだ?

店主は初めてシガーの眼を見た。ラピスラズリのように青かった。光っていると同時に完全に不透明だ。濡れた石のように。さあどっちか言え、とシガーは言った。おれが代わりに言うわけにはいかないからな。それじゃフェアじゃない。正しいことでもない。さあどっちだ。

あたしゃ何も賭けちゃいないですよ。

いや賭けたんだ。おまえは生まれたときから賭けつづけてきたんだ。自分で知らなかっただけだ。このコインはいつ作られたか知ってるか？

いいえ。

一九五八年だ。このコインは二十二年間旅をしてここへ来た。今はここにある。おれはここにいる。おれがコインの上に手をかぶせている。表か裏のどっちかだ。おまえはどっちか当てなくちゃいけない。さあ言え。

勝ったら何が手に入るのかわからないんじゃあ。

青い光の中で店主は顔に汗を薄く浮かべていた。上唇を舐めた。

勝ったらすべてを手に入れるんだ、とシガーは言った。すべてを。

わけがわからないな、ミスター。

言え。

じゃあ表。

シガーは手をどけた。腕を少し前に出して店主に見せた。よかったな、と言った。

シガーは硬貨を腕からとって店主に差し出した。

そいつをどうしろって言うんです?

とっとけ。幸運のお守りになる。

要りませんよ。

いや要る。とっとけって。

店主は硬貨をとった。もう閉めますからね、と言った。

そいつはポケットに入れるな。

え?

そのコインはポケットに入れるな。

どこへ置いときゃいいんです?

ポケットには入れるな。どれだかわからなくなる。

わかりましたよ。

どんなものでもきっかけになりうる、とシガーは言った。どんな小さなものでも。おまえの眼にとまらないようなものでもな。それらは人の手から手に渡る。人はそれに注意を払わない。ところがある日突然清算日がやってくる。それ以後はすべてががらりと変わるんだ。でもたかがコインだとおまえは言うだろう。たとえばな。特別なものじゃないと。これがなんのきっかけだというんだと。問題がどこにあるかわかるだろう。その物と行ないを区別するのが難しいんだ。人は歴史のある瞬間を別の瞬間と取り替えてもなんの違いもないと考える。どんな違いがあるんだ？　ただのコインじゃないかと。なるほど。それはそのとおりだ。そうだろう？

シガーはカウンターの釣り銭の上に手を置きそれをつかみとってポケットに入れ身体の向きを変えて店を出た。店主は彼が出ていくのを見た。車に乗りこむのを見た。車はエンジンを始動させ砂利の敷地からハイウェイに出て南に走りだした。ライトはつかなかった。店主は硬貨をカウンターに置いて眺めた。それからカウンターに両手をついて頭を垂れたままじっと立っていた。

ドライデンに着いたのは八時頃だった。シガーは交差点にあるコンドラ飼料店の前で車を停めてライトを消しエンジンをかけたまま運転席に坐っていた。それからライトをつけて九〇号線を東に進んだ。

路面の白いマークは最初は測量士がつけたもののように見えたが数字は書かれておらずただの山形の印にすぎなかった。走行距離計を見てさらに一マイル走ってから速度をゆるめてハイウェイからはずれた。ライトを消しエンジンをかけたまま車を降りてゲートのところへ行きそれを開いてから戻ってきた。キャトルガードを渡り車を降りてゲートを閉めるとしばらくそこに立って耳をすました。それから車に乗りこみ轍(わだち)のついた道路を走りだした。

シガーのフォードは南に伸びているフェンスに沿った悪路をがたがた揺れながらたどった。フェンスは古い時代に設置されたものの名残でメスキートの太い茎を杭にして三本の有刺鉄線を張っていた。一マイルほど進んで砂利の平原に出るとそこにダッジのラムチャージャーがこちら向きに駐めてある。シガーはゆっくりとその隣に車を並べてエンジンを切った。

ラムチャージャーのウィンドーは真っ黒に見えるほど色の濃いスモークガラスだった。シガーはドアを開けて車を降りた。ラムチャージャーの助手席から男が降りて座席を前に倒し後部の荷台に身体を入れた。シガーはそちらに歩いていき助手席に乗りこんでドアを閉めた。行こう、とシガーは言った。

ボスとは話したか？　と運転席の男が訊いた。

いや。

ボスは何が起きたか知らないのか？

ああ。行こう。

ラムチャージャーは暗い砂漠を走りだした。

いつ話すつもりだ？　と運転席の男が訊く。

何を話せばいいかわかったときにな。

モスのトラックのそばまで来るとシガーは身を乗り出してそれを観察した。

これがやつの車か？

ああ。プレートははずされてる。

ここで停めろ。ドライバーはあるか？

グローブボックスの中を見てくれ。

シガーはドライバーを持って車を降りてトラックのところまで行きドアを開けた。ドアの内側にリベットで留めたアルミ製の検査証をはずしてポケットに入れると戻ってきてまた車に乗りドライバーをグローブボックスに戻した。タイヤを切り裂いたのは誰だ？　とシガーは訊いた。

おれたちじゃない。

シガーはうなずいた。よし行こう。

三人は三台のトラックから少し離れたところに車を駐めて歩いて見にいった。シガーはしばらくのあいだ立っていた。粘土質の平地は寒くシガーは上着を着ていないが寒さには気づいてもいないようだった。ほかの二人はじっと立って待っていた。シガーは手にしたフラッシュライトをつけトラックのあいだを歩いて死体を見た。二人の男は少し距離を空けてついていった。

これは誰の犬だ？　とシガーが訊いた。

さあ。

シガーはブロンコのコンソールにもたれかかっている死体を眺めた。それから座席の後ろの荷台を照らす。

受信機はどこだ？　とシガーは訊く。

トラックに積んである。要るのか？

何か受信したか？

いや。

全然か？

うんともすんとも言わない。

シガーは死んだ男に観察眼を走らせた。フラッシュライトでつついた。

腐れかけたペチュニアみたいだな、と男の一人が言った。

シガーは答えなかった。トラックから離れて月明かりに照らされた下り勾配を眺めた。死んだような静寂。ブロンコに乗っている男は死んでからまだ三日もたっていないようだった。シガーはズボンに差した拳銃を抜き身体の向きを変えて二人の連れの頭をすばやく続けざまに撃ち抜くと拳銃をまたズボンに差した。二番目に撃たれた男はもう一人の男のほうへ顔を半分向けたところで倒れた。シガーは二人のあいだに歩み寄り背をかがめて二番目に撃った男のショルダー・ホルスターを引きむしりそこに差してある九ミリのグロックを抜いて車のところへ戻ると乗りこんでエンジンをかけバックをして方向転換をしカルデラのゆるやかな傾斜をのぼってハイウェイのほうへ戻った。

3

警察が新しい技術の恩恵を本当にこうむっているかどうかはおれにはわからない。こっちの手に入る道具は連中の手にも入るわけだから。だからといって後戻りできるわけじゃない。みんな後戻りしたいとも思っていないだろう。以前はモトローラの旧式の無線機を使っていた。何年か前からはハイバンドの無線機を導入している。中には変わらないものもある。常識ってやつは変わってない。ときどきうちの保安官補たちにパン屑を拾うような捜査をやれと言うことがある。それから今でもおれのお気に入りの拳銃はコルト四四-四〇口径だ。これでだめなら銃を放り出してすたこら逃げたほうがいい。それにショットガンはウィンチェスターM97が好きだ。撃鉄が外に出ているのがいい。銃を撃つときいちいち安全装置を捜すのは嫌だ。もちろん気に入らないものもある。おれのパトカーは七年前の年式だ。エンジンは四五四。今ではもう手に入らない。新式のエンジンを積んだ車を試乗してみたこともある。だがデブの男すら追い越せそうになかった。それで販売店の男に今の車で我慢しとくよと言った。昔のものに執着するのはいつもいいこととは限らない。だがいつも悪いこととも限らないんだ。

もう一つのほうはよくわからない。よく人に訊かれるんだがね。すっぱり廃止しちまえとも言えないんだな。もういっぺん見たいとは思わんがね。あの立ち会いってやつはどうもね。死刑になるのが当然のやつはだいたい死刑にならないんだな。おれはそう思うよ。ああいうのに立ち会うと妙なことを覚えてるもんだ。みんな何を着ていったらいいのかもわからなかったこととかね。一人か二人黒い服でやってきた者がいたがそれはまあいいだろうと思う。中にシャツ姿で来た者もいたがあれはちょっとどうかと思ったな。なぜそう感じたのかはうまく説明できないが。

それでもみんな何をすればいいかわかってたみたいでそれが意外だったな。おれの知るかぎりほとんどの連中はそれ以前に処刑に立ち会ったことがなかったんだがね。終わると受刑者がぐったり坐ってるガス室のまわりにカーテンを引いてみんな席を立ってぞろぞろ出ていくんだ。教会か何かから出ていくみたいに。なんだか妙な感じだった。あれはおれの生涯の中で一番変な日だったな。

死刑はよくないと思ってる連中もかなりいる。死刑囚監房や処刑室で仕事をしてる連中の中にもね。これはちょっと驚きだ。前は死刑を支持してた者もいるだろうがね。ときには何年ものあいだ毎日毎日ある人間と顔を合わせてたのにある日その人間を監房から連れだして死なせるわけだ。これはね。誰だってそのことを面白おかしくしゃべったりする気にはならないよ。処刑されるのが誰であってもね。まあ死刑になるような連中の中にはそう頭のよくないやつもいる。教誨師のピケット師から聞いた話だがある男は最後の食事のときにデザートを頼んであったんだ。なんのデザートかはともかくね。ところが処刑室へ行く時間になったときピケット師がそのデザートを食べたかったんじゃないのかと訊いたらその男は戻ってきてから食べると答えたというんだ。そういうのを聞くとなんと言っていいかわからんね。ピケット師もわからなかったそうだ。

おれは今まで人を殺すはめになったことは一度もないがこれはとてもありがたいことだ。昔の保安官の中には銃を持たない人もいた。そんなことを言うと信じられないと言う人が多いが本当なんだ。ジム・スカーボローは持たなかった。これは若いほうのジムだ。ガストン・ボイキンズも持とうとしなかった。コマンチ郡の保安官だったがね。おれは昔の保安官から話を聞くのが好きだった。話を聞く機会は絶対に逃さなかった。昔の保安官はほんとに住民のことを親身に気にかけてたが今はそういうのも廃れてきたな。それはどうしても感じるよ。バストロップ郡のニガー・ホスキンズなんぞは郡の住民の電話番号を全部覚えてたもんだ。

しかし考えてみると妙なもんだよ。保安官が権力を濫用する機会はいくらでもあるんだ。テキサス州憲法は保安官の仕事にいかなる条件もつけてない。そんな条項は一つもない。郡法というものはないし。ほとんど神様と同じくらいの権力を持ってるのに法の制約は何もなくて法を執行するといってもその法がないというのは変だと思わんかね。おれは変だと思うね。それでうまくいってるか？　九割がたはうまくいってるんだ。善良な市民の統治に苦労はほとんどない。まずほとんどない。そして悪い連中を統治するなんてことはおよそできないわけだ。できるとしてもおれはそんな例を聞いたことがないな。

バスが八時四十五分にフォート・ストックトンの町に着くとモスは頭上の棚からダッフルバッグをおろし座席から書類鞄をとりあげてカーラ・ジーンを見おろした。

それを持って飛行機に乗らないでよ、とカーラ・ジーンは言った。刑務所入りだから。

おれのママは阿呆な子供たちを育てなかったよ。

いつ電話をくれる？

二、三日したら。

わかった。

気をつけてな。

なんか悪い予感がするんだけど、ルウェリン。

おれはいい予感がするよ。これで差し引きゼロだ。

そうだといいけど。

公衆電話からしかかけられないぞ。

わかってる。とにかく電話して。

するよ。とにかく心配するな。

ルウェリン？

なんだ。

なんでもない。

なんだよ。

なんでもない。ただ呼んでみたかっただけ。

気をつけて行けよ。

ルウェリン？

なんだ。

誰も怪我させないで。いい？

モスはダッフルバッグを肩にかけたまま立っていた。何も約束はしない、と言った。そんな約束をするとこっちが怪我するんだ。

ベル保安官が夕食の最初の一口を食べようとフォークを持ちあげたとき電話が鳴った。またフォークをおろした。妻が坐っている椅子を後ろに押そうとするとベルはナプキンで口を拭いて立ちあがった。おれが出る、とベルは言った。

じゃお願い。

くそ、こっちが飯の最中だとなんでわかったのかな？　こんな遅くに食べることは普段ないのに。

汚い言葉を使わないで。

ベルは受話器をとった。ベル保安官だ、と言った。

しばらく相手の話を聞いていた。それから言った。とにかく飯を食ってしまうから。四十分後に会おう。パトカーのライトをつけておけ。

電話を切るとまた椅子に坐りナプキンをとりあげて膝に置きフォークを手にとった。車が燃えてるという通報があったそうだ、とベルは言った。ロージア峡谷のこっち側だ。

いったいなんなのかしら？

ベルは首を振った。

食事を続けた。コーヒーの残りを飲み干した。おまえも一緒においで、とベルは言った。

じゃ上着をとってくる。

二人はゲートのある場所でハイウェイからはずれキャトルガードを渡ってウェンデルのパトカーの後ろで車を停めた。ウェンデルがやってきてベルはウィンドーを巻きおろした。

ここから半マイルほどのところです、とウェンデルが言った。ついてきてください。

ここからでも見えるな。

ええ。一時間ほど前から派手に燃えてるみたいです。通報してきた人も道路から火を見たんです。

ベルとウェンデルは少し離れたところに車を駐めて降り現場を眺めた。熱が顔に感じとれた。ベルは自分の車の助手席側にまわってドアを開け妻の手をとった。彼女は車から降りると腕組みをして立った。やや離れたところにピックアップ・トラックが一台駐めてあり二人の男がくすんだ赤い色の光に照らされていた。二人は会釈をして保安官と呼びかけてきた。

ソーセージを持ってくればよかったわね、とベルの妻が言った。
ああ。マシュマロもな。
車があんなふうに燃えるとは思わなかったわ。
そうだな。おまえたち何か見なかったか？
ええ。燃えてる車だけです。
途中で誰かの車とすれ違ったとか？
ないです。
あれは七七年式のフォードかな。どうだウェンデル？
かもしれません。
たぶんそうだよ。
あの男の車ですかね？
ああ。ダラス・ナンバーのな。
まったく運の悪い男ですね、保安官。
そういうことだな。
なんで火をつけたんですかね？
さあな。

ウェンデルは脇を向いて唾を吐いた。あの男はダラスを出るときこんなことが起こるとは思ってなかったでしょうね？

ベルは首を振った。そうだな、と彼は言った。これは思ってたこととはおよそかけ離れたことだろうよ。

翌朝事務所に入ると電話が鳴っていた。トーバートはまだ戻っていなかった。九時三十分にようやく電話をかけてきたのでウェンデルに迎えにいかせた。ベルは椅子に腰をおろして机に両足をあげブーツを眺めた。そうやってしばらくのあいだ坐っていた。それから無線機の受話器をとりあげてウェンデルにかけた。

今どこだ？

サンダーソン峡谷を過ぎたとこです。

Uターンして戻ってこい。

わかりました。トーバートはどうします？

電話して待ってるように言うんだ。昼過ぎにおれが迎えにいく。

わかりました。

おれの家へ行ってロレッタからトラックのキーをもらって馬運搬用のトレーラーをつな

ぐんだ。それからおれの馬とロレッタの馬に鞍をつけてトレーラーに積みこんでくれ一時間後におれもそっちへ行くから。

はい。

ベルは受話器を戻して椅子から腰をあげ留置場を見にいった。

ゲートをくぐってそれを閉めフェンス沿いの道を百フィートほど進んでから車を駐めた。ウェンデルが馬運搬用トレーラーの掛け金をはずして扉を開き馬を出した。ベルは妻の馬の手綱を手にとった。おまえはウィンストンに乗れ、とベルは言った。

いいんですか?

ああこれでいいんだ。ロレッタの馬に何かあったらおまえは絶対に乗らなきゃよかったと後悔することになるからな。

ベルは持ってきた二挺のレバー・アクションのライフルの一挺をウェンデルに渡して馬にまたがり帽子をまぶかに引きおろした。用意はいいか?

二人は並んで馬を進めた。おれたちはさっきの道に残ってたタイヤの痕を踏んできちまったがタイヤの種類はここでもよくわかるな、とベルは言った。でかいオフロードのタイヤだ。

現場にやってくると車は黒い残骸になっていた。

プレートのことは保安官の言うとおりでしたね、とウェンデルは言った。

タイヤのことでは間違ってたよ。

どういうことです？

まだ燃えてるだろうと言った。

車はタールの四つの溜まりのように見えタイヤには黒焦げの針金が巻きついていた。二人はさらに馬を進めた。ベルはときどきあちこちを指さした。昼間走ったタイヤの痕と夜走った痕は区別がつくんだ、と彼は言った。連中はライトをつけずに走ったんだ。ほらふらふら曲がってるだろう。すぐ前しか見えないから繁みに突っこんでるし。あそこの岩には塗膜がくっついてる。

水のない川床でベルは馬から降りてしばらく歩きまた引き返してきて南のほうを眺めやった。同じタイヤの痕の往路と復路が残っていた。痕がついたのはほぼ同じ時間だった。トレッドパターンがくっきりしているだろう、とベルは言った。だからどっちに進んだかわかる。二、三回往復しているようだな。

ウェンデルは馬に乗ったまま鞍の大きな前橋の上で両手を交差させていた。脇へ背をかがめて唾を吐いた。ベル保安官と一緒に南を見た。ここで何が見つかると思います？　と訊いた。

　さあな、とベルは答えた。鐙（あぶみ）に片足をかけて軽々と鞍にまたがると小柄な馬を前に進めた。わからんな、と繰り返す。ただ何かを見つけることはあんまり楽しみにしちゃいないよ。

　モスのトラックのところへたどり着くとベルは馬を停めてしばらく観察してからゆっくりとその周囲をまわった。ドアは左右とも開いていた。

　誰かがドアから検査証をはずしていったようだな、とベルは言った。

　登録番号は車体についてますよ。

　ああ。だからそれを知るためじゃないんだろう。

　このトラックは知ってますよ。

　おれもだ。

　ウェンデルは前に身を乗り出して馬の首を軽く叩いた。持ち主はモスって男です。

　ああ。

　ベルはトラックの後ろをまわりこみ馬の首を南に向けてウェンデルを見た。どこに住んでるか知ってるか？

　いえ。

結婚してるよな。

ええたしか。

ベルは馬の上からトラックを見ていた。ちょっと思ったんだがあの男が二、三日姿を見せないのに誰もそのことをなんにも言ってないとしたら妙な話だな。

そりゃ妙ですね。

ベルはカルデラを見おろした。ここでとんでもない悪さをした連中がいるようだ。

そうですね、保安官。

モスは麻薬の運び屋だと思うか？

さあ。そうは思えないですけどね。

おれもだ。向こうへ降りていって残りの現場を見てみよう。

二人は鞍の前橋にウィンチェスターのライフルを立ててカルデラの中へ降りていった。

モスがあそこで死んでなけりゃいいがな、とベルは言った。一、二度見かけたことがあるが感じのいい男だった。可愛い奥さんがいてな。

二人は地面に倒れているいくつかの死体の脇を通り過ぎてから馬を停め鞍から降りて手綱を地面に落とした。二頭の馬は落ち着かなげに足踏みをした。

馬をもうちょっと向こうのほうへ連れていってくれ、とベルは言った。これを見せることはない。

わかりました。

ウェンデルが戻ってくるとベルは死体からとった財布を二つ渡した。それから三台のトラックのほうを見た。

この二人は死んでからそう時間がたってないな、とベルは言った。

どこの人間ですかね。

ダラスだ。

ベルはウェンデルに拾った拳銃を渡してその場にしゃがみライフルを両手で握って杖のようについた。この二人は処刑されたんだ、とベルは言った。やったのは仲間だろうな。今渡した拳銃は安全装置もはずされてなかった。二人とも眉間を撃ち抜かれてる。

もう一人のほうは銃を持ってなかったんですか？

犯人が持っていったんだろう。それとも初めから持ってなかったか。

それじゃ撃ち合いになりませんね。

そういうことだ。

二人はトラックのあいだを歩いた。このくそったれどもは豚みたいに血まみれですね、とウェンデルは言った。

ベルはウェンデルをちらりと見た。

わかってます、とウェンデルは言った。死人のことで汚い口をきいちゃいけないですよね。

そういうことをするのは験が悪いんだ。

たかがメキシコ人の麻薬密売人じゃないですか。

メキシコ人の麻薬密売人だったんだ。今はそうじゃない。

どういうことかよくわかりませんね。

生きてるときになんだったにせよ今は死んでるってことだ。

一晩寝てゆっくり考えますよ。

ベルはブロンコの助手席を前に倒して荷台を覗きこんだ。人差し指をカーペットに押しつけてその指を陽にあてた。荷台にはメキシコ産の茶色い麻薬が積んであったんだろうな。どっかへ消えちまったようですね。

消えちまったようだ。

ウェンデルはしゃがんで車のドアの下の地面を調べた。地面にもちょこっとこぼれたみたいですね。誰かが袋を切ってみたんだ。中身を確かめるために。

品質を確かめたのかもしれんな。取引の前に。

でも取引はしなかった。撃ち合いをした。

ベルはうなずいた。

金は持ってきてなかったのかもしれませんよ。

それはありうるな。

でもそう思ってないでしょ。

ベルは考えてみた。ああ、思ってないかもしれんな、と言った。

それから二回目のドンパチがあったんでしょうね。

そうだな、とベルは言った。少なくとも二回目があったみたいだ。

ベルは上体を起こして助手席をもとに戻した。この善良な市民も眉間を撃ち抜かれてるな。

ええ。

二人はトラックのまわりを歩いた。ベルが指さした。

これはマシンガンだな、このまっすぐの弾痕は。

でしょうね。運転してた男はどこへ行ったと思います？

向こうの草地で死んでる連中の一人がそうだろう。

ベルはハンカチを出して鼻を押さえ車内に手を入れて床から真鍮の薬莢をいくつか拾い

あげ底に刻印された数字を見た。

何口径です、保安官？

九ミリだ。四五ＡＣＰ弾も二つある。

薬莢を床に放り出して後ろにさがり車体にもたせかけておいた自分のライフルをとった。

どうやらこの車はショットガンでやられたみたいだ、とベルは言った。

穴がちょっと小さすぎやしませんかね？

ダブルオー・バックじゃないんだろう。四号弾あたりかな。

金を惜しんじゃだめなんですがね。

それは言えてるよ。ババッと片づけたいならダブルオーだ。

ウェンデルはカルデラのほうへ眼をやった。あっちへ歩いていったやつがいるみたいですね。

そうだな。

なんでコヨーテが食いにこなかったんですかね？

ベルは首を振った。さあな。メキシコ人を食いたくなかったのかもな。

あっちで死んでる連中はメキシコ人じゃないですよ。

ああそうだな。

ここでヴェトナムみたいに派手な音がしたんでしょうね。

ヴェトナムか、とベルは言った。

二人はトラックのあいだを歩いた。ベルはさらに何個か薬莢を拾って調べてから地面に落とした。それから青いプラスチック製のスピードローダーを拾いあげた。それを手にしたまま現場を見まわす。あれだな、とベルは言った。

なんです？

最後に生き残ったやつが一発も撃たれてないというのは考えにくいな。

そうですね。

馬に乗ってちょっと向こうまで行って様子を見てくるか。タイヤの痕か足跡が見つかるかもしれん。

そうしますか。

ときにこんなとこへなんで犬を連れてきたか見当はつくか？

いや全然。

北東に一マイルほど進んだところで岩間に死体を見つけたベルは妻の馬にまたがったまま じっとしていた。かなり長いあいだそうしていた。

何考えてるんです、保安官？

ベルは首を振った。馬から降りて岩にもたれている死体のそばまで歩いていった。ライフルを肩の上に横たえそれを両手で握ってあたりを歩きまわる。それからしゃがんで草を調べた。

これも処刑ですかね保安官？

いや、これは自然死だな。

自然死？

この男の仕事ではごく自然に起きる死だ。

銃は持ってませんね。

ああ。

ウェンデルは背をかがめて唾を吐いた。おれたちの前に誰かここへ来てますね。

そのようだな。

その誰かが金を持ち逃げしたんだと思いますか？

それは充分にありうるな。

最後に生き残った人間はまだ見つかってないということですね？

ベルは答えなかった。立ちあがって周囲の土地を見渡した。

ひどい事件ですね、保安官。

かりにひどくなくても本物のひどいのが起きるまで代役を務めるだろうよ。

二人はカルデラの縁のほうへ戻っていった。馬を停めてモスのトラックを見おろした。

それであの感じのいい男はどこにいるんでしょうね？　とウェンデルは言った。

わからん。

あの男の居所を突きとめるのがあなたの優先リストの高いところにあるんでしょうね。

ベルはうなずいた。かなり高いところにあるよ。

町に戻るとベルはウェンデルに馬運搬用トレーラーを引いたトラックを運転して家に戻してくるよう命じた。

台所のドアをノックしてロレッタに礼を言うのを忘れるな。

忘れませんよ。キーを返さなくちゃいけないし。

うちの女房は馬を使われても郡から謝礼をもらえないんだからな。

わかってます。

ベルは電話でトーバートに連絡をした。これから迎えにいくからな。じっと待ってろよ。

ラマー保安官の事務所の前に車を乗りつけたとき郡庁舎の前庭にはまだ立入禁止のテープが張られていた。トーバートは階段に坐っていた。立ちあがってベルの車のほうへやってきた。

だいじょうぶか？　とベルは訊いた。

ええ。

ラマー保安官はどこだ？

電話で呼び出されて外に出てます。

二人の乗った車はハイウェイに向かった。ベルはカルデラで見たことを話した。トーバートは黙って聞いていた。眼は窓の外に向けている。しばらくして言った。オースティンから報告が来ましたよ。

内容は？

たいした内容はなかったです。

どういう銃で撃たれたって？

わからないそうです。

わからない？

ええ。

なぜわからない？　射出口はなかったぞ。

ええ。それはそう認めてました。

そう認めてた？

ええ。

向こうはなんて言ってたんだ、トーバート？

額に大口径の銃弾が撃ちこまれたような傷口があって深さは二・五インチで頭蓋骨を突き抜けて脳の前頭葉に食いこんでるけど弾丸は見つからなかったそうです。

しかし傷口はあると。

ええ。

ベルは車を州間高速道路に乗せた。ハンドルを指で小刻みに叩いた。保安官補を見た。

おまえの言ってることはわけがわからんぞ、トーバート。

おれも向こうの連中にそう言いましたよ。

向こうはなんと答えた？

なんにも。報告書はフェデックスの宅配便で送る。X線の写真も入れる。明日の朝こっちの事務所に届くようにすると言ってました。

二人は黙りこんだ。しばらくしてトーバートが言った。しかしとんでもないことが起きたもんですね、保安官。

まったくだ。

死体は全部でいくつです？

いい質問だ。おれもまだ数えてなかった。八つか。ハスキンズ保安官補を入れると九つだ。

トーバートは周囲の風景を眺めた。道路に長い影が落ちていた。砂漠で死んでたのはどういう連中ですかね？

わからん。以前のおれなら昔とおんなじような連中だと言っただろうな。うちの祖父(じい)さんが相手にしたのとおんなじような連中だと。昔は牛を盗んだ。今は麻薬取引だと。しかし本当にそうなのかどうかは今のおれにはわからん。おれもおまえと同じだ。ああいう連中を前にも見たことがあるかどうかよくわからないんだ。あの手の連中は。ああいう連中をどうしたらいいのかもわからん。やつらをみんな殺したら地獄に別館を建てなきゃならんだろうな。

シガーは正午前にデザート・エアに着いてモスのトレーラーハウスのそばで車を停めエンジンを切った。車を降りて固めていない土の敷地を横切り階段をのぼってアルミ製のドアをノックする。しばらく待った。それからまたノックした。身体の向きを変えてトレーラーハウスに背を向け小さなトレーラーパークを眺める。動くものは何もない。犬一匹いなかった。またドアに向き直り手首を鍵穴にあてがいスタンガンのコバルト鋼のボルトで錠のシリンダーを打ち抜きドアを開けると中に入ってドアを閉めた。

シガーは保安官補から奪った拳銃を手にしていた。まずは台所を見た。それから寝室に入った。寝室の中にあるドアを開けてバスルームに入りそこから二つ目の寝室に出た。床に衣服が落ちている。クロゼットのドアが開いている。箪笥（たんす）の一番上の引き出しを開けてまた閉めた。拳銃をズボンに差しシャツの裾を引き出してそれを隠すとまた台所へ行った。

冷蔵庫を開けてパックの牛乳を出し口を開いて匂いを嗅いでから飲んだ。パックを手に窓の外を眺めた。もう一口牛乳を飲みそれを冷蔵庫に戻してドアを閉めた。

居間へ出ていってソファーに坐った。テレビ台には二十一インチの完璧に映るテレビが載っていた。死んだ灰色の画面に映った自分の姿を見た。

シガーは立ちあがり床から郵便物を拾いあげまた坐ってそれをあらためた。三通の封書を折りたたんでシャツの胸ポケットに入れ腰をあげてトレーラーハウスを出た。

車に乗りこんでトレーラーパークの事務所に乗りつけて中に入った。なんでしょう、と女の事務員が言った。

ルウェリン・モスを捜してるんだが。

事務員はシガーを眺めた。トレーラーへは行ってみました？

ああ。

じゃあ仕事へ行ってるんでしょう。何か言伝しますか？

どこで働いてるのかな？

居住者のことはお教えできないんですよね。

シガーはベニヤ板張りの狭い事務所を見まわした。それから事務員に眼を戻す。

どこで働いてるんだ。

はい？

どこで働いてるんだと訊いてる。

聞こえなかったんですか？　そういうことは教えられないんです。

トイレの水を流す音がした。ドアの掛け金がはずれる音。シガーはまた女の事務員を見た。それから外に出てラムチャージャーに乗りこみ走りだした。

カフェの前で車を停めてシャツの胸ポケットから折りたたんだ封書を出して開き中の手紙を読んだ。電話料金の請求書を開いて通話明細を見る。デル・リオとオデッサにかけた記録が残っていた。

カフェに入ってお金を崩し公衆電話でデル・リオの番号にかけたが誰も出なかった。次はオデッサの番号にかけると女が出たのでルウェリンさんと話したいと告げた。ルウェリンはいないという返事だった。

サンダーソンのトレーラーハウスへ行ってみたんだがもうあそこにはいないみたいなんだ。

沈黙があった。それから女は言った。今どこにいるかわかりませんけど。あなたはどなた?

シガーは電話を切りカウンター席へ行って坐りコーヒーを注文した。ルウェリンはここへは来るのか?

自動車修理工場の前で車を停めると二人の男が建物の壁にもたれて坐り昼の弁当を食べていた。シガーは中に入った。机についている男がコーヒーを飲みながらラジオを聞いていた。なんでしょう?

ルウェリンを捜してるんだが。

ここにはいないよ。

何時に来るかな?

さあ。電話もしてこないからおれにもわからないね。男は顔を軽く前に突き出した。シガーをよく見ようとするように。なんかおれにできることはあるかな?

いやなさそうだ。

シガーは外に出てエンジンオイルの染みている荒れたアスファルトの道路に立った。建物の端に坐っている二人の男を見た。

ルウェリンがどこにいるか知らないかな?

二人とも首を振った。シガーはラムチャージャーに乗りこんで走りだし市街地に戻った。

バスが昼過ぎにデル・リオの停留所に着くとモスは荷物を持って降りた。タクシー乗り場へ行き車の後部ドアを開けて乗りこんだ。モーテルへやってくれ、とモスは言った。

運転手はルームミラーでこちらを見た。どこのモーテルか決めてるのかい?

いや。どこか安いところへ案内してくれ。

タクシーがトレイル・モーテルという宿に乗りつけるとモスはダッフルバッグと書類鞄を持って車を降り料金を払って事務所に入った。女が坐ってテレビを見ていた。立ちあがってカウンターの後ろに入った。

部屋はあるかな?

何部屋か空いてますよ。何泊します?

わからない。

週単位だと割引があるんです。三十五ドルに税金が一ドル七十五セント。合わせて三十六ドル七十五セントになります。

三十六ドル七十五セント。

ええ。

一週間で。

そうです。一週間で。

それが一番割安なのかな。

ええ。そこからまた割引というのはないです。

それじゃ一日ずつにしよう。

はい。

鍵を受け取って廊下を進み部屋に入ってドアを閉めると荷物をベッドの上に置いた。カーテンを閉めてその隙間からみすぼらしい小さな中庭を見た。死んだような静寂。ドアにチェーンをかけてベッドに腰をおろした。ダッフルバッグのファスナーを開けてサブマシンガンをとりだしベッドに置いてその脇に寝た。

眼を醒ましたのは午後の遅い時間だった。しばらく汚れたアスベスト張りの天井を見あげていた。それから起きあがりブーツと靴下を脱いで踵に巻いた包帯を見た。バスルームに入り鏡で自分の顔を見てからシャツを脱ぎ腕の後ろ側を調べた。肩から肘にかけて膚(はだ)が変色していた。部屋に戻りまたベッドに腰かけた。そこに横たえた銃を見た。しばらくしてから安物の木机の上にあがりポケットナイフで通風孔の鉄格子のネジをはずしてはずすたびに口にくわえた。鉄格子をはずして机に置き爪先立ってダクトを覗いた。

窓のブラインドの紐から一定の長さを切り取って一方の端を書類鞄にくりつける。それから鞄を開けて千ドルだけ出し折りたたんでポケットに入れると鞄を閉じてストラップの留め金をとめた。

クロゼットからポールをとりだしてかけてある針金ハンガーを全部床に落とすとまた机の上にあがってダクトのできるだけ奥のほうへ鞄を押しこんだ。鞄は穴にきつくはまりこんだ。ポールをとり鞄をさらに奥へ押して取っ手にくくりつけた紐の端がぎりぎり届くところまで突っこんだ。鉄格子と埃よけの網をふたたびはめこみネジを留め机から降りるとバスルームに入ってシャワーを浴びた。バスルームを出てパンツ一枚でベッドに横たわりシェニール織りの上掛けをかぶってサブマシンガンを身体の脇に引き寄せた。その安全装置をはずした。それから眠った。

眼を醒ましたときには暗くなっていた。起きあがって床に両足をおろし耳をすました。立って窓辺へ行きカーテンを少しだけ開いて外を見た。濃い闇。静寂。何もない。

服を着て安全装置をはずしたままのサブマシンガンをマットレスの下に突っこみベッド

カバーの裾をおろしてベッドに腰かけ電話の受話器をとりあげてタクシーを呼んだ。

橋を渡ってメキシコのシウダード・アクーニャの町まで行ってもらうため運転手に十ドルのチップを渡さなければならなかった。モスは街路を歩き店のショーウィンドーを覗いた。穏やかな暖かい夜で狭い遊歩道の並木にはムクドリモドキがとまって互いに啼き交わしていた。ブーツの店に入ると鰐や駝鳥や象の革を使った珍しい商品が置かれていたが品質は今モスが履いているラリー・マハンのほうが格段に上だった。薬局でブリキ缶入りの包帯を買って公園のベンチに坐り赤剝けの踵に巻いた。靴下はもう血で汚れていた。街角でタクシーの運転手が女の子と遊びたくないかと声をかけてきたがモスは片手をあげて指輪を見せそのまま歩きつづけた。

モスはテーブルに白いクロスをかけウェイターが白い上着を着ているレストランで食事をした。グラス一杯の赤ワインとポーターハウス・ステーキを注文した。まだ宵の口で客はモス一人だった。ワインを飲んでいるうちにステーキが運ばれてくるとそれを切って口に運びゆっくりと嚙みながら自分の人生について考えた。

十時過ぎにモーテルに帰り着くとエンジンをアイドリングさせているタクシーの車内で料金を払うために金を数えた。前の背もたれ越しに金を渡してから降りようとしてやめた。ドアの取っ手に手をかけたままじっと坐っていた。横手へまわってくれ、とモスは言った。

運転手はギアを入れた。何号室です？

いいからあっちへまわってくれ。誰かいないか確かめたいんだ。

車はゆっくりとモスの部屋の前にやってきた。カーテンの隙間は部屋を出るときにはなかったはずだった。どういう意味を持つかの判断は難しい。いやそう難しくはないか。タクシーはゆっくりと部屋の外を通り過ぎた。敷地内には前になかった車は一台もない。このまま走ってくれ、とモスは言った。

運転手はルームミラー越しに眼を向けてきた。

このまま行ってくれ。車を停めるな。

やばいことに足を突っこみたくないんですけどねえ。

いいから行ってくれ。

ここで降りてくれたらああだこうだ言い合いしなくてすむんだけどなあ。

別のモーテルへ連れていってくれ。

これでさよならしましょうや。

モスは前に身を乗り出して百ドル札を一枚差し出した。あんたはもうやばいことに足を突っこんでるんだ、と言った。そこから助け出してやろうとしてるんだよ。別のモーテルへ連れてってくれ。

運転手は紙幣をシャツの胸ポケットに押しこむと車をモーテルの敷地から通りに出した。

モスはその夜をハイウェイ沿いのラマダ・インで過ごし朝になると一階に降りてダイニングルームで朝食を食べながら新聞を読んだ。それからしばらく席に坐っていた。

メイドが掃除をする時間にはもう部屋にいないだろうな。

チェックアウトの時刻は十一時だ。

もう金を見つけて行ってしまったかもしれない。

もちろんこっちを捜してる連中はたぶん最低二組いてどちらが来たにせよそれはもう一方の側じゃなくそのもう一方の側はまだ行ってしまうことはないわけだ。

席を立つときには誰かを殺すことになりそうだと悟っていた。わからないのは誰を殺すことになるかだけだった。

タクシーで市街地へ行きスポーツ用品店でウィンチェスターの十二番径ポンプアクション・ショットガンを一挺とダブルオー・バックを一箱買った。この散弾一箱分はクレイモア地雷一つ分とほぼ同じ火力がある。銃を包んでもらい脇に抱えて店を出るとペカン通りを歩いて日曜大工用品店に入った。弓ノコと平やすりのほかいくつかのものを買う。プライヤーにペンチ。ドライバー。フラッシュライト。ダクトテープ一巻き。

買ったものの包みを抱えて歩道に出た。それから身体の向きを変えて歩きだした。

またスポーツ用品店に入りさっきと同じ店員にテントのアルミ製のポールはないかと訊いた。どんなテントでもよくてとにかくポールだけ欲しいのだと説明した。

店員はモスをじろじろ見た。どういうテントでもポールだけだと特別に注文しないといけないんですよ、と店員は言った。メーカーに型番を言わなくちゃいけない。

おたくテントは売ってるんだろう？

三種類ありますよ。

その中で一番ポールの数が多いのは？

ええっと十フィート四方の家形テントかな。中で人が立てるやつでね。いや立てる人もいるっていうか。一番高いところで六フィートです。

それをもらおう。

はい。

店員は倉庫から商品を出してきてカウンターに置いた。テントはオレンジ色のナイロンの袋に入っていた。モスはショットガンと日曜大工用品店で買ったものの袋をカウンターに置いて袋の紐をほどきテントとロープとポールを出した。

全部そろってますよ、と店員は言った。

いくらかな。

百七十九ドルと税金。

　モスは百ドル札を二枚カウンターに置いた。それから別の袋に入っているポールを出してほかの荷物と並べた。店員からお釣りとレシートを受け取るとショットガンと買い物袋とテントのポールだけを抱えて礼を言い行きかけた。テントは？　と店員が訊いた。

　モーテルの部屋でショットガンの包みを剝がしそれをナイトテーブルの開いた引き出しにはさんで銃身をつかみ弓ノコでマガジンより前の部分を切り落とした。切り口をやすりで滑らかにしてから濡らしたタオルで銃口を拭いてまた銃を引き出しにはさむ。次はピストル・グリップだけを残して銃床をまっすぐ切り落としベッドに腰をおろしてやすりで切り口を滑らかにした。作業が終わると先台を手前に引いてからまたもとに戻し親指で撃鉄をおろして横向きにして眺めた。上々の出来栄えだ。銃を縦の向きにして弾薬の箱を開き蠟（ろう）を塗った重い銃弾を一つずつマガジンに装填した。先台を引いて最初の銃弾を薬室に送りこみ撃鉄をおろしてマガジンにもう一発装填してから銃を膝に横たえた。銃の長さは二フィート弱になっている。

　モスはトレイル・モーテルに電話をして受付の女に部屋を押さえておいてくれるよう頼んだ。それからショットガンと弾薬の箱と道具類をマットレスの下に突っこんでまた部屋を出た。

ウォルマートで服とファスナー付きの小さなナイロン製のバッグを買い服をバッグに入れた。ジーンズ一本にシャツ二枚に靴下を何足か。午後になると切り落とした銃身と銃床をバッグに入れて湖の岸沿いに長い道のりを歩いた。銃身は湖のできるだけ遠いところへ投げ銃床は頁岩（けつがん）の張り出しの下に埋めた。荒れ野の低木の繁みの中を何頭かの鹿が歩いていた。鼻を鳴らす音が聞こえしばらくすると百ヤードほど先の土地の隆起の尾根に群れが姿を現わしてこちらに眼を向けてきた。モスは砂利の浜に坐り膝に空のバッグを載せて太陽が沈むのを眺めた。土地が青く冷たくなっていくのをじっと見ていた。鶚（みさご）が湖の上を飛んでいった。やがてあたりは闇だけになった。

4

おれがこの郡の保安官になったのは二十五歳のときだ。信じがたいことだな。父親は保安官じゃなかった。ジャックというのはおれの祖父だ。祖父さんとおれは同じ時期に保安官をやっていたことがある。祖父さんはプレイノーでおれはここだった。祖父さんはそれがえらく自慢だったんじゃないかな。おれも得意な気分だった。ちょうど戦争から戻ったばかりでね。勲章をいくつかもらったことはもちろん噂になっていた。保安官の選挙運動は必死にやったよ。そうせざるを得なかった。だが正々堂々とやろうとした。ジャック祖父さんはよく対立候補を中傷したら自分が不利になるだけだと言ったもんだが要するにそういうのは祖父さんの性に合わなかったんだと思う。誰だろうと他人の悪口を言うのはな。おれも祖父さんみたいになろうと思ったもんだ。おれたち夫婦は結婚して三十一年になる。子供はいない。娘を一人亡くしたんだがそのことを話すつもりはないよ。保安官を二期務めたあとはテキサス州デントンに引っ越した。祖父さんは保安官というのは最高の仕事の一つだが元保安官は最悪の身分だとよく言っていた。そういう仕事はほかにもたくさんあるだろう。いったん辞めたらまたやるということはない。おれも違う仕事をいろいろやった。鉄道会社の探偵をやったこともある。その頃には女房ももうこの郡に戻ることはないんじゃないかと思ってたようだ。おれがもういっぺん保安官に立候補するようなことはね。しかし女房はおれがやりたがっているのをわかってたみたいで実際おれたちはまた戻ってきたわけだ。女房はおれより人間ができていておれは話を聞いてくれる人には誰でもそう言うんだ。まあおれより人間ができてるだけじゃたいしたことはないだろうがね。女房はおれの知ってるどんな人よりも人間ができてる。そういうことだ。

人は自分の望みを知ってるつもりでいるが実際にはたいてい知らないもんだ。運がよければ望みがかなうこともある。おれは昔から運がよかった。生まれたときからずっとだ。そうでなかったら今こうして生きちゃいないだろう。そりゃ苦労したこともある。しかし彼女がカーズ・マーカンタイルから出てきて通りを渡っておれとすれ違いおれが帽子を傾けて向こうがちょっと笑い返してきたときが一番運のいいときだった。

人はよくいわれのないひどい目にあってると文句を言うが自分の身に起こったいいことについてはあまり話さない。そんないいことが起きたのは自分が何をしたおかげかというようなことは。おれは神様からこんなに微笑（ほほえ）みかけてもらえるほどいいことをした覚えはない。でも神様は微笑みかけてくれたんだ。

火曜日の朝にベルがカフェに入ったのは夜が明けたばかりの頃だった。新聞を買って隅のテーブル席についた。大きなテーブルについている男たちが会釈をして保安官と声をかけてきた。ウェイトレスはコーヒーを運んでくると厨房に戻ってベルの卵の注文を通した。ベルはスプーンでコーヒーを掻きまわしたがブラックで飲んでいるので何を混ぜているわけでもなかった。若いハスキンズ保安官補の写真がオースティンの新聞の一面に出ていた。ベルは記事を読みながら首を振った。ハスキンズの妻は二十歳だった。この奥さんにしてあげられることがあるか？　何もありゃしない。ラマー保安官はこの二十年ほどで部下を死なせたことが一度もなかった。ラマーはこの事件をずっと覚えているだろう。この事件のことでずっと覚えられることになるだろう。

ウェイトレスが卵を運んでくるとベルは新聞を折りたたんで脇へ置いた。

ベルはウェンデルと一緒に車でデザート・エアに出かけてトレーラーハウスの戸口に立

ちウェンデルにノックさせた。

この錠を見てみろ、とベルは言った。

ウェンデルは拳銃を抜いてドアを開けた。保安官事務所の者だ、と声をあげた。

誰もいないみたいですね。

だからといって気をつけなくていいって理由にはならんぞ。

ええ。そんな理由には絶対なりませんね。

二人は中に入って足をとめた。ウェンデルは拳銃をホルスターに収めようとしたがベルはとめた。とにかく用心第一でいこう、と言った。

はい。

ベルは前に進み出て床のカーペットの上から真鍮製の小さなものを拾いあげた。

なんですそれは？　とウェンデルが訊いた。

錠のシリンダーだ。

ベルはベニヤ板の間仕切りを手で撫でた。ここに当たったんだ、と言った。シリンダーを掌に載せてドアのほうを見た。こいつの重さと壁までの距離と壁から落ちた場所までの距離を測れば速度が出るだろうな。

そうですね。

かなりの速度だ。

ええ。かなりの速度です。

二人は各部屋を見てまわった。どう思います、保安官？

出ていったみたいだな。

そうですね。

それもかなり急いで出ていったようだ。

ええ。

ベルは台所に入り冷蔵庫を開けて中を見てからまたドアを閉めた。次は冷凍庫を覗く。

いつ出ていったんでしょうね、保安官？

なんとも言えんな。出ていったばかりかもしれん。

どういう連中に追われるかわかってるんですかね？

さあな。わかってるはずだがな。おれたちが見たあのどえらい現場をあの男も見てるんだから。

ここの夫婦はとんでもないトラブルに巻きこまれてますね。

そのとおりだ。

ベルは居間に戻ってきた。ソファーに腰をおろした。ウェンデルは戸口に立った。まだリヴォルヴァーを手にしていた。今何考えてます？　とウェンデルは訊いた。

ベルは首を振った。眼をあげなかった。

水曜日にはテキサス州中から大勢がサンダーソンに向かっていた。ベルはカフェのテーブルで事件についての記事を読んだ。新聞をおろして眼をあげた。前に一度も会ったことのない三十歳くらいの男が立っていた。男はサン・アントニオ・ライト紙の記者だと自己紹介した。今度の事件はどういうことです保安官？　と訊いた。

どうやら狩猟の事故みたいだな。

狩猟の事故？

そうだ。

狩猟の事故のはずがないでしょう。わたしをからかってるんですね。

一つ質問させてくれ。

いいですよ。

去年テレル郡裁判所で起訴された重罪犯は十九人だった。そのうち麻薬と関係してなかった者は何人だったと思う？

知りませんね。

二人だ。その一方でデラウェア州ほどあるこの郡にはおれの助けを必要としている住民がうんといる。これをどう思うかね？

わかりません。

おれにもわからん。今おれは朝飯を食わなくちゃいけない。今日一日忙しくなりそうなんだ。

ベルとトーバートはトーバートの四輪駆動トラックで出かけた。現場は前日見たままの状態で残っていた。二人はモスのトラックから少し離れたところに車を駐めてしばらく坐っていた。十人ですね、とトーバートが言った。

何が？

十人ですよ。死人は。ワイリックのことを忘れてました。それで十人です。

ベルはうなずいた。今のところはな。

ええ。今のところは。

ヘリコプターが飛来して旋回しゆるやかな下り勾配に降りてきて砂埃を巻きあげた。誰も降りてこなかった。砂埃が鎮まるのを待っていた。ベルとトーバートは回転翼が速度をゆるめながら下に垂れてくるのを見ていた。

麻薬取締局捜査官の名はマッキンタイアといった。ベルは顔に見覚えのあるその男にわりと好感を抱いていたので会釈をした。マッキンタイアはクリップボードを手にヘリを降りてこちらにやってきた。ブーツに帽子にカーハートのキャンヴァス製の上着といういでたちで口を開くまでは気のよさそうな男に見えた。

ベル保安官、とマッキンタイアは言った。

やあマッキンタイア捜査官。

これはどういう車かな？

七二年式フォードのピックアップだ。

マッキンタイアは下り勾配を眺めやった。クリップボードで脚を軽く叩いていた。それからベルを見た。それを聞いて嬉しいよ。色は白だな。

色は白。そのとおりだ。

タイヤを替えたほうがよさそうだ。

マッキンタイアはトラックに近づいてそのまわりをまわった。そしてクリップボードに何か書きこんだ。車内を見た。助手席を前に倒して荷台を覗いた。

誰がタイヤを切ったのかな？

ベルはジーンズの尻ポケットに両手を突っこんで立っていた。背をかがめて唾を吐く。ここにいるヘイズ保安官補はライバル組織のしわざだろうと考えてる。

ライバル組織ね。

そう。あそこにある車は全部銃で蜂の巣になってるな。

そうだな。でもこの車は違う。

この車は違う。

マッキンタイアはヘリコプターを見てから下り勾配の下方の三台の車に眼を向けた。あそこまで乗せてってもらえるかな？

いいよ。

三人はトーバートのトラックまで歩いた。マッキンタイアはベルを見てクリップボードで脚を叩いた。快く協力しようという気はないようだな？

なあに、マッキンタイア。ちょっとからかっただけだよ。

三人は下り勾配を歩きまわりながら蜂の巣になった三台のトラックを眺めた。マッキンタイアはハンカチで鼻を押さえた。死体はどれも膨れて服がぱんぱんに張っていた。こんなくそったれな現場は見たことがない、とマッキンタイアは言った。

マッキンタイアはクリップボードにメモを書きつけた。歩幅で距離を測って現場の見取り図を描き車のライセンス・ナンバーを書き取った。

銃はなかったのか？ とマッキンタイアは訊いた。

もっとあったはずだが少なかった。証拠として押収したのは二挺だ。

死んでからどれくらいたつと思う？

四日か五日だろう。

誰か逃げたやつがいるようだな。

ベルはうなずいた。ここから北へ一マイルほど行ったところにもう一つ死体があるよ。

ブロンコの荷台にヘロインがこぼれてたな。

ああ。

メキシカン・ブラック・タールってやつだ。

ベルはトーバートを見た。トーバートはうつむいて唾を吐く。

ヘロインが行方不明で金が行方不明なら誰か行方不明の人間がいるってことだろうな。

その推理には一理ある。

マッキンタイアはメモをとりつづけた。心配するな。あんたらが盗ったんじゃないのはわかってるから。

心配なんかするもんかね。

マッキンタイアは帽子のかぶり具合を直して三台のトラックを眺めた。州警察も来るのか？

来るそうだ。少なくとも一人。公安局の麻薬課からな。

銃弾は三八〇口径、四五口径、九ミリ・パラベラム、十二番径、三八口径スペシャルだと思うが。ほかに何か見つけたかな？

今ので全部のはずだ。

マッキンタイアはうなずいた。ブツを待ってる連中はもう届かないのを知ってるだろうな。国境警備隊はどうなんだ？

誰も彼もが来るらしい。えらく賑やかになりそうだ。六五年の洪水のときより人が集まるかもしれん。

なるほど。

まずは死体をここから運び出さなきゃいけない。

マッキンタイアはクリップボードで脚を叩いていた。そうだな。

九ミリ・パラベラムか、とトーバートが言った。

ベルはうなずいた。おまえのファイルにもそいつを書いとけよ。

シガーはデル・リオのすぐ西のデヴィルズ川にかかる橋のほうから来るトランスポンダー（特定の信号に反応して応答信号を発する装置）の信号を受信した。真夜中に近いハイウェイにほかの車は走っていなかった。助手席に置いた受信機のダイヤルをゆっくりとまわしたり戻したりしながら耳をすました。

ヘッドライトが橋の前方のアルミ製の欄干（らんかん）にとまっている何か大型の鳥を照らし出すとシガーはボタンを押して窓を開けた。湖からの涼しい風が入ってきた。受信機の脇に置いた拳銃をとって撃鉄をあげ窓の外に突き出して銃身をバックミラーの上に載せた。銃口にはサイレンサーをはんだづけしてある。サイレンサーはヘアスプレー缶にガス溶接の真鍮製のバーナーをとりつけたもので中にファイバーグラスの屋根用断熱材を詰め外側を真っ黒に塗ってあった。

ヘッドライトの光で真っ白になった鳥は激しく翼をばたつかせ身体をひるがえして宙に浮いたと思うと闇の中に消えた。銃弾は欄干に当たって夜の闇の中へはね欄干は鈍く唸ったがすぐにその音はやんだ。シガーは鳥が身体を低くして翼を広げた瞬間に発砲した。シガーは拳銃を助手席に置いてまた窓を閉めた。

モスはタクシーの運転手に料金を払いモーテルの玄関先の明かりの中に降り立つとバッグを肩にかけタクシーのドアを閉めてモーテルに入った。女はもうカウンターの後ろにいた。モスはバッグを床におろしてカウンターに寄りかかった。女は少し当惑したように見えた。どうも、と女は言った。もうしばらくいるんですか？

別の部屋をとってくれ。

部屋を変えるんですかそれとも今のと別にもう一部屋とるんですか？

今のはそのままでもう一つ借りたいんだ。

わかりました。

モーテルの部屋の配置がわかるものはあるかな？

女はカウンターの下を見た。そういうのがあったはずだけど。ちょっと待って。これに載ってると思うわ。

女はカウンターに古いパンフレットを置いた。五〇年代の車が表に駐めてある写真が刷られていた。モスはそれをカウンターの上で広げて調べた。

一四二号室は空いてるかな？

よかったら今の部屋の隣はどうですか。一二〇号室は空いてますけど。

いやそれはいい。一四二号室は？

女は後ろのボードから鍵をとった。二泊分の料金を払っていただきますよ。

モスは料金を払いバッグをとりあげて建物の裏の通路を進んだ。女はカウンターから身を乗り出してその背中を見送った。

部屋でモスはベッドに坐りモーテルのパンフレットを広げた。それからバスルームに入りバスタブの中に立って壁に耳をつけた。どこかでテレビの音がしていた。部屋に戻ってベッドに坐りバッグを開いてショットガンを出しかたわらに置くとバッグの中の残りのものを全部ベッドの上に出した。

ドライバーを手にとり机の下から椅子を引き出してその上にあがり通風孔の鉄格子のネジをはずすと椅子から降りてベッドの安物のシェニール織りのカバーの上に埃のついたほうを上向きにして鉄格子を置いた。それからまた椅子にあがって通風孔に耳を寄せた。音を聞く。椅子から降りてフラッシュライトを手にとりまたあがった。

ダクトは十フィートほど先で別のダクトと交差しておりそのダクトから書類鞄の端が見えていた。フラッシュライトを消してじっと耳をすました。眼を閉じて音に神経を集中した。

椅子から降りてショットガンをとり戸口へ行って部屋の明かりを消すと闇の中でカーテンの隙間から中庭を覗き見た。それからまた戻ってショットガンをベッドの上に置きフラッシュライトをつけた。

小さなナイロン製バッグの紐をほどいてテントのポールを出した。長さ三フィートの軽いアルミ製のポールを三本つなぎ合わせ継ぎ目にダクトテープを巻いてはずれないようにした。クロゼットから針金ハンガーを三つとってきてベッドに腰をおろしペンチで鉤(かぎ)の部分を切り取り三つの鉤をテープで束ねて一つの鉤にする。それをテープでポールの先にとりつけると椅子の上にあがってポールをダクトの中に滑りこませた。

　フラッシュライトを消してベッドの上に放り投げ窓辺に戻って外を見た。ハイウェイを走るトラックの低い唸りが聞こえた。それが消えるのを待った。中庭を歩いていた猫が足をとめた。それから行ってしまった。

　モスはフラッシュライトを持って椅子にあがった。フラッシュライトをつけそのレンズをダクトのブリキの内壁に近づけて光を弱めたうえでポールの先の鉤を鞄の脇に突き入れ向きを変えて引き寄せる。鉤は引っかかり鞄が軽く動いたがすぐにまたはずれた。さらに何度か試したあとでようやくストラップの一つに引っかけるのに成功すると音を立てないようにしてたぐりこんでからポールを離して鞄をつかんだ。

　椅子から降りてベッドに腰かけ書類鞄の埃を拭き取るとストラップの留め金をはずして鞄を開き札束を見た。札束を一つとってぱらぱらめくる。それをもとに戻しストラップに結びつけた紐をはずしてフラッシュライトを消しじっと坐って聞き耳を立てた。それから立ちあがってポールをダクトの中へ全部押しこみ鉄格子をはめてから道具を一ヵ所に集めた。鍵を机に置きショットガンと道具をバッグに入れて書類鞄とそのバッグを持ち部屋を出ると部屋は一見入ってきたときと同じ状態に戻っていた。

シガーは車の窓を開け膝に受信機を置いてモーテルの部屋の並びに沿ってゆっくりと走った。敷地の端まで来るとまた引き返した。速度をゆるめてラムチャージャーを停止させギアをバックに入れて少し後ろにさがるとふたたび停止した。それから事務所の前へ行き車を駐めて中に入った。

事務所の壁の時計は十二時四十二分を指していた。テレビがついているが女はつい今しがたまで眠っていたように見えた。はい、いらっしゃい、と女は言った。

シガーは受け取った部屋の鍵をシャツの胸ポケットに入れてラムチャージャーに乗りこみ建物の横手に車を駐めたあと受信機と数挺の銃を入れたバッグを持って降り部屋の前まで歩いた。部屋に入るとバッグをベッドに放り出しブーツを脱いだあと受信機とバッテリー・パックと襲撃されたトラックから持ち出したショットガンを持ってまた部屋を出た。ショットガンは十二番径のレミントン・オートマチックでありフレームは軍隊仕様のプラスチック製で金属部にはパーカライジング法の防錆加工を施している。銃口には長さが一フィート強ありビール缶ほどの太さがある手製のサイレンサーがついていた。靴下を履いた足で通路を歩き受信機の音に耳をすましながら各部屋の前を通り過ぎた。

それから自分の部屋に戻り開いた戸口に駐車場からの死んだような白い明かりを受けて立った。バスルームに入り明かりをつけた。部屋の寸法を目測しどこに何があるかを確かめた。すべての照明器具のスイッチの位置も。部屋に出るともう一度すべての情報を頭の中で整理した。ベッドに腰かけてブーツを履きエアタンクを出してストラップを肩にかけゴムホースの先端のスタンガンを手にして通路に出ると目当ての部屋の前まで行った。

ドアに耳をつけて中で物音がしないか確かめた。次いで錠のシリンダーをスタンガンで打ち抜きドアを蹴り開けた。

緑色の刺繡入りシャツを着たメキシコ人がベッドの上で半身を起こし脇に置いたサブマシンガンに手を伸ばした。シガーがすばやく三発銃を撃つと銃声が長い一続きの音のように聞こえ男の上半身のほとんどが吹き飛んで後ろのヘッドボードと壁にぶちまけられた。ショットガンは奇妙に低くこもった連続音を立てた。まるで誰かが銃身に咳を吹きこんだように。シガーは明かりをつけてさっと通路に出ると建物の外壁に背中をつけた。それからもう一度すばやく中を覗く。さっきはバスルームのドアが閉まっていた。今は開いている。部屋に踏みこんでバスルームの開いたドアに二発撃ちこみ脇の壁に一発撃ちこんでまた外に出た。建物の端で明かりが点った。シガーは待った。それからもう一度部屋の中を覗いた。ベニヤ板のドアは破れて蝶番からぶらさがりバスルームのピンク色のタイル床にひとすじの血が細く流れはじめていた。

部屋に入ってバスルームの壁に銃弾を二発撃ちこみショットガンを腰だめに構えて中に入った。一人の男がAK-47を抱えてバスタブにぐったり寄りかかっていた。胸と首を撃たれて大量の血を流していた。殺さないでくれ、と息をあえがせながら言った。殺さないでくれ。シガーはバスタブのセラミックの破片を浴びないよう後ろへさがってから男の顔を撃った。

シガーはモーテルの敷地を出て表の歩道に立った。誰もいなかった。また戻って部屋の中を捜索した。クロゼットの中をあらためベッドの下を覗き簞笥などの引き出しを全部抜いて床に置いた。バスルームの中を見た。モスのヘッケラー&コッホのサブマシンガンが洗面台に置かれていた。それはそのままにしておいた。カーペットにブーツの底をこすりつけて血をぬぐいとったあと室内を見まわした。眼が通風孔にとまった。

ベッド脇のナイトテーブルから電気スタンドをとりぐいと引いてコードを引っ張り出すと机の上にあがって電気スタンドの金属製の台座を鉄格子に叩きつけ鉄格子をはずして中を覗いた。ダクトの内壁の埃に何かでこすられた痕があった。シガーは机から降りた。壁に飛び散った血と脳漿がシャツについたのでそれを脱ぎバスルームに入って上半身の汚れを落としバスタオルで拭いた。濡れたタオルでブーツを拭きタオルを折りたたんでジーンズの脚の部分を拭く。ショットガンを拾いあげ反対側の手で丸めたシャツを持って上半身裸のまま部屋に戻った。またカーペットでブーツの底を拭き最後にもう一度室内を見まわしてから部屋を出た。

ベルが事務所に入っていくとトーバートが机で顔をあげ椅子から立ってきてベルが坐った机に一枚の紙を置いた。

例のやつか？　とベルは訊いた。

ええ。

ベルは椅子にもたれてそれを読みながら人差し指でゆっくりと下唇を叩いた。しばらくしてその報告書を置いた。トーバートのほうは見なかった。

これでどういうことかわかったよ、とベルは言った。

そうですか。

食肉処理場へ行ったことはあるか？

ええ。あると思います。

ならわかるだろう。

でもたしか子供の頃一度だけなんです。

子供を連れていったのか。

自分で行ったんですよ。忍びこんだんです。

牛をどうしてた？

狭い通路の柵に一人またがって一頭ずつ通ってくる牛の頭を金槌で叩いてました。その係の人は一日それをやってましたよ。

だいたいそんな感じだな。しかし今はそういうやり方じゃない。圧縮空気を使った道具で鉄のボルトを打ちこむ。一定の長さだけボルトが飛び出すんだ。その道具を眼と眼のあいだにあてて引き金を引くと牛は倒れる。一瞬でな。

トーバートはベルの机の角のところに立っていた。保安官があとを続けるのを一分ほど待っていたが続きはなかった。トーバートはただじっと立っていた。それから顔を脇へ向けた。その話聞かなきゃよかったと思いますよ、と言った。

ああ、とベルは言った。おまえが何を言うかはそれを言う前からわかってたよ。

モスは午前一時四十五分にイーグル・パスの町に入った。タクシーが走っているあいだほとんどの時間は後部座席で眠り眼が醒めたのは車が速度を落としてハイウェイをはずれメイン通りに入ったときだった。窓の上縁に街灯の青白い丸い光が映って流れていくのをしばらく見ていた。それから身体を起こした。

川を越えるかね？　と運転手が訊いてきた。

いや。ダウンタウンへ行ってくれ。

ここがダウンタウンだけどね。

モスは両肘を座席の背もたれに突っ張って前に身を乗り出した。

あれはなんだ？

マヴェリック郡庁舎だよ。

そうじゃなくて。あのネオンサインが出てるところだ。

ホテル・イーグルだよ。

あそこでおろしてくれ。

運転手に約束の五十ドルを払うと荷物を持って車を降り階段をのぼってポーチにあがりホテルに入った。フロント係はまるでモスを待ち受けていたようにカウンターの後ろに立っていた。

モスは鍵をポケットに入れて階段をのぼり老朽化したホテルの廊下を歩いた。死んだような静寂。どの部屋の採光窓にも明かりは点っていなかった。部屋を見つけると鍵を差しドアを開けて中に入りドアを閉めた。窓のレースのカーテン越しに街灯の光が染みこんでいた。ベッドに荷物を置いて戸口に戻り天井の明かりをつけた。スイッチは古い押しボタン式だった。オーク材の家具は十九世紀から二十世紀への変わり目あたりのものだった。壁は茶色。ベッドカバーは相も変わらぬシェニール織りだ。

ベッドに坐ってあれこれ考えた。立ちあがって窓から外の駐車場を見たあとバスルームに入ってグラスに水をくみ部屋に戻ってきてまたベッドに腰かけた。水を一口飲んでからグラスをベッド脇のナイトテーブルのガラスの天板に置いた。まったくどうしようもないな、と一人ごちた。

真鍮製の留め金をはずして書類鞄を開け札束をとりだしてベッドの上に積んだ。鞄が空になると上げ底になっていないか底の外側や側面に仕掛けがないかと調べてから札束の紙幣をぱらぱらめくって一つずつ鞄に戻した。そして三分の一ほど詰めたところで発信機に気づいた。

一つの札束の中ほどに中央を切り抜いた紙幣がはさまれて空洞が作られそこにジッポ・ライターほどのトランスポンダーが仕込まれていた。モスは札束の帯封をはずして装置をとりだし掌に載せた。それをナイトテーブルの引き出しに入れ切り抜かれた紙幣と帯封をバスルームへ持っていって便器に流しまた部屋に戻った。ばらばらになった百ドル札の束を二つ折りにしてポケットに入れ残りの札束を鞄に収めて鞄を椅子の上に置くとベッドに腰かけてそれをじっと見つめた。そしてあれこれ思案したが最後まで残った考えはいずれある時点で運任せの逃亡をやめなければならないだろうというものだった。

バッグからショットガンを出してベッドに横たえ枕もとの電気スタンドをつけた。戸口へ行って部屋の明かりを消し戻ってきてベッドに寝て天井を見あげた。来るべきものが何かはわかっていた。わからないのはいつ来るかだけだった。起きてバスルームに入り鎖を引いて洗面台の明かりをつけ鏡で自分の顔を見た。ガラス製のレールからタオルをとって湯を出しタオルを濡らして絞り顔とうなじを拭いた。それから小便をして明かりを消し部屋に出てベッドに腰かけた。自分はもう一生安全ではないだろうという考えはすでに頭に浮かんでいたが今モスが考えているのはもしそうだとしてそういうことには慣れるものだろうかということだった。だがかりに慣れたとしてそれでどうなる？

バッグの中身を出して代わりにショットガンを入れファスナーを閉めてそれと書類鞄をさげてフロントへ行った。チェックインしたときのメキシコ人はもうおらずその代わりに痩せたごま塩頭の男がいた。くわえ煙草でリング誌を読んでいた男は顔をあげて煙草の煙に眼を細めながら面白くもなさそうにモスを見た。はい？　と男は言った。

交代したばかりかい？

ええ。勤務は朝の十時までです。

モスは百ドル札を一枚カウンターに置いた。フロント係はボクシングの専門誌を置いた。法に触れるようなことを頼む気はないんだ、とモスは言った。

何を頼みたいかって説明をこっちは待ってるんですがね、とフロント係は言った。

おれを捜してる人間がいるんだ。誰かがチェックインしたら知らせてほしい。誰かといっても股のあいだにブラブラしてるものがあるやつだけだ。どうだ頼めるかな？

フロント係は煙草を口からとって小さなガラスの灰皿の上にかざし小指の先で灰を落としてからモスを見た。ええいいですよ。

モスはうなずいてまた部屋にあがった。

電話は一度も鳴らなかった。だが何かで眼が醒めた。身体を起こしてナイトテーブルの時計を見た。四時三十七分。両足を床におろし手を伸ばしてブーツをとりそれを履いて坐ったままじっと耳をすました。

片手にショットガンを持ち戸口へ行ってドアに耳をつけた。バスルームに入りバスタブの上にリングで吊るしたシャワーカーテンを開け湯の蛇口をひねり取っ手をまわしてシャワーヘッドから湯をほとばしらせた。それからバスタブのカーテンを閉めバスルームを出てドアを閉めた。

また戸口で聞き耳を立てた。ベッドの下に押しこんであったバッグを引き出して隅の椅子の上に置いた。ベッドの枕もとへ行って電気スタンドをつけその場に立って思案した。電話が鳴るかもしれないと思い受話器をはずしてナイトテーブルの上に置いた。ベッドの上掛けをはぐり枕を揉みくちゃにした。時計を見る。四時四十三分。ナイトテーブルの上の電話機を見た。それをとりあげコードを抜いて受話器を架台に戻した。それからドアのそばへ行ってショットガンの撃鉄に親指をかけた。床に腹這いになってドアの下の隙間に耳を寄せた。涼しい風。どこかのドアが開いているのかもしれない。おれはちゃんと手を打ったのか。何か忘れていることはないか。

モスはベッドの向こう側へ行って床に伏せベッドの下にもぐりこんで腹這いの姿勢でドアへショットガンの銃口を向けた。すのこの下はぎりぎりの窮屈さだった。埃っぽいカーペットに鼓動が伝わる。じっと待った。ドアの下の明るみに二つの影が現われて停まった。次に鍵がまわされる音が聞こえた。ごくかすかな音だった。それからドアが開いた。廊下が見えた。誰もいない。じっと待った。瞬き一つすまいとしたがしてしまった。駝鳥革の高級なブーツが戸口に立った。ジーンズはプレスされていた。男はじっと立っていた。それから部屋に入ってきた。ゆっくりとバスルームのほうへ行った。

そのときモスは男がバスルームのドアを開けようとしているのでないことに気づいた。

こちらに向き直ろうとしていた。こちらに向き直ってしまったらもう手遅れだ。手遅れになってもうミスを犯すどころかおよそ何もできずに死ぬことになる。やれ、とモスは胸の中で言った。やるんだ。

こっちを向くな、とモスは言った。向いたら地獄へ吹き飛ばすぞ。

男は動かなかった。モスはショットガンを構えたまま両肘で前へ進んだ。男の姿は腰から下しか見えずどんな銃を持っているのかはわからない。銃を捨てろ、とモスは言った。今すぐ捨てるんだ。

ショットガンががしゃんと床に落ちた。モスは起きあがった。両手をあげろ。そのままの向きでドアから離れろ。

男は両手を肩の高さにあげて二歩後ろにさがった。モスはベッドの端まで移動した。男はほんの十フィートのところにいる。部屋全体がゆっくりと脈打った。空気の中に奇妙な匂いがあった。外国のオーデコロンのような匂い。薬臭くもある。あらゆるものがぶうんと低く唸っていた。モスは撃鉄を起こしたショットガンを腰で構えていた。何が起きても驚かないだろうという気がした。身体から体重がなくなったように感じた。宙に浮いているように。男はこちらを見もしなかった。奇妙に落ち着いていた。こんなことは日常茶飯事だというように。

後ろへさがれ。もう少し。

男はさがった。モスは男のショットガンを拾いあげてベッドの上へ放り投げた。部屋の明かりをつけてドアを閉める。こっちを見ろ、とモスは言った。

男は首をめぐらしてモスをじっと見据えた。青い眼。澄んだまなざし。黒い髪。どこか奇妙な感じ。モスの経験を超えている。

なんの用なんだ？

男は答えなかった。

モスは部屋を横切りベッドの脚を一本片手でつかんでベッドを横にずらした。書類鞄が埃だらけの床に置かれていた。モスは鞄をとりあげた。男は気に留める様子もない。心ここにあらずといったふうだ。

モスは椅子からナイロン製のバッグをとって肩にかけベッドから缶のような大きなサイレンサーのついたショットガンをとって脇に抱えるとまた書類鞄を手に持った。行くぞ、とモスは言った。男は両手をおろして廊下に出た。

ドアのすぐ外の床にトランスポンダーの位置を探知するための受信機を収めた小さな箱が置かれていた。モスはそれをそのままにしておいた。すでに充分危険を冒しすぎている気がした。モスは拳銃のように片手で持ったショットガンで男のベルトのあたりを狙いながら後ろ向きに廊下を歩いた。両手をあげろと言いかけたが男の手がどこにあろうと関係ない気もした。部屋のドアは開けっぱなしでシャワーの音がまだ聞こえていた。

階段の上から顔を出したら撃つぞ。

男は答えなかった。口がきけないのかもしれなかった。

そこでじっとしてろ、とモスは言った。一歩も動くな。

男は足をとめた。モスは後ずさりで階段の降り口までたどり着くと壁の電灯のくすんだ黄色い明かりの中で立っている男を最後にもう一度見てから階段を一段飛ばしに駆けおりた。どこへ行くのかは自分でもわからない。そんな先までは考えていなかった。

ロビーに降りるとフロントの机の後ろから夜勤係の両足が突き出ていた。モスは立ちどまらなかった。玄関から飛び出して階段を降りた。通りを渡りはじめたときシガーはすでにホテルの二階のバルコニーに出ていた。モスはかたげたバッグをぐいと引かれたように感じた。拳銃は静かな町の闇の中で小さなこもった音を立てただけだった。振り返ったとき二発目の銃口炎が地上十五フィートでピンク色に光っているホテルのネオンサインの下にかすかに見えた。モスは何も感じなかった。弾丸がシャツを破り血が上腕を伝い落ちたがモスは必死で走った。次の銃撃で脇腹に鋭い痛みを覚えた。モスは倒れてすぐ起きあがり道路に落としたシガーのショットガンはそのまま残していった。くそ、とモスは言った。

なんて腕前だ。

痛みに身をすくめながら歩道を走りアズテック劇場の前に来た。小さなチケット売り場の前を走り過ぎるとき円柱形のガラスが砕け散った。このときは銃声が聞こえなかった。さっと振り向きショットガンの撃鉄をあげて発砲した。バックショットはホテルの二階の手すりに当たったほか何枚かの窓ガラスを割った。また前に向き直るとメイン通りを車が一台やってきてヘッドライトでモスを照らし出しいったん速度をゆるめたあとまた加速した。モスがアダムズ通りに折れたとき車は交差点で横滑りしてタイヤから煙をあげ停止した。エンジンがとまり運転手がまた始動させようとする。モスは建物の煉瓦壁に背中をつけた。二人の男が車から降りて駆け足で通りを渡ってきた。一人が小口径のサブマシンガンを撃ってくるとモスは二人にショットガンを二発撃ち股間に温かい血が染みてくるのを感じながら小走りに走った。通りで車のエンジンがふたたびかかる音がした。

グランド通りにたどり着く頃には背後ですさまじい銃撃が始まっていた。モスはもう走れないと思った。通りの向かいの商店の暗いショーウィンドーに片肘を脇に引きつけバッグをかたげショットガンと革製の書類鞄を持ってよろよろ歩く自分自身の不思議な姿が映っていた。次にウィンドーを見たときには歩道にへたりこんでいた。立てこの野郎、とモスは言った。ここに坐りこんでると死ぬぞ。立つんだくそったれ。

ブーツに溜まった血をぐちゅぐちゅ鳴らしてライアン通りを横切った。バッグを肩からおろしてファスナーを開けショットガンを突っこんでまたファスナーを閉める。ふらつきながらしばらく立っていた。それから橋のほうへ向かった。寒さに身体を震わせながら吐きそうだと思った。

橋のアメリカ側には両替所と回転型ゲートがあってモスはそのゲートのスロットに十セント硬貨を入れ腕木を押して向こう側に出ると前方の狭い歩道を見た。夜が明けはじめていた。川の東岸に沿った汜濫原の上に灰色の光がにじんでいた。対岸までは神までの距離。

橋の中ほどで男たちの一団と行き会った。人数は四人で年は十八くらいと若く一杯機嫌だった。モスは書類鞄を置いてポケットから百ドル札の束を出した。金は血で濡れていた。それをズボンで拭いてから五枚だけとり残りは尻ポケットに入れた。

なああんたたち、とモスは声をかけた。金網フェンスにもたれた。後ろに血の足跡がアーケード商店街の道しるべのように点々とついていた。

あんたたち。

若者たちは歩道から車道に降りてモスを迂回しようとした。

すまないが誰か上着を売ってくれないかな。

若者たちは通り過ぎていった。それから一人が振り向いた。いくらくれるんだ？　と訊いた。

あんたの後ろの人。その長いコートがいいんだがな。

長いコートを着た若者とほかの者も足をとめた。

いくらだい？

五百ドルやろう。

嘘つけ。

おい、ブライアン。

行こうぜ、ブライアン。酔っ払いだ。

ブライアンと呼ばれた若者は仲間たちを見てからモスに眼を向けてきた。金を見せてくれよ。

ちゃんとここにある。

見せてくれよ。

コートをこっちにくれ。

行こうぜ、ブライアン。

まず百ドルと引き換えにコートをくれ。あとで残りを渡すから。

わかった。

若者はコートを脱いでそれをよこしモスから紙幣を受け取った。

これ何がついてんだ？

血だ。

血？

血。

若者は紙幣を片手で持ったままじっと立っていた。指についた血を見た。あんたどうしたんだい？

撃たれたんだ。

行こうぜ、ブライアン。まったく。

残りの金をくれよ。

モスは四枚の紙幣を渡してからバッグを歩道に置き苦労しながらコートを着こんだ。若者は紙幣を二つ折りにしポケットに入れてモスから離れた。

若者は仲間たちのそばに戻り一緒に歩きだした。それから若者たちは足をとめた。何か話しながら振り返ってモスを見た。モスはコートのボタンをかけて金をその内ポケットに移すとバッグを肩にかけて革製の書類鞄をさげた。さあもう行け、とモスは言った。二度と言わないぞ。

若者たちは前に向き直って歩きだした。三人しかいなかった。モスは掌の肉の厚い部分で眼をぬぐった。四人目はどこに行ったかと捜した。それから四人目などもとからいなかったと気づいた。よしいいぞ、とモスは言った。そのまま足を片一方ずつ前に出していくんだ。

橋の下に川が実際に流れている場所に来るとモスは立ちどまって川面を見おろした。メキシコ側のゲートと警備員詰所が前方に見えていた。振り返ったがあの三人の姿はもうなかった。東の空に粒子の粗い光が広がっていた。町の向こうには黒い山並みが低く横たわっていた。眼下の川の流れは黒く緩慢だった。どこかで犬が啼いた。静寂。何も起こらない。

川のアメリカ側の岸に丈の高い葦の繁みがあるのを見てモスはファスナーのついたバッグをおろし書類鞄の取っ手を持って後ろに振ってから欄干越しに放り投げた。

白熱する激痛。モスは脇腹を押さえて鞄が橋の薄れつつある街灯の光の中でゆっくり旋回しながら落ちて葦の繁みに音もなく消えるのを見届けた。それから歩道にくずおれて血溜まりの中に坐り顔を金網につけた。立て。くそ、立つんだ。

ゲートにたどり着くと警備員詰所は無人だった。腕木を押してゲートをくぐりコアウィラ州のピエドラス・ネグラスの町に入った。

通りを歩いて小さな広場へ行くとユーカリの木立でムクドリモドキが眼を醒まして啼き交わしていた。木は人の腰の高さまで白く塗られているので離れたところから見ると広場には白い柱がまとまりなく立てられているようだった。中央には鋳鉄の四阿（あずまや）だか野外ステージだかがあった。鉄製のベンチに崩れ落ちるように腰をおろしバッグをベンチのかたわらに置き前に背をかがめた。街灯柱には丸いオレンジ色の電球が吊られていた。退いていく世界。広場の向かいには教会があった。ずいぶん遠くにあるように見えた。頭上でムクドリモドキが甲高い声で啼きながら枝を揺すっているなか夜が明けてきた。

モスはベンチに片手をついた。吐き気がする。横になるな。

太陽は出なかった。灰色の光が広がってきただけだった。街路は濡れていた。商店は閉まっていた。鉄のシャッターが降りている。一人の老人が箒（ほうき）で道を掃きながらやってきた。老人は足をとめた。それからまた歩きだした。

じいさん（セニョール）、とモスは声をかけた。

やあ（ブエノ）、と老人は応じた。

英語はしゃべれるかい？

老人は両手で箒を持ったままモスをじっと見た。肩をすくめた。

医者に診てもらいたいんだ。

老人はモスがあとを続けるのを待った。モスは身体を起こした。ベンチは血で汚れていた。撃たれたんだ、とモスは言った。

老人はモスをじろじろ眺めた。舌打ちをした。白みはじめた空へ眼をそらした。木々や建物が形をなしはじめていた。老人はモスを見て顎をしゃくった。行けるのか（プエデ・アンダール）？

え？

歩けるのか（プエデ・カミナール）？　老人は手を前に出して指で歩く動作を示した。

モスはうなずいた。黒い波が襲ってきた。それが過ぎ去るのを待った。

金は持ってるか（ティエネ・ディネーロ）？　清掃係は親指の腹とほかの指の腹をこすり合わせた。

ああ（シ）、とモスは答えた。持ってる（シ）。ふらつきながら立ちあがった。血のついた札束をコートの内ポケットから出して百ドル札を一枚とり老人に差し出した。老人はひどく恭（うやうや）しく受け取った。モスを見てから箒をベンチに立てかけた。

階段を降りてホテルの玄関から外に出たときシガーは右の腿にタオルを巻きブラインドの紐で縛っていた。タオルはもう血で濡れている。片手に小さなバッグを持ち反対側の手には拳銃を持っていた。

交差点の真ん中にキャデラックが斜めに駐めてあり路上で銃撃戦が行なわれていた。シガーは理容店の玄関口に引っこんだ。サブマシンガンの連射音がしてショットガンの深く重い発射音が響いた。通りにいる男たちはレインコートに運動靴という恰好だった。普通ならこの国のこの地方でお眼にかかりそうにない男たちだった。シガーは足を引きながらまた階段をのぼってホテルの玄関ポーチにあがり手すりに拳銃の銃身を載せて男たちに向けて発砲した。

男たちが銃弾の飛んでくる方向を知る頃には一人を殺し一人を負傷させていた。負傷した男は車の陰に隠れホテルを狙って銃を撃ってきた。シガーは煉瓦壁に背中をつけて拳銃に新たなマガジンを装塡した。銃弾がドアのガラスを割り板をずたずたにした。玄関ホールの電灯が消えた。通りはまだ薄暗いので銃口炎が見えた。銃撃が一時やんだ隙にシガーは身体をひるがえしてガラスの破片をブーツで踏んでホテルのロビーに飛びこんだ。足を引きながら廊下を走り裏口の階段を降りて駐車場に出た。

ジェファーソン通りを渡りタオルを巻いた脚を懸命に前へ振り出しながら建物の北側の壁に沿って急いだ。ここはマヴェリック郡庁舎から一ブロックの距離であり新たな一団が数分で到着するのはわかっていた。

角まで来ると通りに立っている男は一人だけだった。男は車の後部に寄り添っていたが車は蜂の巣になりウィンドーはどれも砕け落ちているか白く罅割(ひび)れていた。車内には少なくとも一つ死体があった。銃を持ちあげホテルをじっと見ている男を狙って二発撃つと男は通りに倒れた。シガーは建物の陰に戻り銃を肩の高さで上向きに持って待った。朝の冷たい空気の中に火薬の刺激臭が濃厚に漂った。花火のような匂いだ。どこからも物音は聞こえてこない。

足を引きながら通りに出るとホテルの玄関ポーチから撃った男が歩道のほうへ這い寄っていた。シガーはその男をじっと見た。それから背中を撃った。別の男が前のフェンダーのそばに倒れていた。頭を撃たれて身体の周囲に黒っぽい血溜まりを作っていた。その男の銃が転がっていたがシガーは気にも留めなかった。車の後部へ近づいてそこに倒れている男をブーツで押しのけ背をかがめてその男が撃っていたサブマシンガンを拾いあげた。二十五発のマガジンを装塡した銃身の短いウージーだった。死んだ男のレインコートを探るとさらに三つのマガジンが見つかりそのうち一つは全弾が未使用だった。それを上着のポケットに入れ拳銃をズボンの前に差すとウージーに装塡されたマガジンの弾薬の数を確かめた。それからウージーを肩にかけ足を引きながら歩道のほうへ行った。さっき背中を撃った男がこちらを見ていた。シガーはホテルと郡庁舎のほうを見た。高い椰子の木立がある。それから男を見た。男のまわりの血溜まりが徐々に広がっていく。助けてくれ、と男は言った。シガーは拳銃をズボンの縁から抜いた。男の眼を覗きこんだ。男は眼をそむけた。

おれを見ろ、とシガーは言った。

男は見たがまた眼をそらした。

おまえ英語がわかるか？

ああ。

眼をそらすな。おれを見るんだ。

男はシガーを見た。周囲の青白い新たな陽の光を見た。シガーは男の額を撃ちじっと男を見つめた。眼の毛細管が破れるのを見た。薄れていく光。その失われていく世界の中で衰えていく自分の映像を見つめた。シガーは拳銃をズボンの縁に差してもう一度通りを振り返った。それからバッグをとりあげウージーを肩にかけて通りを渡り車を駐めてあるホテルの駐車場のほうへ足を引きながら歩きだした。

5

うちはジョージアからここへ移ってきた。おれの家族はな。馬車で移住してきたんだ。これはまず間違いのない事実だ。家族の歴史ってやつには本当のことでないこともよくあるのは知っている。どこの家族でもそうだ。話が語り継がれるあいだに真実が見逃される。諺にもあるとおりだ。このことの意味を真実は負けるもんだと受け取る人間もいるだろう。だがおれはそうは思わない。嘘が語られて忘れられたあとに真実は残るはずだと思っている。真実はあちこち動きまわったりその時々で変わったりしない。真実を腐らすことができないのは塩を塩漬けにできないのと同じだ。腐らすことができないのは真実とはまさにそういうものだからだ。人が問題にしているのは真実だからだ。真実を岩にたとえるのを聞いたことがある——あれは聖書だったかもしれない——おれはそれに反対しない。しかし真実は岩がなくなったあとも残るんだ。それに賛成しない人たちもいるだろう。かなり大勢いるだろう。そういう人たちが何を信じてるのかは全然わからない。

おれは地域の催しにはなるべく参加するようにしているし墓地の掃除なんかにはもちろん必ず出る。あれはそう悪くないもんだ。ご婦人がたがその場で食事を作ってくれてもちろんそれは選挙運動にもなるんだがとにかく自分ではもう何もできない人たちのためにやってあげるわけだ。それは死んだ人たちに夜中に来てほしくないからだろうなんて茶化すこともできる。しかしおれはそれよりもっと深い意味があると思うね。もちろん地域のためとか死んだ人たちへの敬意ということもあるがそれだけじゃなく死んだ人たちはおれたちが認めたがらないようなあるいは知らないような要求をおれたちに対してしていてその要求はとても強いものなんだ。ほんとに強いものなんだよ。死んだ人たちはあっさり解放されたくないんだという気がするんだな。だからそのことではどんな小さなことでもしてあげるのはいいことなんだ。

このあいだ新聞について話したことだが。先週もカリフォルニアである夫婦が年寄りたちに部屋を貸して殺して埋めて年金の小切手を現金化していたという事件が載っていた。なぜか知らないが殺す前に拷問したらしい。テレビが壊れてむしゃくしゃしてたのかもしれん。ここにその新聞がある。今そのまま読んでみるよ。こう書いてある。首輪しか身に着けていない老人がその敷地から逃げてきたとき近所の住民が異常な事態に気づいた。こんなことはでっちあげて書けるものじゃない。書けるというなら書いてみるといいよ。

とにかくこんなことが起きてやっと発覚したんだ。叫び声がしたり庭で穴を掘ってたりしても気づかれなかったわけだ。

なあにかまわんさ。おれも最初に読んだときはちょっと笑ったよ。もう笑うしかないってなもんだなこれは。

オデッサまでは車で三時間近くかかり着いたときにはもう暗くなっていた。彼はトラック運転手たちがCB無線で話しているのを聞いた。この辺はやつの管轄区域なのか？　どうなんだ？　そんなこと知るかい。現に犯罪を犯してるやつを見たときは管轄権があるんだろうよ。ふうんそれじゃおれは更生した犯罪者ってわけだな。そのとおりだよ相棒。

コンビニエンスストアで市街地図を買い発泡スチロールのカップでコーヒーを飲みながらパトカーの助手席に地図を広げた。グローブボックスから出した黄色いフェルトペンで道筋をなぞってから地図を折りたたみ助手席に置いて車内灯を消しエンジンをかける。

ドアのノックに答えたのはルウェリンの妻だった。彼女がドアを開けると帽子を脱いだがすぐにしまったと思った。ルウェリンの妻は片手を口にあて反対側の手を脇柱についた。

申し訳ない奥さん、と彼は言った。ご主人はだいじょうぶだ。ちょっとお話をうかがおうと思ってね。

今の嘘じゃないわね？

ああ。わたしは嘘をつかない。

サンダーソンから車で来たの？

そうです。

なんの用？

いやちょっとお邪魔しようと思ってね。ご主人のことで話を聞きたくて。

入ってもらうわけにはいかないの。ママが死ぬほど怖がるから。上着とってくる。

いいよ。

二人は車でサンシャイン・カフェへ行き奥の仕切り席でコーヒーを注文した。

うちの人がどこにいるかは知らないんでしょ。

ああ知らない。それはさっき言ったとおりだ。

あなたがそう言ったのは知ってる。

彼は帽子を脱いで脇に置き髪を手ですいた。連絡はないのかな？

ないわ。

全然？

全然。

ウェイトレスがコーヒーを注いだ大きな白い陶器のマグカップを二つ運んできた。ベルはスプーンでコーヒーを掻きまわした。スプーンを持ちあげ湯気を立てる銀色のくぼみをじっと見た。ご主人からはいくらもらったのかね？

カーラ・ジーンは答えない。ベルは微笑んだ。今なんて言いかけたんだね？　言っていいんだよ。

そんなことあなたに関係ないでしょって言いかけたのよ。

とりあえずわたしを保安官じゃないと思ってみたらどうかな。

なんだと思えばいいの？

ご主人が厄介なことになってるのは知ってるだろう。

ルウェリンは何もしてないわ。

厄介の相手はわたしじゃないんだ。

じゃあ誰？

ものすごくたちの悪い連中だ。

ルウェリンは自分で自分の面倒を見られる人よ。

あんたをカーラと呼んでかまわないかな？

普通はカーラ・ジーンって呼ばれてるわ。

じゃカーラ・ジーン。これでいいかね？

いいわ。あなたはずっと保安官でかまわない？

ベルは微笑んだ。ああ、かまわんよ。

わかった。

その連中はご主人を殺すよ、カーラ・ジーン。連中はあきらめない。

うちの人もよ。あきらめたことなんかいっぺんもないわ。

ベルはうなずいた。コーヒーを一口飲む。マグカップの黒い液体の表面でゆらゆら揺れる顔がこれから来るものの予兆のように思えた。これからいろいろなものが形を失っていく。そしてこちらを道連れにする。ベルはマグカップを置いてカーラ・ジーンを見た。それがご主人のためになればいいんだがね。そうは思えないんだ。

あの人はそういう人でこれからも変わらないわ。だからあの人と結婚したのよ。

でもかなり長いこと連絡がないんだろう。

連絡なんか待ってないもの。

喧嘩でもしたのかね？

喧嘩なんかしない。したっていつも収まるから。

運がいいご夫婦なんだね。

ええそうよ。
カーラ・ジーンはベルをじっと見つめた。どうしてそんなこと訊くの？
喧嘩したかってことを？
そうそのこと。
ただどうなのかなと思っただけだ。
何かあたしの知らないことが起こったの？
いや。同じことをあんたにも訊いてみようかな。
訊かれても答えないでしょうけどね。
そうだな。
亭主に捨てられたと思ってるんでしょ。
さあ。そうなのかね？
違う。捨てられてなんかいない。あの人のことはわかってるから。
前はわかってたわけだ。
今でもわかってるわ。あの人は変わってないもの。
そうかもしれん。
でもそうは思ってないのね？

まあぶちまけて言えば金を手に入れて変わらない人間というのは今まで見たことがないし話に聞いたこともないね。いるとすればご主人が最初だな。

じゃあの人が最初の人になるのよ。

そうだといいがね。

ほんとにそう思ってる、保安官？

ああ。思ってるよ。

あの人に何かの容疑がかかってるの？

いや。なんの容疑もかかってない。

でもこれからもかからないって保証はないのね。

ああ。そうだな。それだけ長く生きられればの話だがね。

でも。あの人はまだ死んでない。

そのことであんたが安心できればいいがわたしは安心できないんだ。

ベルはコーヒーを飲んでマグカップをテーブルに置いた。じっとカーラ・ジーンを見た。

ご主人は警察に金を渡さなくちゃいけない、とベルは言った。そのことが新聞に載る。そうすれば連中は放っておいてくれるかもしれん。その保証はできないよ。でも可能性はある。ご主人にはそれしかないんだ。

どっちみち新聞に出すんでしょ。

ベルはカーラ・ジーンをじっと見た。いや、それはできない。

というよりしないってことかしら。

じゃそういうことにしよう。いったいいくらなんだね？

なんの話かわかんない。

そうか。

煙草吸ってもいい？

ここはまだアメリカだと思うよ。

カーラ・ジーンは煙草を一本くわえて火をつけ顔をそむけて煙を店の真ん中のほうへ吐いた。ベルは彼女をじっと見つめた。この件は最後にどうなると思うかね？

さあ。どんなことであれ最後にどうなるかなんてわかんない。あなたは？

どうならないかならわかるよ。

めでたしめでたしにはならないってこと？

そんなところだ。

ルウェリンはすごく頭いいんだから。

ベルはうなずいた。しかしわたしが言いたいのはもっとご主人の心配をしたほうがいいってことだろうな。

カーラ・ジーンは長々と煙を吸いこんだ。それからベルに眼を据えた。保安官あたしはちゃんと必要なだけ心配してるつもりでいるわ。

ご主人はそのうち人を殺すことになる。そのことは考えてみたかね？

あの人は人を殺したことなんてない。

ヴェトナムで戦っただろう。

一般市民としてという意味よ。

でも殺すことになるよ。

カーラ・ジーンは返事をしなかった。

コーヒーのお代わりはどうかな？

コーヒーは控えてるの。初めからいらなかったのよ。

カーラ・ジーンは店の中を眺めた。どのテーブルにも客はいなかった。レジ係は十八くらいの若者でガラスのカウンターに置いた雑誌を読んでいた。ママは癌で、とカーラ・ジーンは言った。もうあんまり長くないの。

それは気の毒に。

あたしはママって呼んでる。ほんとはお祖母ちゃんだけど。お祖母ちゃんに育てられてあたしはラッキーだった。ていうか。ラッキーぐらいじゃ言い足りないわ。

なるほど。

ママはルウェリンのことあんまり好きじゃないの。なぜだかはわかんない。とくに理由なんてないと思う。あの人はママに優しいから。癌だと言われたあとはママももうちょっと丸くなるかと思ったけどだめだった。よけいひどくなった。

なんで一緒に暮らしてるのかね？

一緒に暮らしてなんかいない。あたしそんな馬鹿じゃないわ。とりあえず今一緒にいるだけよ。

ベルはうなずいた。

もう帰んなきゃ、とカーラ・ジーンは言った。

わかった。あんた銃は持ってるかな？

ええ。持ってるわ。あたしがただぼうっとやられるのを待ってると思ってるんでしょ。

それはわからんが。

でもそう思ってるでしょ。

とにかくあまりいい状況だとは思えないんだ。

そうね。

ご主人と話したほうがいいね。

それはちょっと考えてみる。

わかった。

あたしルウェリンのことをチクるくらいなら死んで永遠に地獄で暮らすほうがましなの。

そこんとこわかってちょうだい。

わかってるよ。

こういうことはパッパッとお手軽に決められないたちなの。これからもそうでありたいわ。

なるほど。

もし聞きたければあることを話すけど。

聞きたいね。

でもあたしのこと変人だと思うかもしれないわね。

思うかもしれない。

もう思ってるかもしれないけど。

そんなことはない。

あたし十六でハイスクールをやめてウォルマートで働きだしたの。ほかになんにもできなかったから。でもお金を稼がなくちゃならなかったのよ。どんなはした金でも。で初めて出勤する日の前の夜に夢を見たの。ていうか夢みたいなものを。あれは半分起きてたんだと思うのよね。それでその夢だかなんだかわからないものの中であそこへ行けば彼に会えるとわかったの。ウォルマートへ行けば会えるって。彼といっても誰だかわからないし名前も顔もわからない。でも見ればすぐわかるはずだった。あたしは毎日カレンダーの日付に印をつけていった。ちょうど刑務所に入ってるみたいに。刑務所なんか入ったことないけどたぶんそんなことすると思うのよ。そしたら九十九日目に一人の男の人が店に入ってきてスポーツ用品売り場はどこかって訊いたんだけどそれが彼だったの。売り場を教えたら彼はあたしをちょっと見てからそっちへ行った。それからまっすぐ戻ってきてあたしの名札を見て名前を呼んでこう訊いたの。仕事は何時にあがるんだい？　それで決まり。あたしの心にはなんの疑問もなかった。あのときもそうだったし、今も、これからもそう。

いい話だ、とベルは言った。それがハッピーエンドで終わるといいが。

ほんとにそんなふうだったのよ。

わかってる。話してくれてありがとう。時間も遅いしそろそろあんたを解放しなくちゃな。

カーラ・ジーンは煙草を揉み消した。遠いところをわざわざ来てくれたのになんの役にも立てなくてごめんなさい。

ベルは帽子をとりあげ頭に載せてかぶり具合を整えた。まあ話せるだけのことを話してくれたわけだから。最後はうまくいくってことも世の中にはあるよ。

本気で心配してるの？

ご主人のことを？

うちの人のことを。ええ。

心配してるよ。テレル郡の住民がわたしを雇ってるのは自分たちの面倒を見させるためだ。それがわたしの仕事だ。給料をもらってる以上最初に怪我をするならこのわたしだ。

殺されるのはと言ってもいい。だから心配したほうがいいんだ。

あなたはその言葉を信じろと言うけど。でもそう言ってるのはあなたたなわけでしょ。

ベルは笑みを浮かべた。そのとおりだ、と言った。わたしの言ったことをよく考えてみてほしい。ご主人が巻きこまれてる厄介ごとのことで作り話は一つもしてないからね。ご主人が殺されたらわたしには一生の負い目になる。でもわたしはまだいい。あんたは自分がそれを我慢できるかどうか考えてみてくれ。

わかった。

一つ訊いていいかな？

いいわ。

女の人に年を訊いちゃいけないのはわかってるんだがどうも気になってね。

別にいいのよ。あたしは十九。年より若く見えると思うけど。

結婚して何年になる？

三年よ。もうすぐ三年。

ベルはうなずいた。うちの女房は結婚したとき十八だった。十八になったばかりだった。あれと結婚したことでわたしがやってきた馬鹿なことは全部帳消しになってるよ。それどころか逆にお釣りが来てるほどだ。うんと黒字なんだ。さあ用意はいいかね？

カーラ・ジーンはバッグを手にして腰をあげた。ベルは伝票をとりあげてまた帽子をきちんとかぶり直してから仕切り席を出た。カーラ・ジーンは煙草の箱をバッグに入れてベルを見た。ねえ、保安官。十九にもなったらこの世の何よりも大事なものがとりあげられてしまうこともあるってことぐらいわかるわ。というより十六でもわかると思う。だからさっきのことよく考えてみる。

ベルはうなずいた。あんたが今言ったことはよくわかるよ。わたしもよくそういうことを考えるんだ。

まだ外が暗いときにベッドで眠っていると電話が鳴った。ナイトテーブルの古い夜光時計を見てから電話の受話器をとった。ベル保安官だ、と声を送った。

二分ほど相手の話を聞いた。それからこう言った。知らせてくれてありがとう。ああ。これは正真正銘の戦争だ。ほかにどう呼んでいいかわからん。

ベルはその朝九時十五分にイーグル・パスの保安官事務所に車を乗りつけて当地の保安官と一緒に事務所に坐りコーヒーを飲みながら三時間ほど前に二ブロック先の街路で撮られた写真を見た。

ときどきこの土地を全部もといた連中に返してしまったらいいって考えに賛成したくなるよ。

なるほど、とベルは応じた。

通りには死体がごろごろ。商店は蜂の巣。市民の車もだ。こんなことは話に聞いたこともない。

ちょっと現場を見てくるか？

ああ。いいよ。

通りにはまだ立入禁止のテープが張ってあったが見るべきものはたいしてなかった。イーグル・ホテルの玄関におびただしい銃弾が撃ちこまれ通りの両側にガラスの破片が散乱していた。数台の車がタイヤとウィンドーに損傷を受け車体に銀色の鉄のささくれに縁取られた小さな穴をたくさんつけていた。キャデラックはすでにレッカー車で撤去されたあとでガラスの破片は通りの端に掃き寄せられ血はホースで洗い流されていた。

ホテルには誰がいたと思うかね？

メキシコ人の麻薬密売人どもだ。

イーグル・パスの保安官はじっと立って煙草を吸った。ベルは通りを少し歩いた。それから足をとめた。歩道にあがってガラスの破片をブーツで踏みながら引き返してきた。保安官は煙草の吸殻を通りに捨てた。そっちのアダムズ通りに半ブロックほど血の痕が点々とついてるよ。

国境の向こうへ逃げたんだろうな。

頭のあるやつならそうするだろうよ。キャデラックに乗ってた連中は挟み撃ちにされたんだろうな。連中はホテルと向こうの通りの両方に向かって発砲したようだ。なんだってあんなふうに交差点の真ん中で車を停めたのかな。

見当もつかんよ、エド・トム。

二人はホテルに向かって歩きだした。

落ちてた薬莢はどういうやつだった？

ほとんどが九ミリ弾だが散弾と三八〇口径の撃ち殻もあった。ショットガン一挺とマシンガン二挺を押収した。

フルオートの銃か。

ああ。別におかしくないだろう。

おかしくないな。

二人はホテルの玄関前の階段をのぼった。ポーチはガラスと木の破片で覆われていた。

夜勤のフロント係が殺されてたよ。よっぽど運が悪かったということだろうな。流れ弾に当たったんだ。

どこに当たったんだ？

眉間だ。

二人はロビーに入って足をとめた。カウンターの後ろのカーペットについた血の染みに誰かがタオルを二枚かぶせていたがタオルには血がぐっしょり染みていた。銃で撃たれたんじゃないよ、とベルは言った。

誰のことだい？

夜勤のフロント係。

銃で撃たれたんじゃない？

ああ。

なんでそう思うんだ？

検死報告が来たらわかる。

いったいなんのことだエド・トム？　ブラック・アンド・デッカーの電動ドリルで脳味噌をほじくり出されたとでもいうのか？

今のはかなり当たってるよ。あとは自分で考えてみてくれ。

サンダーソンに戻る途中で雪が降りだした。ベルは事務所で書類仕事をしてから陽が暮れる少し前に退勤した。家の裏手へ車を乗り入れると妻のロレッタが台所の窓から外を見ていた。こちらににっこり笑いかけてくる。黄色い暖かな明かりの中で雪がちらちら舞い落ちてきた。

二人はこぢんまりしたダイニングルームで夕食をとった。ロレッタはヴァイオリン協奏曲を流した。電話は鳴らなかった。

線をはずしてるのか？

いいえ。

どこかで電話線が切れたんだな。

ロレッタは微笑んだ。雪のせいじゃないかしら。雪が降るとみんな静かに考えごとをするようになるかもしれないわね。
ベルはうなずいた。いっそ吹雪(ふぶき)になるといいな。
この前ここで雪が降ったのはいつだったか覚えてる？
いや、覚えてない。おまえは覚えてるのかい？
ええ覚えてるわ。
いつだったかな。
そのうち思い出すわよ。
そうか。
ロレッタは笑みを浮かべた。二人は食事を続けた。
いいもんだな、とベルは言った。
何が？
音楽。夕食。家でくつろぐ。
その若い奥さんほんとのこと言ってると思う？
ああ。そう思うよ。
その人まだ生きてるかしらね。
どうかな。生きてればいいが。

これっきり音沙汰がなくなるかもしれないわね。

ありうるな。しかしそれで終わりになるわけじゃない。そうだろう？

ええ、そうでしょうね。

連中がしょっちゅうあんなふうにお互いに殺し合うなんてことは期待できんからな。そのうちどこかのカルテルがあとを引き継いでメキシコの政府と手打ちをするんだろう。麻薬ビジネスは金になる。この国のやくざ者どもは締め出されちまうだろうよ。それも近いうちに。

あの人はいくら持ち逃げしたんだと思う？

モスか？

ええ。

見当がつけにくいな。百万単位かもしれんが。そう無茶苦茶な額でもないだろう。歩いて運んでったんだから。

コーヒーお代わりは？

ああもらおう。

ロレッタは立ってサイドボードのところへ行きプラグを抜いてパーコレーターごとテーブルに持ってくると夫のカップにコーヒーを注いでまた坐った。ある晩死んで帰ってくるなんてやめてよね、とロレッタは言った。そんなの耐えられないから。

そんならやめとくとしよう。

あのひと奥さん呼び寄せると思う？

ベルはコーヒーを掻きまわした。湯気の立つスプーンをしばらくカップの上で停めてから皿に置いた。どうかな、と彼は言った。そうしないならよほどの馬鹿だな。

そのオフィスは十七階にありヒューストンの高層ビル群と開けた低地と水路とその向こうの入り江を一望できた。石油タンクの群れ。薄く見える昼間のガスの炎。ウェルズがやってくるとオフィスの主は入ってドアを閉めてくれと言った。そちらに顔を向けもしなかった。ウェルズの姿はガラスに映っていた。ウェルズはドアを閉めると身体の前で手首を交差させて立った。葬儀屋のような姿勢だった。

男はようやく身体の向きを変えてウェルズを見た。きみはアントン・シガーを直接知ってるんだったな？

ええ。

この前会ったのはいつだね？

去年の十一月二十八日です。

たまたま日付まで覚えてるのはなぜだ？

たまたまじゃありません。わたしは必ず日付を覚えておきます。数字は全部。

男はうなずいた。男は机の後ろに立っていた。机はぴかぴかのステンレスと胡桃材ででできていて上には何も載っていなかった。写真立ても一枚の書類もない。何もなかった。

危ないやつが勝手に動いている。それに商品と大金が消えた。

ええ。わかります。

きみにはわかると。

ええ。

よし。きみの関心を惹けてよかった。

ええ。あなたはわたしの関心を惹きました。

男は机の引き出しの鍵を開けてスチール製の箱をとりだし鍵を開けキャッシュカードを一枚出して箱を閉じ鍵をかけてまた引き出しにしまった。カードを二本の指でつまんで掲げウェルズを見るとウェルズは前に進み出てそのカードを受け取った。

たしかきみは経費は自分で持つんだったな。

ええ。

このカードは一日の引き出し限度額が千二百ドルだ。前の千ドルからあげておいた。

そうですか。

シガーのことはどの程度知っている？

よく知ってます。

それじゃ答えになっていない。

何が知りたいんです？

男は拳の関節で机をコツコツ叩いた。それから顔をあげた。やつについての意見を聞きたいんだ。全般的なことを。無敵のミスター・シガーについて。

無敵の人間などいません。

誰かいるだろう。

なぜそうおっしゃるんです？

この世界のどこかに一番強い人間がいるはずだ。一番弱い人間がいるのと同じように。

あなたはそう信じてるんですか？

いや。これは統計の問題だ。やつはどの程度危険なのかね？

ウェルズは肩をすくめた。何と比べてですかね？　腺ペスト菌と？　まああなたがわたしを呼ばなければならない程度に危険な男ですよ。やつはサイコパス殺人鬼ですがだから
どうだというんです？　その手のやつは大勢います。

やつは昨日イーグル・パスで銃撃戦をやった。

銃撃戦？

銃撃戦だ。街中で何人か死んだ。新聞は読まないのか？

ええ、読みません。

男はウェルズをじっと見た。きみは優雅な生活を送っているようだな、ミスター・ウェルズ。

はっきり言って今までずっと優雅というものとはあまり縁がなかったようです。

うむ。ほかに何かあるかね。

いやこれで充分です。やられたのはパブロの手の者たちですか？

そうだ。

確かなんですね？

きみが思ってるような意味でじゃない。だがまず間違いない。うちの連中じゃないんだ。やつは何日か前にも二人殺してるがそれはうちの者だった。その何日か前の無茶苦茶な騒ぎでも三人殺してるがね。これでいいか？

ええ。これでいいです。

じゃあハンティングを楽しんでくれ。昔はそういうことを言ったものだ。大昔にはな。

これはどうも。一つ訊いていいですかね？

いいとも。

さっき乗ってきたエレベーターではもう二度とあがってこれないんでしょうね？

この階にはな。なぜそんなことを訊く？

いやちょっと興味がね。セキュリティーの問題。これはつねに興味深い。

毎回暗証番号が自動的に変わるんだ。五桁のランダムな数字が決まる。それはプリントアウトされない。わたしがあるところへ電話をかけるとそちらで番号を読み取って教えてくれる。わたしはそれをきみに教えてきみはそれを打ちこむんだ。これで疑問は解けたかな？

いいシステムですね。

うむ。

通りから階数を数えてみたんですが。

そうしたら？

一階足りなかった。

そいつは調べてみないとな。

ウェルズはにやりと笑った。

一人で出ていけるかね？　と男は訊いた。

ええ。

よろしい。

もう一つだけ。

なんだね。

駐車券にスタンプを押してもらえますか？

男は軽く首をかしげた。今のは笑いをとろうとしたんだろうな。

すみません。

じゃごきげんよう、ミスター・ウェルズ。

はい。


ウェルズがホテルに着いたとき立入禁止のテープはもうはずされロビーに散乱していたガラスと木屑も掃き捨てられて営業が再開されていた。ドアや二つの窓にはベニヤ板が打ちつけられフロントの机には前の係員の代わりに新しい男が立っていた。いらっしゃい、とフロント係は言った。

部屋をとりたい、とウェルズは言った。

はい。お一人ですか？

そうだ。

何泊なさいますか？

たぶん今夜一晩だ。

フロント係は宿帳を押し出して後ろを向きボードにかけてある鍵を眺めた。ウェルズは宿帳に書きこんだ。もうさんざん訊かれてうんざりだろうが、このホテルで何があったんだね？

それは話しちゃいけないことになってるんで。

まあいいがね。

フロント係は鍵をカウンターに置いた。お支払いは現金ですかカードですか？

現金で。いくらだ？

十四ドルと税金です。

いくらになる？　全部で。

はい？

全部でいくらかと訊いてるんだ。金額を言ってもらわないと。数字を。全部込みで。

はい。十四ドル七十セントです。

事件が起きたときときみはここにいたのか？

いえ。昨日雇われたばかりで。これが二回目の勤務です。

それじゃ話しちゃいけないも何もないだろう？

はい？

勤務は何時に明ける？

はい？

それじゃ言い換えよう。仕事が終わるのは何時だ？

フロント係は長身の痩せた男でメキシコ人かもしれないしそうでないかもしれなかった。眼をさっとロビーに走らせた。まるでそこにヒントがあるとでもいうように。今日は六時に入ったばかりで。あがるのは二時です。

二時には誰が来る？

名前は知りません。昼勤だった係員です。

その男はおとといの夜いなかったわけだ。

ええ。昼勤でしたから。

おとといの夜いた男だが。今どこにいる？

もういません。

昨日の新聞はあるかね？

フロント係は後ろにさがってカウンターの下を見た。いえ。もう捨てたみたいですね。

まあいい。女を二人とグラスに五分の一注いで氷を入れたウィスキーを部屋に持ってきてくれ。

はい？

冗談だ。まあ落ち着け。連中はもう戻ってこない。それは保証できる。

ええ。戻ってこられちゃ困ります。ここに雇われるのも嫌だったんです。

ウェルズはにやりと笑って鍵をとりファイバーボードのタグで大理石張りの机を二度叩いてから二階へあがった。

驚いたことに問題の二つの部屋はまだ立入禁止のテープで封鎖されていた。ウェルズは自分の部屋へ行きバッグを椅子に置いて髭剃り道具を出しバスルームに入って明かりをつけた。歯を磨き顔を洗ってから部屋に戻りベッドに寝そべった。しばらくして起きあがり椅子のところへ行ってバッグを横に倒し底の仕切りのファスナーを開いてスエードの拳銃ケースを出した。ケースのファスナーを開きステンレス製の三五七口径リヴォルヴァーをとりだすとベッドに戻りブーツを脱いでまた横になり拳銃を脇に置いた。

眼が醒めたときにはかなり暗くなっていた。起きて窓辺へ行き古いレースのカーテンを開けた。通りに明かりが点っていた。暗さを増していく西空には赤鈍色の雲が長い岩礁のように横たわっていた。貧相な低い家並み。拳銃をズボンの上縁に差しシャツの裾をズボンから出して拳銃を隠すと部屋を出て靴下履きの足で廊下を歩いた。

十五秒ほどたってモスの泊まった部屋に入り立入禁止のテープをはさまないようにしてドアを閉めた。ドアにもたれて室内の匂いを嗅ぐ。それからそのままの姿勢でいろいろなものを一渡り眺めた。

最初にしたのはカーペットを注意深く観察しながら室内を歩くことだった。ベッドの位置がずれたためにできたへこみを見つけるとベッドの足側をぐいと部屋の中央のほうへ動かした。ひざまずいてカーペットの埃を吹き払い毛羽を調べる。それから立ちあがって枕をとり匂いを嗅いでからベッドの上に戻す。ベッドを斜めにしたままクロゼットのところへ行き扉を開けて中を見てからまた扉を閉めた。

それからバスルームに入った。洗面台に人差し指を滑らせる。風呂で身体を洗うタオルと手拭きタオルは濡れているが石鹸を使った形跡はない。バスタブの側面にも指を滑らせてからその指をズボンの縫い目にこすりつけて拭いた。バスタブの縁に腰かけてタイル床を靴でコツコツ叩く。

もう一つの部屋は二二七号室。ウェルズはそこへ入ってドアを閉め室内のほうを向いた。ベッドに人が寝た形跡はなかった。バスルームのドアが開いている。床に血まみれのタオルが落ちていた。

そこへ行ってドアをいっぱいに押し開けた。洗面台に身体を洗うタオルが置かれていた。手拭きタオルはない。血の手形。血の手形はシャワーカーテンの端にも一つ。おまえどこかの穴に這いこんで逃げたんじゃないだろうな、とウェルズはつぶやいた。おれは報酬が欲しいんだぞ。

朝になって陽が射しはじめるとウェルズは外に出て通りを歩きながらあれこれ頭に銘記した。通りはホースの水で洗われていたがコンクリートの歩道にはモスが撃たれたときの血の染みがまだ見えた。メイン通りに戻ってまた歩きだす。歩道ぎわと歩道にガラスの破片が落ちていた。窓ガラスや通りに駐めた車のウィンドーの破片だった。割れた窓にはベニヤ板が打ちつけられていたが煉瓦壁には銃弾が食いこんだ穴やホテルから飛んできた銃弾がこすれた涙形の鉛の痕が残っていた。ホテルのほうへ戻って玄関前の階段に坐り通りを眺めた。太陽がアズテック劇場の上に顔を出した。通りの建物の二階のあるものが眼を惹いた。立ちあがって通りを渡り階段をのぼった。窓ガラスに銃弾の貫通した穴が二つあいていた。ドアをノックして待った。それからドアを開いて中に入った。

室内は暗かった。かすかな腐臭がした。ウェルズは眼が慣れるまでじっと立っていた。客間。向かいの壁ぎわには自動演奏ピアノか小型のオルガン。衣装箪笥。窓ぎわにロッキングチェアが置かれそこに老女がぐったり坐っていた。

ウェルズは老女の前へ行って観察した。額を撃ち抜かれた頭を前に垂れ後頭部の骨の一部と脳の乾いた大きな破片を椅子の木の背もたれにへばりつかせていた。膝には新聞が載っておりコットンの部屋着は黒く乾いた血で汚れていた。部屋の中は寒かった。ウェルズは周囲を見まわした。もう一発の銃弾は老女の背後の壁にかけられたカレンダーの今日から三日後の日付に命中していた。それはどうしても眼についた。室内のほかの部分を見た。上着のポケットから小型カメラを出して死んだ老女の写真を二枚撮りカメラをまたポケットに戻した。こうなるとは思ってもみなかったろう、ばあさん？　と老女に言った。

モスが眼醒めた病棟では左隣のベッドとのあいだにシーツの仕切りが垂らされていた。そこに人の姿の影絵が映っている。スペイン語の声。通りからもかすかな音が聞こえてくる。オートバイ。犬。枕の上で首をめぐらすと壁ぎわの金属パイプの椅子に花束を持って坐っている男と眼が合った。気分はどうかな？　と男は訊いた。

あんまりよくない。あんたは誰だ？

カーソン・ウェルズという者だ。

何者なんだ？

それはわかってると思う。花を持ってきたよ。
モスは首をもとに戻して天井を見あげた。あんたらは何人いる?
まあ今のところきみが心配すべきなのは一人だけだろうな。
あんたか。
そう。
ホテルへ来た男はどうなんだ。
あの男のことを話そう。
話してくれ。
それは自分でできるよ。
おれならやつを追い払える。
そうは思えない。
あんたがどんな意見を持とうと自由だ。
アコスタの手の者が来なかったらきみはそううまく逃げられなかったはずだ。
実際そううまくは逃げられなかったよ。
いやうまく逃げた。うんとうまく逃げた。
モスはまた首をめぐらして男を見た。あんたいつからここにいる?

一時間ほど前からだ。
ただそこに坐ってたのか。
そうだ。
あんまりすることがないんだな。
おれは一度に一つのことをするのが好きだ、そういう意味で言ってるのならね。
ぼうっと坐ってるとは間抜けもいいとこだ。
ウェルズはにやりと笑った。
その花を置いたらどうだ。
わかった。
ウェルズは立ちあがって花束をナイトテーブルに置いてからまた椅子に坐った。
二センチメートルってわかるか？
ああ。長さだろ。
およそ三分の二インチだ。
そうかい。
きみは二センチメートルの差で肝臓をやられずにすんだ。
医者がそう言ったのか？

そうだ。肝臓が何をするものか知ってるか？

いや。

きみを生かしておいてくれるんだ。きみを撃った男が誰だか知ってるか？

そいつがおれを撃ったんじゃないかもしれない。メキシコ人の一人かもしれない。

とにかくその男を知ってるか？

いや。おれが知ってるはずの男なのか？

あれは知り合いにならないほうがいい男だ。やつと出会った人間の未来はとても短くなる傾向がある。ほとんどなくなると言っていい。

そりゃまたすごい男だね。

ちゃんと話を聞いてないな。しっかり聞いたほうがいいぞ。この男はきみを捜すのをやめない。かりに金を取り戻してもだ。金のことはやつにはどうでもいい。きみがやつのところへ行って金を返してもやつはきみを殺す。自分に迷惑をかけたというだけの理由で。

迷惑よりもうちょっとひどいかもしれないな。

どういう意味だ？

弾が当たったと思う。

どうしてそう思うんだ？

ダブルオー・バックを食らわせてやった。あれが身体によかったとは思えないよ。

ウェルズは椅子の背にもたれた。じっとモスを見る。殺したと思うのか？

わからない。

殺してないよ。通りに出てきてメキシコ人どもを一人残らず殺してからホテルに戻った。まるで新聞を買いにちょっと外に出てきたといった感じだった。

一人残らず殺したってことはないだろう。

生き残ってたやつをみんな殺したよ。

やつは撃たれなかったっていうのか？

さあね。

言いたくないってことか。

そう思ってくれてもいい。

やつはあんたの仲間なのか？

いや。

仲間じゃないかと思ったんだがな。

いやきみはそうは思わなかった。ときにやつが今オデッサに向かってないという自信はあるのか？

なぜオデッサへ行くんだ？

きみの奥さんを殺しにだよ。

モスは何も言わなかった。ごわごわのシーツの上に寝て天井を見あげていた。身体の痛みがひどくなってきた。あんたは当てずっぽうでしゃべってるんだろう。

きみに写真を持ってきた。

ウェルズは腰をあげて二枚の写真をベッドの上に置きまた椅子に坐った。モスは写真をちらりと見た。この写真がどうしたって言うんだ？

おれは今朝それを撮った。そのばあさんはきみが撃った建物の二階に住んでた。死体はまだそこにある。

嘘つけ。

ウェルズはモスをじっと見つめた。首をめぐらして窓の外を見た。きみは今度のことと関係ないんだろう？

ああ。

きみはただ三台の車を見つけただけだ。

いったいなんの話だ？

商品はとらなかった、そうだな？

商品ってなんだ。

ヘロインだ。それは持ってないんだろう。

ああ。持ってない。

ウェルズはうなずいた。考えこむ顔になった。きみにどうしたいのか訊いたほうがいいかもしれないな。

こっちから訊いたほうがいいかもしれない。

おれは何もしない。する必要がない。きみはおれのところへ来る。遅かれ早かれね。ほかに選ぶ道はないからな。おれの携帯電話の番号を教えておこう。

おれがどこかへ消えちまうとは思わないのか？

おれがきみを見つけるのにどれだけかかったと思う？

さあね。

だいたい三時間だ。

次はそうツイてないかもしれないぞ。

そうだな。だがそれはきみにとっていいことじゃない。

あんたは以前やつと一緒に仕事をしてたようだな。

誰のことだ。

あの男だよ。

ああ。そのとおりだ。一度だけな。

やつの名前は？

シガーだ。

砂糖（シュガー）？

シガー。アントン・シガー。

おれがやつと取引しないとどうしてわかる？

ウェルズは椅子の上で前かがみになり両腕を膝の上に載せ指を組み合わせた。首を振る。

きみはさっきから話を聞いてなかったようだな。

あんたの話を信じてないだけかもしれない。

いやきみは信じてる。

おれがやつを片づけるかもしれない。

身体はだいぶ痛むのか？

少しね。ああ。

ひどく痛むんだろう。だからちゃんとものを考えられないんだ。看護師を呼んできてやろう。

あんたに世話してもらわなくてもいい。

そうか。

やつがなんだっていうんだ、究極の悪党か？

おれはそういう説明をしないだろうな。

じゃどう説明するんだ。

ウェルズは考えた。やつはユーモアを解さないってとこかな。

それは犯罪じゃない。

問題はそれじゃない。おれは今きみにあることを話そうとしてるんだ。

話してくれ。

やつと取引することはできない。これはもう一度言っておくぞ。かりに金を返してもやつはきみを殺す。やつに口答えした人間で生きているやつはこの地上にはいない。みんな死んだ。これは分の悪い勝負だ。あれは変わった男でね。原理原則を持っているとすら言える。その原理原則は金や麻薬といったものを超越してるんだ。

あんたはなぜやつのことをおれに話すのかな。

きみが訊いたからだ。

でもなぜ答えるんだ。

きみに自分の立場をわからせることができたらおれの仕事が楽になるからだろうな。おれはきみのことを何も知らない。だがこういうことに向いてないのはわかる。自分では向いてると思ってるだろう。だがそうじゃないんだ。

それは今にわかる、そうだろう？

関係者のうち一部の人間にはわかるだろう。きみはあの金をどうした？

女と酒に二百万ドルほど注ぎこんで残りも何かで使っちまったよ。

ウェルズはにやりと笑った。椅子の背にもたれて脚を組んだ。ルケーシーの高級な鰐革ブーツを履いていた。やつはどうやってきみを見つけたと思う？

モスは答えなかった。

そのことを考えてみたか？

どうやって見つけたかは知ってる。もうその手は使えない。

ウェルズは笑みを浮かべた。それはたいしたもんだ。

ああ。おれはたいしたもんだ。

ナイトテーブルに置かれたプラスチックのトレイには水差しが載っていた。モスはちらりとそれを見た。

水を飲ませてほしいか？とウェルズが訊いた。

あんたに頼みたいことがあるならこっちからそう言うよこのくそったれ。

あれはトランスポンダーというんだ。

それくらい知ってる。

やつに使える手はあれだけじゃない。

そうなんだろうな。

いくつか役に立つことを教えてやってもいい。

さっき言ったことをもういっぺん言うよ。おれは何もしてほしくない。

なぜおれが教えてやろうと言うのか知りたくないのか?

それくらいわかってるさ。

なぜなんだ?

そのお砂糖野郎よりおれと取引するほうがいいんだろう。

そういうことだ。ちょっと水を飲ませてやろう。

地獄に堕ちろ。

　ウェルズは脚を組んだままじっと坐っていた。モスは相手を見た。あの男の話をすりゃおれが怖がると思ってるんだろう。何もわかっちゃいないな。なんならあんたとあの男を一緒に始末してやってもいいんだぞ。

ウェルズは笑みを浮かべた。小さく肩をすくめた。ブーツの爪先を見おろし脚をほどいて爪先をジーンズにこすりつけ土埃を拭ってからまた脚を組んだ。きみは今何をしてる？とウェルズは訊いた。

なんだって？

仕事は何をしてるんだ。

引退した。

引退する前は何をしていた？

溶接工だ。

アセチレンか？　ミグか？　ティグか？

どれだってやる。溶接できるものならなんでも溶接する。

鋳鉄とか？

ああ。

真鍮はやらないだろう。

真鍮とは言わなかったはずだ。

銅鉛合金は？

だからさっきおれはなんて言った？

きみはヴェトナムに行ったのか？
ああ。ヴェトナムに行った。
おれもだ。
だからなんだ？　おれはあんたの戦友なのか？
おれは特殊部隊にいた。
おれのことをあんたの過去に興味のある人間だと思い違いしてるようだな。
階級は中佐だった。
嘘つけ。
嘘じゃない。
今は何してるんだ？
人を捜したり。貸し借りの清算を手伝ったり。その手のことだ。
殺し屋だろう。
ウェルズはにやりとした。殺し屋か。
あんたらがどう呼んでるかは知らないがな。
おれと契約する連中は目立つのを嫌う。世間の注意を惹くことに関わりたがらない。新
聞ダネになるのを嫌がる。

そうだろうよ。

この問題は消えてなくならない。きみがツキに恵まれて一人か二人始末できても――まあそれはありそうにないことなんだが――連中はまた別の人間をよこす。何も変わらない。どのみちきみを見つける。逃げ場はない。例の商品の売り手が捜す相手も同じだからきみのトラブルはさらに増える。連中が捜すのは誰だと思う？　それから麻薬取締局やら何やらの捜査当局も捜してる。誰のリストにも同じ名前が載ってるんだ。そしてその名前は一つしかない。きみはおれに骨を投げる必要がある。おれにはきみを守ってやる義理はないからね。

あんたはあの男を怖がってるわけか？

ウェルズは肩をすくめた。むしろ用心してると言いたいね。

ベルの名前は出さないんだな。

ベル。これでいいか？

あの男はたいしたことないと思ってるらしいな。

まるで眼中にない。あれはただの田舎の郡の田舎町の保安官だ。田舎の州のな。看護師を呼んできてやるよ。気分がよくなさそうだ。これがおれの電話番号。よく考えてくれ。今話し合ったことを。

ウェルズは名刺をナイトテーブルの花束の横に置いた。モスを見た。電話なんかするかと思ってるだろうがきっとすることになる。ただあまり遅くならないようにしてくれ。あの金はおれの依頼人のものだ。シガーは無法者だ。時の利はきみにない。きみにはいくらかやってもいい。だがおれがシガーから取り返すことになったときにはもうきみにとっては手遅れだ。もちろんきみの奥さんにも。

モスは何も言わなかった。

よしと。奥さんに電話したほうがいいかもしれない。おれが話したときはひどく心配そうだった。

ウェルズが行ってしまうとモスはベッドに載っている写真をとりあげた。カードのプレーヤーが伏せて配られた札を見るように。それから水差しに眼をやったとき看護師が入ってきた。

6

近頃の若い者はなかなか一人前の大人にならないようだ。なぜだろうな。その必要がなければそう慌てて一人前になることはないからか。おれの従兄(いとこ)は十八の年で保安官補になった。そのときにはもう所帯を持って子供も一人いた。同じ年でバプテスト派の牧師になった幼なじみもいる。田舎の古いちっぽけな教会の牧師だ。三年ほどしてラボックの町に移ることにしたがそのことを教会で話すと会衆は涙を流して残念がったもんだ。男も女も。おれの幼なじみはそこで結婚式やら洗礼やら葬儀やらをしてきたんだ。そのときあいつは二十一か二だった。説教をするときは中に入りきれず外の庭に立って聞く者もいた。あれには驚いたよ。学校ではいつも無口だったから。おれは二十一で軍隊に入ったが新兵訓練所では年かさのほうだった。半年後にフランスへ行ってライフルで人を撃ちまくった。あの当時は別に変には思わなかったもんだ。それから四年たってこの郡の保安官になった。自分が保安官をやるということにも疑いを持たなかった。何が正しいことで何が間違ってることかという話をすると若い連中はにやにや笑うことが多い。だがおれはそういう問題であまり疑いを持ったことがない。そういう問題についてのおれの考えははっきりしている。これからも疑いを持たずにすめばいいと思うよ。

あるときロレッタはラジオでこの国の子供の何パーセントが祖父さん祖母さんに育てられてるかという話を聞いたそうだ。何パーセントだったかは忘れた。かなり高い数字だったと思う。親が育てようとしないわけだ。おれとロレッタはそのことを話した。おれたちが思ったのは今の子供らが親になったらやっぱり子供を育てたがらないだろうがそうしたら誰が育てるのかということだ。その親の親である祖父さん祖母さんも育てようとせんだろう。おれたちには答えが出せなかった。楽観的な気分のときは何かおれの知らないことを見落としてることがあるだろうと考える。だがそんなときはめったにない。真夜中に眼が醒めてこういうことがなんとかなるのはキリストが再臨したときだけだとはっきり思うことがある。おれなんかが夜中にそんなことを考えてなんになるのかは知らないが。とにかくそんなことをしてしまう。

この仕事が女房なしに務まるとは思えないな。それもよっぽどよくできた女房がいなくちゃだめだ。料理をしたり留置場の管理をしたりそのほか仕事はいろいろある。留置されてる連中は自分たちは運がいいってことなんか知らないがね。いやまあ知ってるかもしれんな。家内の身の安全のことは心配しちゃいないよ。いつもうちの畑でとれた新鮮な野菜を食わせるしね。それからうまい玉蜀黍パン。豆のスープ。ロレッタはハンバーガーやフレンチフライを作ってやったりもする。何年かたって遊びにくる連中もいるがそういう連中は結婚してまじめにやってるんだ。奥さんを連れてきたりするよ。子供とかもね。でも別におれに会いにくるわけじゃないんだ。連中はおれに奥さんや恋人を紹介してすぐにボウリングに出かけちまうからね。とにかく一人前の堅気になってるんだ。以前はかなり悪いことをした連中もね。ロレッタは自分のやるべきことがちゃんとわかってる。昔からそうだった。留置所の費用は毎月予算を超えるんだがどうしたものかね？　まあどうにもならないな。これはもうどうしようもないことだ。

シガーは一三一号線と交差する地点でハイウェイから降り膝の上で電話帳を開いて血で汚れたページをめくり獣医のセクションを見た。ブラケットヴィルから車で三十分ほどのところに動物病院が一軒あった。脚に巻いたタオルを見た。血でぐっしょり濡れそれが座席にも染みていた。電話帳を床に放り出してハンドルの上のほうに両手をかける。そのまま三分ほどじっと坐っていた。それからギアを入れまたハイウェイに乗った。ラ・プライアの交差点まで来ると北への道をとってユーヴァルドに向かった。脚がポンプのリズムでうずく。ユーヴァルド郊外で協同組合店の前に車を停め脚に巻いたブラインドの紐をほどきタオルをとった。それから車を降りて足を引きながら店に入った。

紙袋いっぱいの獣医の道具や薬品を買う。脱脂綿に絆創膏に包帯。ゴム球注射器にオキシドール一瓶。ピンセット二つ。鋏（はさみ）。四インチ角の脱脂綿数袋とベタジンの一クォート瓶。代金を払い外に出てラムチャージャーに乗りこみエンジンをかけてルームミラーに映った建物をじっと見た。ほかに何か必要なものはないかと考えているかのようだがそうではなかった。手をシャツの袖の中に引きこみその袖で眼もとの汗を丁寧にぬぐった。それからギアを入れると車を駐車スペースから出してハイウェイを走り町に向かった。

メイン通りをたどり北に折れてゲッティー通りに入り次に東へ折れてノパル通りに入ると車を停めてエンジンを切った。脚はまだ出血していた。紙袋から鋏と絆創膏を出して脱脂綿の入った箱を切り直径三インチほどのボール紙の円盤を作った。それを絆創膏と一緒にシャツの胸ポケットに入れる。座席の後ろの床から針金ハンガーを手にとってねじり合わせた部分をはずしまっすぐに伸ばした。身を乗り出してバッグからシャツを出し鋏で片方の袖を切り取って折りたたんでポケットに入れると鋏を協同組合店の紙袋に戻しドアを開けて怪我をした脚を両手で下から支えながら車を降りた。シガーはドアの取っ手をつかんで立った。頭を垂れて顎を胸につけその姿勢で一分近くじっと立っていた。それから頭をあげドアを閉めて通りを歩きだした。

メイン通りにあるドラッグストアの前で足をとめそこに駐車してある車に近づいて車体に寄りかかった。通りの様子をうかがう。誰も来ない。肘のそばにある燃料タンクの蓋をはずして切り取ったシャツの袖をハンガーに引っかけそれをタンクに押しこんでからまた引き出した。燃料タンクの開いた口にボール紙を絆創膏で留めガソリンを吸ったシャツの袖をその上に載せてこれも絆創膏で留めると火をつけてから足を引きながらドラッグストアに入った。薬局に向かう通路を半分くらい進んだところで外の車が爆発して火を噴き店の表のガラスの大半が砕けた。

シガーは小さなゲートを通り抜けて薬局内の通路を進んだ。注射器一箱と鎮痛剤ヒドロコドンの錠剤を一瓶とって通路を引き返しペニシリンを探す。それは見つからなかったが代わりにテトラサイクリンとサルファ剤があった。それをポケットに詰めこみ表の火事のオレンジ色の光に照らされているカウンターの後ろから出てきて通路を進みアルミ製の松葉杖をとって裏口のドアを開け足を引きながら店の裏の砂利敷きの駐車場に出た。裏口の警報器が鳴ったが誰も注意を払わずシガーは今や炎をあげている店の玄関のほうを一瞥もしなかった。

シガーはホンド郊外のモーテルに車を乗り入れて建物の端の部屋をとり部屋に入って紙袋をベッドの上に置いた。拳銃を枕の下に突っこみ協同組合店の紙袋を持ってバスルームに入ると中身を洗面台の流しにぶちまけた。ポケットの中のものも全部出して洗面台に置く——鍵、札入れ、薬、注射器。バスタブの縁に腰かけてブーツを脱ぎバスタブの栓をはめて蛇口をひねった。それから服を脱ぎ湯の溜まっていくバスタブにそっと身体を入れた。脚は青黒くなりひどく腫れていた。まるで蛇に咬まれたようだった。身体を洗うタオルで傷の上に湯をかける。湯の中で脚をひねって射出口を調べた。ジーンズの糸屑が傷口に貼りついていた。穴は親指が入るほどの大きさがある。

風呂からあがると湯は淡いピンク色に染まり脚からはまだ血漿で薄まった血が漏れ出していた。シガーはブーツを湯に浸けバスタオルで叩くようにして身体を拭き便器に坐ってベタジンの瓶と脱脂綿の箱を洗面台の流しからとった。プラスチックの封印を歯で剝がし蓋をはずして瓶を傾け傷に薬品をゆっくりとかけた。それから瓶を置き脱脂綿とピンセットで糸屑をとりのぞきはじめた。洗面台の水を流しながらじっと坐って休んだ。ピンセットの先を濡らし振って水を切るとふたたび背をかがめて作業をした。

それが終わると最後にもう一度傷を消毒し箱を破り開けて四インチ角の脱脂綿を脚の傷にあててその上から羊や山羊の怪我の手当てに使う包帯を巻いた。それから立ちあがり洗面台のプラスチックのコップに水をくんで飲んだ。そのあとまた二回水をくんで飲む。バスルームを出てベッドに横たわり両脚を枕の上に載せた。額に汗が薄く浮いているほかにはあれこれ作業をした痕跡はほとんどなかった。

シガーはもう一度バスルームに入りビニール袋から注射器を一つ出すとプラスチックの包装を破り針をテトラサイクリンの瓶のシール蓋に刺してガラス製のシリンダーいっぱいに薬液を吸いあげ親指でピストンを押して針先に薬液の小さな粒を作った。それから人差し指で注射器を二度叩いてから背をかがめ右脚の大腿四頭筋に針を刺してゆっくりとピストンを押した。

そのモーテルには五日間滞在した。松葉杖をついてカフェへ行き食事をしてまた戻ってきた。テレビをつけっぱなしにしベッドで身体を起こしてそれを見つづけチャンネルを変えなかった。どんな番組でも見た。昼メロドラマやニュースやトークショーを見た。一日に二度包帯を替えエプソム塩の溶液で傷を洗い抗生剤を呑んだ。最初の朝メイドがやってくると戸口まで出て何もしなくていいと言った。タオルと石鹼だけくれればいいと。十ドル差し出すとメイドはそれを受け取ったものの迷うそぶりを見せてじっと立っていた。シガーがスペイン語で同じことを繰り返しメイドがうなずいて金をエプロンのポケットにしまいカートを押して通路を行ってしまうとシガーは戸口に立って駐車場の車を眺めそれからドアを閉めた。

五日目の夜カフェで坐っているとヴァルデス郡保安官事務所の保安官補二人が入ってきて席につき帽子を脱いで空いた椅子に置きクロムのホルダーからメニューをとって開いた。そのうち一人がシガーを見た。シガーはその二人の挙動をそちらに眼を向けることなく全部見ていた。二人は言葉を交わした。それからさっきとは別の一人がシガーを見た。ウェイトレスがやってきた。シガーはコーヒーを飲み干し立ちあがって代金をテーブルに置くと店を出た。松葉杖は部屋に置いてきたのでゆっくりと落ち着いて足を引かないよう気をつけてカフェの表の窓のそばを通り過ぎた。自分の部屋の前も通り過ぎて通路の端まで行くと身体の向きを変えた。駐車場の端に駐めたラムチャージャーを見た。車はモーテルの事務所からもカフェからも見えなかった。部屋に戻って髭剃り道具と拳銃を紙袋に入れて駐車場に出るとラムチャージャーに乗りこみエンジンをかけコンクリートの低い仕切りを乗りこえて隣の電気店の駐車場に移りそこからハイウェイに出た。

ウェルズは橋の上に立ち砂色の薄い髪を川からの風になぶらせていた。身体の向きを変えてフェンスにもたれ安物の小型カメラで何をということもなく写真を撮りまたカメラをおろした。そこは四日前の夜にモスが立っていた場所だった。ウェルズは歩道の血痕を調べた。それが途切れたところで足をとめて腕組みをし片手を顎にあてがった。写真は撮らなかった。こちらを見ている者は誰もいない。ウェルズは川の下流をゆっくり流れる緑色の水を眺めた。十数歩あるいてまた引き返した。車道に降りて反対側に渡った。トラックが一台通り過ぎた。橋が小さく震えた。歩道を歩いていきやがて足をとめた。ブーツの血の足跡が一つかすかに見えた。さらにかすかなのがもう一つ。フェンスの金網にも血がついているかもしれないと調べてみた。ポケットからハンカチを出して舌先で湿らせダイヤ形の金網を拭いてみる。それから川を見おろした。アメリカ側の岸には道路が一本走っていた。道路と川のあいだには密生した葦の繁みがある。繁みは川風に吹かれてやわらかにそよいでいた。モスが金をメキシコに運びこんだのならもう見つからないだろう。だがそれはしていないはずだ。

ウェルズはフェンスから離れてまたブーツの足跡を見た。バスケットや小さな包みを持ったメキシコ人が何人かやってきた。ウェルズはカメラを出して空と、川と、世界の写真を撮った。

ベルは机で数枚の小切手にサインをし電卓で金額を合計した。それが終わると椅子の背にもたれて窓の外に見える郡庁舎の殺風景な芝生を眺めた。モリー、とベルは呼んだ。

モリーがやってきて戸口に立った。

例の三台の車のことは何かわかったか？

調べのつくことは全部わかりました、保安官。どの車の所有者もとっくに死んだ人間で登録もその人たちの名義でされてました。ブレイザーの所有者は二十年前に死んでます。メキシコの車も調べてみたほうがよかったですか？

いいや。それはいい。さあ小切手ができたぞ。

モリーが部屋に入ってきて机から模造革表紙の小切手帳をとり小脇にはさんだ。例の麻薬取締局の捜査官からまた電話がありました。あの人と話したくないんですか？

あの男と話さずにすむようできるだけ手を打つつもりだよ。

また現場へ行ってみるつもりだけど一緒にどうかと言ってましたが。

声をかけてくれるとは親切な男だな。まあどこでも行きたいところへ行くといいさ。合衆国政府お墨付きの捜査官どのなんだから。

あの三台の車をどうするつもりかと訊いてました。

そうか。あれは競りにかけて売るつもりだ。郡の財政は厳しいからな。あの中の一台はすごいエンジンを積んでる。そこそこの金になるだろう。ミセス・モスから何か連絡はなかったか？

ええありません。

わかった。

ベルは秘書室の時計を見た。すまないが家内に電話しておれはイーグル・パスに出かけるので向こうから電話すると伝えてもらえるかな。おれから電話したら今日中に帰ってこいと言われるだろうがどうなるかわからんからな。

保安官がここをお出になってから電話したほうがいいですか？

ああそれで頼む。

ベルは椅子を後ろに押して立ちあがり机の後ろのコート掛けからガンベルトをとって肩にかけ帽子をとりあげてかぶった。トーバートはなんと言ってたっけ？　真実と正義について？

われらは日々新たに献身する。たしかそんなようなことです。

おれは一日に二回献身しようと思ってるよ。今度の一件が終わるまでに三回になるかもしれん。じゃあまた明日の朝。

ベルはカフェに寄ってコーヒーを買い店を出てパトカーのほうへ歩いていくと通りをトラックがやってきた。車体は砂漠の灰色の砂埃をかぶっていた。ベルは足をとめてそれを眺めてからパトカーに乗りこみ方向を転換してトラックの横を通り過ぎると歩道脇で停止させた。車から降りて歩き戻るとトラックの運転手は運転席でガムを嚙みながら気さくな横柄さとでもいうようなものを顔に浮かべてベルを見ていた。

ベルは車に片手をかけて運転手を見た。運転手は会釈をして保安官、と言った。

最近荷台を見てみたことがあるかね？　とベルは訊いた。

運転手はルームミラーを見た。荷台がどうかしたんですか、保安官？

ベルは車から少し離れた。降りてきてみろ。

運転手はドアを開けて降りてきた。ベルはトラックの荷台のほうへ顎をしゃくった。あれはいかんな。

運転手は後部のほうへ歩いて荷台を見た。ああロープが一本ゆるんでますな。

そして防水シートのびらびらしている端をつかんで引きおろし青い強化ポリエステルのシートで包んでテープで縛ってある数体の死体を隠した。死体は八つあっていかにも死体の包みらしく見えた。シートで包んでテープで縛った死体らしく。

いくつ残してきた？　とベルは訊いた。

一つも積み残してこなかったですよ、保安官。

ヴァンでとりにいけなかったのか？

四駆のヴァンがなかったもんで。

運転手はほどけたロープを結びつけた。

それでいい、とベルは言った。

荷物の積み方のことで切符を切らないんですか？

もういいからさっさと行け。

ベルは陽が暮れる頃にデヴィルズ川の橋にたどり着き橋の中ほどでパトカーを停めてルーフライトをつけ降りてドアを閉めると車の前にまわって手すりの一番上の部分のアルミ

製パイプのきわに立った。西にかかっている鉄道橋の向こうの青い貯水場に太陽が沈んでいくのを眺めた。西に向かうセミトラックが長いカーブを曲がってやってきたがベルの車のライトを見ると速度を落とした。通り過ぎるときに窓から顔を出して言った。飛びこみなさんな、保安官。あの女のことで死ぬこたあないよ。それからディーゼル・エンジンをふかしダブルクラッチでギアを変え周囲の空気を長々と吸いこみながら走り去った。ベルはにやりと笑った。いいや、その値打ちはあるんだと言った。

四八一号線と五七号線の交差点を二マイルほど過ぎたところで助手席に置いた受信機が単音を響かせてまた黙りこんだ。シガーは路肩に車を寄せて停めた。受信機をとりあげてひっくり返す。ダイヤルを調節する。何も起こらない。またハイウェイを走りだした。前方の青い丘陵に陽があたっていた。陽は血が流れ出るようにゆっくりと消えていった。砂漠に冷たく暗い黄昏(たそがれ)が降りはじめていた。シガーはサングラスをはずしてグローブボックスに入れその扉を閉めてヘッドライトをつけた。その動作の最中に受信機が今度は緩慢な反復音を立てはじめた。

トラックをホテルの裏に駐めて降り受信機とショットガンと拳銃を入れたファスナー付きの袋を持って足を引きながら車をまわりこみ駐車場を横切ってホテルの玄関前の階段を

のぼった。

チェックインして鍵を受け取り階段をのぼって廊下を歩き部屋に入ってドアを施錠するとベッドに寝てショットガンを胸の上に横たえ天井を見あげた。なぜトランスポンダーがこのホテルで信号を発しているのかは見当もつかない。モスはまず間違いなく瀕死の状態だからあの男である可能性は排除した。となると警察か。あるいは誰かマタクンベ石油グループが派遣した人間か。こちらが連中をよほどの馬鹿だと思っていると連中が思っているとこちらが思っていると思っているに違いない連中だ。シガーはそれについて考えた。

眼が醒めると夜の十時でシガーは薄暗がりと静寂の中に横たわっていたがもう答えはわかっていた。身体を起こしてショットガンを枕の後ろに隠し拳銃をジーンズの縁に突っこんだ。それから部屋を出て足を引きながら階段を降りフロントへ行った。

係員は坐って雑誌を読んでいたがシガーを見ると雑誌を机の下に置いて立ちあがった。

なんでしょう？

宿帳を見たいんだが。

警察の方ですか？

いや。違う。

それじゃお見せできませんね。

いや見せられるよ。

シガーはまた二階にあがり自分の部屋の前で立ちどまって耳をすました。それから中に入りショットガンと受信機をとって部屋を出ると戸口に立入禁止のテープが張られた部屋へ行きドアに受信機を近づけスイッチを入れた。もう一つの部屋の前でも試してみる。それから一つ目の部屋に戻ってフロントからとってきた鍵でドアを開け後ろにさがって廊下の壁にもたれた。

駐車場の向こうの道路で車の走る音が聞こえたが部屋の窓は閉まっていると思った。空気が動いていない。室内をすばやく覗きこんだ。ベッドが壁ぎわから離されていた。バスルームのドアが開いていた。シガーはショットガンの安全装置が解除されているのを確かめる。戸口をくぐって部屋に足を踏み入れた。

部屋には誰もいなかった。受信機で探すと発信機はベッド脇のナイトテーブルの引き出しにあった。ベッドに坐って発信機を調べた。菱形の小さな装置はぴかぴかの金属製でサイズはドミノ牌ほど。シガーは窓の外の駐車場を見た。脚が痛んだ。発信機をポケットに入れ受信機のスイッチを切り立ちあがって部屋を出るとドアを引いて閉めた。室内で電話が鳴った。シガーは一分ほどそれについて考えた。それから受信機を廊下の窓敷居に置いて階段を降りロビーに戻った。

そこでウェルズを待った。普通の追っ手ならしないようなことだった。革張りの肘掛け椅子を玄関と廊下の両方が見張れる隅に置いてそこに坐った。ウェルズが十一時十三分に入ってくるとシガーは腰をあげ読んでいた新聞でショットガンをゆるく包んであとから階段をのぼった。階段の中ほどでウェルズが振り返り眼を向けてくるとシガーは新聞を落としてショットガンを腰で構えた。やあ、カーソン、とシガーは言った。

二人はウェルズの部屋に入りウェルズはベッドにシガーは窓ぎわの椅子に坐った。こんなことはしなくてもいいのに、とウェルズは言った。おれは一日いくらで雇われてるだけだ。もう家に帰ってもいいと思ってる。

そのとおりだ。

おまえには手間賃をやるよ。ATMまで連れていく。これでみんな手を引こう。口座には一万四千ドルほどある。

結構な額だな。

そう思うよ。

シガーはショットガンを膝の上に横たえて窓の外を見た。おれは怪我をしたことで変わった、とシガーは言った。物の見方が変わった。ある意味で一歩先へ進んだんだ。前にはなかったいくつかのものがぴたりとはまった。前からあったと思っていたが実はなかったんだ。うまく言えないが自分自身に追いついたということかな。これは悪いことじゃない。機が熟していたんだ。

とにかく結構な額だよ。

そのとおりだ。だが見当違いの通貨だ。

ウェルズは二人の距離を目測した。だが無意味だった。ひょっとして二十年前なら。いやその頃でさえ。おまえはやるべきことをやるといい、とウェルズは言った。

シガーはだらけた姿勢で椅子に坐り膝に肘をついて拳に顎を載せていた。じっとウェルズを見ていた。ウェルズの最後の思念を見つめていた。シガーはそういうものを前にも見たことがあった。ウェルズもそれを見たことがあった。

それはその前から始まっていたことだ、とシガーは言った。そのときは気づかなかったがな。国境へ行ってからこの町のカフェに入ったら何人かの男がビールを飲んでいたがそのうちの一人がおれをじろじろ見た。おれは相手にしなかった。食事を注文して食べた。それからカウンターへ行って金を払おうとその男たちのそばを通ったときそいつらはにやにや笑ってさっきおれをじろじろ見た男が聞き捨てならないことを言った。おれが何をしたか知ってるか？

ああ。おまえが何をしたかは知ってる。

おれはそいつを無視した。ところが金を払ったあと店を出ようとドアを開けたときその男がまた同じことを言った。おれは振り返ってそいつを見た。爪楊枝で歯をせせりながらそいつに首で小さく合図をした。外へ出ろと。やる気なんだったらと。そうしておれは店を出た。駐車場で待った。そいつらが駐車場に出てくるとおれはその男を殺して車に乗りこんだ。みんなが倒れた男のまわりに集まった。連中には何が起こったのかわからなかった。倒れた男が死んでることもわからなかった。一人が絞め技をかけられたと言いだすとほかの連中もそのとおりだと言った。倒れた男を起こそうとした。頰っぺたを叩きながら坐らせようとした。その一時間後おれはテキサス州ソノーラの郊外で保安官補に車を停めさせられ手錠をかけられて町へ連れていかれた。なぜおとなしく捕まったか自分でもよくわからないがたぶん意志の力で逃げ出せるかどうか確かめたかったんだろう。人にはそれができると信じているからだ。そういうことは可能だと。しかし馬鹿なことをしたもんだ。それは無意味なことだ。わかるか？

わかるかって？

ああ。

おまえは自分がどれだけ狂ってるかわかってるのか？

おれたちのこの会話がか？

おまえという人間がだ。

シガーは椅子の背にもたれた。ウェルズをじっと見た。一つ答えてくれ、と言った。なんだ。

おまえが従ってきたルールのせいでこんなことになったのならそのルールはなんの役に立つんだ？

何を言ってるのかわからないな。

おまえの人生のことを言ってる。今おまえの人生では何もかもがいっぺんに見えてるんだ。

おまえのたわごとに興味はないよ、アントン。

おまえは釈明したいんだと思ったがな。

おまえに釈明することなんかない。

おれにじゃない。おまえ自身にだ。何か言いたいことがあるかもしれないと思ったんだが。

地獄に堕ちろ。

ただ意外だというだけのことなんだがね。もっと違ったふうだと予想してたんだが。過去のもろもろの出来事に疑いを差しはさむようになる。そう思わないか？

おれがおまえと立場を入れ替わりたがると思ってるのか？

ああ。思ってる。おれはここにいておまえはそこにいる。あと何分かたってもおれはまだここにいる。

ウェルズは暗くなった窓を見た。おれは鞄のありかを知ってるぞ。

知ってるのならおまえはもう鞄を手に入れてるはずだ。

人気（ひとけ）がなくなるまで待つことにしたんだ。夜になるまで。夜中の二時か。そこらあたりまで。

おまえは鞄のありかを知ってる。

そうだ。

おれはもっといいことを知ってる。

それはなんだ。

鞄がこれからどこへやってくるか知ってる。

どこなんだ。

おれのところへ運ばれてきて足もとに置かれる。

ウェルズは手の甲で口を拭いた。その場所へ行くのはたいした骨じゃない。ほんの二十分のところだ。

それは起こらないとおまえは思ってる。そうだろう?

ウェルズは答えない。

そうだろう?

地獄に堕ちろ。

眼で引き延ばせると思ってる。

どういう意味だ?

おれをじっと見ているかぎり先に延ばせると思ってる。

そんなことは思っちゃいない。

いや思ってる。自分の置かれてる状況を認めろ。そうすればもっと威厳のあるものになるぞ。おれはその手助けをしようとしてるんだ。

このくそ野郎。

おまえは眼を閉じるまいと思ってる。だが今に閉じるんだ。

ウェルズは何も言わなかった。シガーはじっとウェルズを見つめた。おまえがほかに何を考えてるか知ってるぞ。

おれが何を考えてるかなんておまえにわかるもんか。

おまえはおれも自分と同じだと思ってる。ただの欲得ずくだと思ってる。だがおれはおまえとは違う。おれの生き方は単純だ。

いいからやれよ。

おまえにはわからない。おまえみたいな人間には。

いいからやれ。

そう、とシガーは言った。みんなそう言うんだ。だが本気じゃない、そうだろう？

この下種（げす）野郎。

それはよくないな、カーソン。落ち着いたほうがいい。おれに敬意を持たないとしたらおまえは自分をどう考えることになる？　自分の立場を考えてみろ。

おまえは自分がすべての外にいると思ってる、とウェルズは言った。だがそうじゃない。

すべての外にはいない。そのとおりだ。

おまえは死の外にいるわけじゃない。

それがおれにとって持つ意味はおまえにとっての意味とは違う。

おれが死ぬのを怖がってると思うのか？

ああ。

いいからやれよ。やるがいいこのくそ野郎。

それは同じじゃない、とシガーは言った。おまえはここへ来るまでの長年のあいだにいろんなものを捨ててきた。そういうことはおれには理解すらできないと思う。一人の人間はどんなふうにしてどの順番に自分の人生のあれこれを放棄する決意をするのか？　おれたちの職種は同じだ。ある程度まで。おまえはそこまでおれを軽んじたのか？　なぜそんなことをする気になった？　どんなふうにしてこんな目にあうはめになった？

ウェルズは外の通りを見た。今何時だ？

シガーは手首を持ちあげて腕時計を見た。十一時五十七分だ。

ウェルズはうなずいた。あのばあさんのカレンダーによればおれにはまだ三分ある。だがそんなことはどうでもいい。こういうことはずっと前からわかってたんだ。夢で見たように。既視感を覚えるよ。ウェルズはシガーを見た。おまえの意見なんかに興味はない。いいからやれ。このくそったれのサイコパスが。さっさとやりやがれこのくそ野郎。

ウェルズは眼を閉じた。眼を閉じて顔をそむけ片手をあげてよけられないものをよけようとした。シガーはウェルズの顔を撃った。ウェルズがこれまでに知り考え愛したものすべてが背後の壁をゆっくりと伝い落ちた。母親の顔、初聖体の儀式、かつて知った女たち。彼の前にひざまずいて死んだ男たちの顔。よその国の道路脇の溝にあった子供の死体。ウェルズは頭を半分なくしてベッドに横たわり両腕を広げ右手の大部分をなくしていた。シガーは立ちあがり小さな敷物の上から空薬莢を拾いあげ息を吹きこんでからそれをポケットに入れて腕時計を見た。新しい日まではまだ一分あった。

シガーは建物の奥の階段を降り駐車場に出てウェルズの車のところへ行くとウェルズが持っていた鍵束から鍵を選んでドアを開け車内の前部座席や後部座席や座席の下を調べた。それはレンタカーでドアポケットにレンタル契約書が入っている以外には何もなかった。ドアを閉めて今度はトランクを開けた。何もない。次に運転席側へ行ってドアを開けボンネットを開いてエンジンルームを覗きこみそれからボンネットを閉めてホテルのほうを眺めた。そうやって立っているとウェルズの携帯電話が鳴った。ポケットから電話を出してボタンを押し耳にあてる。もしもし、とシガーは応答した。


モスは女性看護師の腕につかまって病棟の端まで歩きまた戻った。看護師はスペイン語で励ましの言葉をかけた。廊下の端で身体の向きを変えてまた引き返しはじめた。モスの額に汗が浮いていた。がんばって（アンダレ）、と看護師は言った。その調子（ケ・ブエノ）。モスはうなずいた。ああ、この調子（ブエノ）だな。

深夜にモスは不穏な夢から眼醒め苦労しながら廊下に出て電話をかけさせてくれと頼んだ。オデッサの番号をダイヤルしてカウンターにぐったり寄りかかり呼び出し音を聞いた。呼び出し音は長いあいだ鳴った。ようやく義母が出た。

ルウェリンですが。

あの子はあんたと話したくないって。

いや話したがってるはずです。

今何時だかわかってるの？

時間なんかどうでもいい。まだ切らないでください。

あたしはあの子にどんなことになるか言って聞かせたわ、そうでしょ？　はっきり言って聞かせたのよ。こういうようなことが起きるって。案の定こんなことになったじゃないの。

まだ切らないで。あいつを電話に出してください。

カーラ・ジーンが電話口に出て言った。あなたがあたしをこんな目にあわせるなんて思ってもみなかったわ。

まあダーリン、元気？　無事でいるの、ルウェリン？　そういう台詞が言えないのか？

今どこにいるのよ。

ピエドラス・ネグラスだ。

あたしはどうしたらいいの、ルウェリン？

とりあえず何事もないか？

何事もなくない。そんなはずないでしょ？　いろんな人があなたのことで電話をかけてくる。テレル郡の保安官はわざわざここへ来たわ。この家まで押しかけてきたのよ。もうあなたは死んだかと思った。

死んじゃいない。保安官には何を話した？

何を話せるっていうの？

おまえをうまく騙して何かしゃべらせたかもしれない。

あなた怪我してるでしょ？

なぜそう思うんだ？

声でわかるもの。だいじょうぶなの？

だいじょうぶだ。

今どこにいるの？

それはさっき言ったはずだ。

バス停にでもいるみたいな感じだけど。

カーラ・ジーン、おまえはそこを出たほうがよさそうだ。

そこって？

その家からだ。

怖がらせないでよ、ルウェリン。ここを出てどこへ行けばいいの？

どこでもいい。とにかくそこにいちゃいけない。モーテルに泊まるとかするんだ。

ママはどうするの？

あの人はだいじょうぶだ。

ママはだいじょうぶ？

ああ。

それ保証できないでしょ。

モスは答えなかった。

どうなの？

あの人に何かしようとする人間はいないと思う。

思う？

とにかくそこを出なくちゃだめだ。ママも連れていけ。

ママをモーテルなんかへ連れてけないわよ。忘れてるかもしれないけど病気なんだから。

保安官はなんて言った？

あなたを捜してるって。いったい何を言うと思うの？

ほかには？

カーラ・ジーンは答えなかった。

カーラ・ジーン？

彼女は泣きそうな声を出した。

ほかに何を言ったんだ、カーラ・ジーン？

あなたはきっと殺されるって。

まあそんなことを言うだろうな。

カーラ・ジーンはしばらく黙っていた。

カーラ・ジーン？

ルウェリン、あたしあのお金はいらない。とにかくまたもとどおりになりたいの。もとどおりになるよ。

ならないわ。そのことはよく考えたの。あれは偽の神様よ。

ああ。だけど本物の金だ。

カーラ・ジーンはまた彼の名前を呼んでから今度は本当に泣きだした。モスは話しかけたが返事はなかった。オデッサで妻がすすり泣く声をじっと立って聞いていた。おれにどうしてほしいんだ？　と訊いた。

カーラ・ジーンは答えなかった。

カーラ・ジーン？

何もかももとに戻してほしいの。

なんとかうまくいくようにやってみると約束したらおれの言うとおりにしてくれるか？

うん。そうする。

ある男の電話番号を知ってる。それはおれたちを助けられる男だ。

信用できるの？

わからない。ただほかの人間が信用できないことだけはわかる。明日また電話するよ。おまえの居所を突きとめられるとは思わなかった、わかってたらそこへは行かせなかったんだ。とにかく明日また電話するから。

モスは電話を切りウェルズから教えられた携帯電話の番号をダイヤルした。呼び出し音二つで応答があったが相手はウェルズではなかった。ああ番号を間違えたようだ、とモスは言った。

間違っちゃいない。おまえはおれに会いにこなくちゃいけない。

おまえは誰だ？

誰だかわかってるだろう。

モスはカウンターに寄りかかり拳に額をつけた。

ウェルズはどこだ？

やつにはもうおまえを助けられない。やつとはどんな取引をした？

取引なんかしてない。

いやしたはずだ。やつはいくらやると言った？

なんのことかわからない。

金はどこにある？

ウェルズをどうした？

やつとは意見の違いがあった。ウェルズのことは気にしなくていい。やつはもう関係者じゃなくなった。おまえはおれと話さなくちゃいけない。

おまえと話す必要なんかない。

あると思うな。おれがどこへ行くつもりか知ってるか？

おまえがどこへ行くかなんておれになんの関係がある？

どこへ行くつもりか知ってるのか？

モスは答えなかった。

おい聞いてるのか？

ああ聞いてる。

おまえの居所は知ってるぞ。

へえ。どこにいるんだ？

ピエドラス・ネグラスの病院だ。だがおれが行くのはそこじゃない。どこへ行くか知ってるか？

ああ。おまえがどこへ行くつもりかは知ってるよ。

今ならまだ状況を変えられるぞ。

なぜおれがおまえを信用する？

ウェルズのことは信用したろう。

信用なんかしてなかった。

電話をかけたじゃないか。

ああかけたさ。

おれにどうしてほしいか言ってみろ。

モスは体重をかけかえた。額に汗が浮いていた。返事はしなかった。

何か言え。おれは待ってるんだ。

おまえが行こうとしてる先で待ち伏せすることもできるんだ。チャーター飛行機で飛んで。そのことは考えてみたか？

別にかまわない。だがおまえはそんなことはしない。

なぜしないとわかる？

するつもりならおれに言わなかったはずだ。とにかくおれはもう行く。

二人はもうあそこにいないぞ。

二人がどこにいようと関係ない。

じゃ何しにいくんだ？

最後はどうなるかわかってるだろうな？

いや。おまえにはわかってるのか？

ああ。わかってる。おまえにもわかってると思う。まだ受け入れてないだけだ。だからこうしよう。おまえがおれのところへ金を持ってくれば女房は見逃してやる。持ってこなければ女房にも責任をとらせる。おまえと同じようにだ。おまえにその気があるかどうかは知らない。だがこれがおまえにできる最良の取引だ。おまえにわが身を救えるとは言えない、なぜならそれはできないからだ。

おまえにはちゃんとあるものを届けてやるよ、とモスは言った。おまえのために特別の計画を立てることにした。おまえのほうからおれを捜す必要はないよ。

それを聞いて嬉しいね。おれはおまえに失望しはじめてたんだ。

失望なんかさせやしないさ。

それはよかった。

失望するんじゃないかなんて心配はご無用だ。

モスは陽がのぼる前に患者用のモスリンのガウンの上にコートを着て病院を出た。コートの裾は血でごわついていた。靴は履いていない。コートの内ポケットには折りたたまれた札束が血に汚れてぱりぱりになって入っていた。

通りに立って町の明かりのほうを見た。ここがどこなのかはわからなかった。コンクリートが足裏に冷たかった。とりあえず通りの角のほうへ歩いた。車が何台か走り過ぎた。明かりがついている次の角まで進んで足をとめ建物の壁に片手をついた。コートのポケットに入れておいた二錠の白い錠剤の一つをとって水なしで呑みこむ。今にも吐きそうだった。しばらくのあいだそこに立っていた。窓敷居に坐りたいところだが浮浪者よけのために尖った鉄の棒が植えられていた。タクシーが一台通りかかったので手をあげたが行ってしまった。歩くしかないと思い定めてやがて歩きはじめた。ふらつきながらしばらく行くと別のタクシーがやってきたので手をあげるとタクシーは歩道脇に停まった。

運転手がじろじろ眺めてきた。モスはウィンドーに寄りかかった。橋の向こうへ行ってくれるか？　と訊いてみた。

向こう側ねえ。

そう。向こう側だ。

金はあるんだろうね。

ああ。金はある。

運転手は疑わしげな顔をした。二十ドルだよ、と言った。

わかった。

ゲートのところで国境警備員が背をかがめて薄暗い後部座席に坐っているモスを見た。

あんた生まれた国はどこだ？　と訊く。

アメリカです。

何かこっちへ持ちこむものは？

何もないです。

警備員は調べるような目でモスを見た。ちょっと降りてもらえるかな？

モスはドアの取っ手を押しさげ前の座席に手をかけてゆっくりと車を降りた。そして通りに立った。

あんた靴はどうしたんだ？

わからない。

服も着てないんだね。

服は着てる。

もう一人の警備員が手を振って車を通した。運転手にある方向を指さす。あそこの二番目の駐車スペースで車を停めてくれるかな？

運転手はギアを入れた。

あんたは車から離れてくれ。

モスは後ろへさがった。運転手はタクシーを駐車場に入れてエンジンを切った。モスは警備員を見た。警備員はモスが何か言うのを待つふうだったがモスは何も言わなかった。

モスは壁の白い小さな事務所に連れていかれスチールの椅子に坐らされた。三人目の警備員がやってきてスチールの机に軽く寄りかかって立った。モスの全身に眼を走らせる。

どれだけ飲んだんだね？

何も飲んでないです。

いったいどうしたんだ？

どういう意味です？

服はどうした。

さあ。

身分証明書はあるのか？

いや。

何もないのか。

ないですね。

警備員は背筋を伸ばして腕組みをした。そして言った。ここのゲートを通ってアメリカ合衆国に入れるのはどういう人間だと思う？

さあ。アメリカ市民かな。

アメリカ市民の中のある人たちだ。誰がそれを選ぶと思う？

あんたたちでしょうね。

そのとおりだ。おれはどう選ぶ？

知りませんね。

いくつか質問するんだ。ちゃんとした答えが返ってきたらその人間はアメリカへ入国できる。ちゃんとした答えが返ってこなかったらできない。今言ったことで何かわからないことはあるかな？

ないです。

じゃもういっぺんやり直そうか。

いいですよ。
なんで服を着ないで外をうろうろしてるのかもういっぺん訊きたい。
コートを着てますよ。
おれをからかってるのか？
いや。
おれをからかうんじゃない。あんたは軍隊にいるのか？
いや。退役軍人です。
どこの軍？
合衆国陸軍。
ヴェトナムへ行ったのか？
ええ。任期を二回。
所属は？
第一二歩兵連隊。
出征期間の最初と最後の年月日は？
六六年八月七日から六八年九月二日まで。
警備員はしばらくのあいだモスを見ていた。モスは相手をちらりと見てすぐ眼をそらした。ドアとその外の誰もいない廊下を見た。コート姿で背中をまるめ両肘を膝についていた。

だいじょうぶか？

ああ。だいじょうぶ。国へ戻ったら女房が迎えにくるんです。

金は持ってるのかね？　電話をかける金は？

それは持ってます。

タイル床にちりちり爪があたる音がした。一人の警備員がシェパードの引き綱を持って立っていた。最前から質問をしている男がその警備員に顎をしゃくった。誰かこの人の手助けをする者を連れてこい。この人は町へ帰るんだ。タクシーはもう行ってしまったか？

ええ。何も問題はありませんでした。

わかってる。誰か呼んでくるんだ。

それから警備員はモスを見た。あんたはどこの出身だ？

テキサス州サン・サバです。

奥さんはきみの居場所を知ってるのか？

ええ。ちょっと前に話しました。

喧嘩でもしたのか？

誰が？

きみと奥さんだ。

まあその。そんなようなものかな。ええ。

謝らないとな。

え？

奥さんに謝らないと。

ええ。そうしますよ。

向こうが悪いと思っててもだ。

ええ。

もう行くといい。さっさとここを出ていくんだ。

はい。

ちょっとした揉めごとを放っとくとあるとき急にちょっとしたどころじゃなくなっちまうんだ。言ってることとわかるか？

ええ。わかります。

さあ行くんだ。

はい。

夜はほとんど明けきってタクシーはとうに行ってしまったあとだった。モスは通りを歩きだした。傷から血の混じった漿液が出て脚の内側を伝い落ちていた。通行人はほとんど彼に注意を払わなかった。アダムズ通りに入ると衣料品店があったので中を覗いた。奥に明かりがついている。ドアをノックして待ちさらにノックした。ようやく白いシャツに黒いネクタイの小柄な店主がドアを開けてモスを見た。まだ開店前なのはわかってるんだが、どうしても服を買いたいんだ、とモスは言った。店主はうなずいてドアを大きく開いた。さあどうぞ、と男は言った。

二人は並んで通路を歩きブーツの売り場へ向かった。トニー・ラマ、ジャスティン、ノコナ。低い椅子があったのでモスは両手で肘掛けをつかんでそろそろと腰をおろした。欲しいのはブーツと服だ、とモスは言った。ちょっと怪我をしてるんであまり歩きまわりたくないんだ。

店主はうなずいた。はい、いいですよ。

ラリー・マハンはあるかい?

いや。置いてないですね。

じゃあいい。ラングラーのジーンズ、ウェストが三十二で丈が三十四のをくれ。それとLサイズのシャツ。靴下を何足か。それとノコナのブーツで十インチ半のもの。あとベルトを一本だ。

はい。帽子はいかがですか？

モスは店内を見た。帽子ももらうかな。つばの狭いカウボーイハットはあるかな。サイズは七と八分の三だが。

ありますよ。レジストルのスリー・エックス、ビーヴァー・フェルトかそれよりもう少し上等のステットソン。たしかステットソンはファイヴ・エックスでしたかな。

ステットソンを見せてくれ。あの薄い灰色のやつ。

わかりました。靴下は白でいいですか？

おれはいつも白だ。

下着はどうします？

ブリーフを一枚もらおうかな。三十二インチ。というかMサイズか。

はい。ではゆっくり休んでてください。気分はどうですか？

だいじょうぶだ。

店主はうなずいて行きかけた。

一つ訊いていいかな、とモスは言った。

ええ。

ちゃんと服を着てない客が来ることは結構あるのかい?

いいえ。結構あるとは言えないですね。

モスは持ってきてもらった服とブーツを抱えて試着室へ行きコートを脱いでドアの裏側のフックにかけた。へこんだ青白い腹にくすんだ色の乾いた血がこびりついていた。絆創膏の端を押さえたがもうくっつかなかった。木製のベンチにそっと腰をおろして靴下を履き袋からブリーフを出して膝まで穿くと立ちあがってそろそろと包帯を巻いた腿の上へ引きあげた。それからまた坐りシャツからボール紙とピンをはずす。

モスはコートを腕にかけて試着室を出た。木の床がきしむ通路を行きつ戻りつした。店主はブーツを見おろした。トカゲ革は履き慣れるのに時間がかかりますよ。

ああ。夏は暑いしね。でもこれでいい。あの帽子をかぶってみよう。こんなにめかしこむのは軍隊を出てから初めてだ。

保安官はコーヒーを一口飲んでから机のガラス板についたコーヒーの輪の上にカップを几帳面に戻した。あのホテルは廃業するらしい、と彼は言った。

ベルはうなずいた。無理もないな。

従業員がみんな辞めちまったんだ。あのフロント係は二回勤務しただけだった。どうも気が咎めるよ。まさかあのくそ野郎がまた来るとは思ってもみなかった。あんなことが起こるとはな。

ずっとあそこにいたのかもしれんな。

それも考えてみたよ。

あの男の人相がわからないのはそれを証言できる人間が長く生きていないからだ。

まったくとんでもない殺人狂だな、エド・トム。

ああ。ただやつは頭がおかしいわけじゃないと思う。

じゃやつをなんと呼べばいい？

わからん。ホテルはいつ閉めるんだ？

もう閉めてるよ、建物は。

鍵は持ってるのか？

ああ。持ってる。犯行現場だからね。

これから行ってもう少し調べてみないか。

わかった。そうしよう。

最初に眼にとまったのは廊下の窓敷居に載っているトランスポンダーの受信機だった。ベルはそれをとりあげて手の中でひっくり返しダイヤルやスイッチを見た。

そいつは爆弾じゃないだろうな、保安官。

違う。

このうえ爆弾じゃたまらんからな。

これは追跡装置だ。

何かは知らんが追跡していたものは見つけたわけだ。

たぶんな。これはいつからここにあったと思う？

さあ。ただ何を追跡してたかはわかる気がするな。

そうだな、とベルは言った。しかしどうもこの一件にはよくわからんところがある。

もともとよくわからん事件だよ。

元陸軍中佐は頭をほとんど吹き飛ばされていて指紋で身元を割り出すしかなかった。銃で飛ばされずに残った指の指紋でね。正規軍の元将校。軍歴十四年。身分証明書はおろか紙切れ一枚持ってなかった。

盗まれたんだろう。

ああ。

この一件で何かまだ話してないことがあるんじゃないか、保安官？

事実関係はあんたと同じことしか知らないよ。

事実関係のことじゃないんだ。この騒ぎはもう終わったと思うかね？

ベルは首を振った。わからんな。

何か手がかりはあるのか？

というわけでもない。ただうちの郡の若い者が二人関わっちゃいけないことにある種の関わりを持ったのかもしれん。

ある種の関わりね。

ああ。

それはあんたの親類か？

いや。うちの郡の住民だ。おれが守ってやることになってる連中だよ。

ベルは受信機をイーグル・パスの保安官に渡した。

これをどうすりゃいいんだ？

とにかくマヴェリック郡のものだ。犯行現場の遺留品だから。

イーグル・パスの保安官は首を振った。元凶は麻薬か。

麻薬だ。

この頃は子供にまで売るんだ。

それよりもっとひどいよ。

というと?

買いたがる子供がいるんだ。

7

戦争の話もするつもりはない。おれは戦争の英雄ということになっているが実は分隊の仲間全員を失ってるんだ。それで受勲した。戦友がみんな死んでおれだけが勲章をもらった。そう聞いてあんたらがなんと思うかは知りたくないな。あのときのことを思い出さない日は一日もない。軍隊時代の知り合いで復員兵援護法の奨学金をもらってオースティンの大学に入った連中はこの国の国民のことを悪く言ったものだ。少なくとも一部の連中はな。みんな無知で了見の狭い白人ばかりだとかそんなことだ。政治的な信条を批判したわけだ。この国では二世代でずいぶん物の考え方が変わるんだな。おれたちより二世代前というとまだ開拓時代だ。おれは自分の奥さんや子供が殺されて頭の皮を剝がれて魚みたいにはらわたを抜かれたら荒っぽい考え方にもなるだろうとよく言ったもんだが連中にはなんのことだかわからなかったみたいだ。でもまあ六〇年代の騒ぎのあとこの国の人たちの考え方もだいぶ穏やかになったと思う。そうだといいと思ってるよ。しばらく前に新聞で読んだんだが三〇年代にアメリカ中のたくさんの学校に送られたアンケートの回答用紙をどこかの学校の先生たちが見つけたそうだ。学校で教えるうえで一番の問題は何かということを尋ねるアンケートだった。見つかったのはあちこちの学校の先生が書きこんで送ってきた用紙だ。当時の先生たちが一番の問題だと答えてきたのは子供たちが教室で私語をしたり廊下を走ったりということだった。ガムを嚙んだり。友達の宿題を丸写ししたり。その手のことだ。それを見つけた先生たちは何も書きこんでなかった用紙をたくさんコピーして前と同じ学校に送った。四十年後にね。すると返ってきたのはこんな回答だ。レイプ、放火、殺人。麻薬。自殺。これでおれは考えてしまった。というのは世の中どんどん悪くなっていくとおれが言うたびにみんなはにやにやしてもう年だねというようなことを言うからだ。年をとった証拠だとね。しかし教室でガムを嚙むこととレイプや殺人との違いがわからんようではこれはちょっと困ったことだと思うわけだ。四十年というのはそう長い時間でもない。あと四十年たてば眼が醒める人たちもいるだろう。しかしそれじゃ遅すぎるかもしれんのだがな。

去年だか一昨年だかにロレッタと一緒にコーパス・クリスティーで開かれた年次大会に出たときあるご婦人が隣に坐った。それは誰かの奥さんか何かだったと思う。その人が右翼は困ったもんだ右翼は困ったもんだとしきりに言うんだ。おれにはよく意味がわからなかった。おれの知り合いはほとんどが平凡な庶民だ。いわゆる土みたいに平凡なというやつだな。おれがそう言うとそのご婦人は妙な顔をしておれを見た。おれが自分の知り合いを悪く言ったと思ったようだがもちろんそんなことはなくておれたちのほうでは褒め言葉なんだがね。そのご婦人はそのあともどんどんしゃべった。最後にはこう言った。わたしはこの国の向かっている方向が気に入らない。孫娘が大きくなる頃には自由に妊娠中絶できるようになっていればいい。そこでおれはなあにこの国の向かってる方向のことは心配いりませんよと言ったんだ。わたしの見るところあなたのお孫さんはたぶん自由に中絶できるようになる。中絶どころじゃない、あなたを安楽死させることだってできるでしょうなと。それでまあ会話はほぼ終わってしまったようなわけだがね。

シガーは足を引きながら涼しいコンクリートの吹き抜けの階段を十七階までのぼりスタンガンで錠のシリンダーを打ち抜いてスチール製のドアを開けると廊下に出てドアを閉めた。ドアにもたれショットガンを両手で持ち耳をすます。呼吸は椅子から立ちあがっただけという程度にしか乱れていない。廊下を歩き打ち抜かれたシリンダーを床から拾ってポケットに入れエレベーターの前まで行ってまた耳をすました。ブーツを脱いでエレベーターの扉の前に置き靴下履きの足でゆっくりと怪我をした脚をかばいながら廊下を進んだ。オフィスのドアは開いていた。シガーは立ちどまった。中にいる男は自分自身の影が廊下の壁にゆがんだ形ではあるがはっきりと映っているのに気づいていないようだとシガーは思った。そんなことに気づかないのは奇妙だと思ったが敵を恐れると人はほかの危険に対して盲目になりがちなこと、とくに自分自身がこの世界で成す形が見えなくなることは知っていた。シガーは肩からストラップをはずしてエアタンクを床におろした。男の背後のスモークガラスから射す光の中に映っている男の影の姿勢を検分した。ショットガンの先台を軽く引き薬室に給弾されているのを確かめてから安全装置をはずす。

男は小型の拳銃をベルトの高さで構えていた。シガーは部屋の中へ踏みこんで男の喉へ十号散弾を撃ちこんだ。剝製にする鳥を撃つのに使う小粒の散弾だ。男は回転椅子ごと後ろにのけぞって床の上に倒れ身体を痙攣（けいれん）させ喉をごろごろ鳴らした。シガーは煙をあげている空薬莢をカーペットの上から拾いあげてポケットに入れ短く切った銃身の先の消音器から煙を薄くたなびかせているショットガンを構えたままオフィスの奥へ進んでいった。机の後ろにまわり男を見おろした。男はあおむけに倒れ片手を喉にあてていたが血はその指のあいだから規則的なリズムで漏れ小さな敷物の上に流れ落ちていた。顔には小さな穴がぶつぶつ空いていたが右眼は無傷らしくその眼でシガーを見あげ血の泡を吹く口で何か言おうとした。シガーは片膝立ちになりショットガンを杖のようについて男を見た。なんだ？　とシガーは訊いた。何が言いたいんだ？

男は頭を動かした。喉で血がごろごろ鳴った。

おれの声が聞こえるか？　とシガーは訊いた。

男は答えない。

おれはおまえがカーソン・ウェルズに殺させようとした男だ。知りたかったのはそれか？

シガーは男を見つめた。男は青いナイロン製のランニングスーツを着て白い革靴を履いていた。頭のまわりに血溜まりができていくなか男はまるで寒いとでもいうように震えていた。

おれが鳥撃ち用の散弾を使ったのはガラスを割りたくなかったからだ。おまえの後ろのガラスをな。通りの通行人の頭の上にガラスの雨が降るとまずいだろう。シガーが顎で示した窓ガラスには男の上半身の輪郭が小さな灰色のあばたでかたどられていた。シガーは男を見た。男の喉にあてた手はだらりとし漏れ出す血も少なくなっていた。転がっている拳銃を見た。シガーは立ちあがりショットガンの安全装置のボタンを押して男のそばを通り窓に近づいて散弾が作ったあばたを調べた。ふたたび男を見おろしたときには男は死んでいた。部屋を横切り戸口に立って耳をすました。外に出て廊下を歩きエアタンクとスタンガンを回収しブーツをとりあげて足を入れ引っ張りあげる。それから廊下をさらに進んで金属製のドアを開けコンクリートの階段で車を駐めた駐車場まで降りていった。

二人がバス停留所に着く頃にちょうど夜が明けはじめあたりは灰色で寒く小雨が降っていた。タクシーの中でカーラ・ジーンは前に身を乗り出して運転手に料金を払いチップを二ドル渡した。運転手は車を降りてトランクを開け二人の荷物を出して停留所の屋根付き玄関まで運び歩行器を祖母の乗っている側へ持ってきて車のドアを開けた。カーラ・ジーンの祖母は身体の向きを変えて苦労しながら雨の降る中へ出はじめた。

ママちょっと待って。今そっち側へまわるから。

こんなことになるのはわかってた、と祖母は言った。あたしは三年前にそう言ったんだ。まだ三年にはならないわよ。

あたしは今言ったとおりのことを言ったんだ。

そっちへまわるから待っててったら。

こんな雨の中、と祖母は言った。タクシーの運転手を見あげた。あたしは癌なんだよ。なのに見てごらん。家もなくなってしまった。

はい奥さん。

これからテキサスのエル・パソへ行くの。テキサス州エル・パソにあたしの知り合いが何人いるか知ってる？

いえ奥さん。

祖母は片腕をドアにかけ手を持ちあげて親指と人差し指で輪を作った。これだけよ。

はい奥さん。

二人はコーヒー店に入りバッグや包みに囲まれて坐ると窓の外の雨とエンジンをかけたまま停車しているバスを眺めた。灰色の夜明けが訪れつつあった。カーラ・ジーンは祖母を見た。コーヒーもっと欲しかった?

祖母は返事をしなかった。

口をきかないつもりなのね。

何をしゃべることがあるっていうんだい。

あたしにもわからない。

あんたらが何をしたのか知らないけども。なんであたしまで警察から逃げなきゃならないの。

別に警察から逃げてるわけじゃないのよ、ママ。

でも助けてほしいと頼めなかったでしょ。

誰に頼むの?

警察によ。

うん。それはできなかった。

そうだと思ったよ。

祖母は親指で入れ歯の具合を直しながら窓の外を見た。しばらくしてバスが来た。運転手は歩行器を車体下部の荷物室に入れると老女がステップをあがって最前列の席につくのを手助けした。あたしは癌なのよ、と祖母は運転手に言った。

カーラ・ジーンは荷物を頭上の棚にあげて席についた。祖母は孫娘を見ようとしない。三年前にわかってたよ、と言う。夢に見なくてもわかった。お告げもなんにもいらなかった。あたしは自慢する気なんかないよ。誰に訊いても同じ答えが返ってきたろうよ。あたしは誰にも訊く気なかったから。

祖母は首を振った。窓の外に眼をやりさっきまで坐っていたテーブルを見た。自慢なんかしやしないよ。こんなことで自慢するもんか。


シガーは通りの向かいで車を停めてエンジンを切った。ヘッドライトを消して暗い家をじっと見つめた。ラジオの緑色ダイオードは時刻を1：17と表示。それが1：22になるまで待ってグローブボックスからフラッシュライトをとり車を降りてドアを閉め通りを渡って家のほうへ向かった。

スクリーンドアを開けて木のドアの錠を打ち抜き屋内に入ってドアを閉めるとじっと立って耳をすました。台所から明かりが漏れているので片手にフラッシュライトを持ちもう片方の手にショットガンを持って廊下を歩いていった。台所の戸口でまた足をとめて聞き耳を立てる。明かりは裏口のポーチに裸電球が一つだけ点っていた。シガーは台所に入った。

真ん中にはフォーマイカとクロムのテーブルがありシリアルの箱が一つ載っていた。台所の窓の明かりがリノリウムの床に落ちていた。シガーは部屋を横切り冷蔵庫を開けて中を見た。ショットガンを小脇に抱えて缶入りオレンジソーダをとりだし人差し指でプルタブを開けて飲みながらパキンというそのプルタブの音のあとに何か音が聞こえないかどうか耳をすました。飲みかけのジュースの缶をカウンターに置き冷蔵庫の扉を閉めダイニングルームを通り抜けて居間に入ると隅の安楽椅子に腰をおろして外の通りを見た。しばらくして立ちあがり部屋を横切って階段をのぼった。のぼりきったところで足をとめて聞き耳を立てる。老女の部屋に入ると甘ったるく黴（かび）臭い病の匂いが嗅ぎとれ老女がベッドに寝ているのではないかとすら一瞬思った。フラッシュライトをつけてバスルームに入った。洗面台のキャビネットに並んだ薬瓶のラベルを読む。窓から下の通りを見おろすと街灯の鈍い明かりが点っていた。午前二時。乾燥して、冷たく、静まり返っている。部屋を出て廊下の奥の小さな寝室に入った。

簞笥の引き出しの中身を全部ベッドの上に放り出してカーラ・ジーンのものを調べてときおり品物を街灯の青みがかった光にあててみた。プラスチックのヘアブラシ。野外市の屋台で売っているような安物のブレスレット。それらを持ち主のことを言い当てようとする霊媒師のように掌の上に載せる。坐って写真アルバムをめくった。学校時代の友達。家族。犬。この家ではない家。父親かもしれない男。カーラ・ジーンの写真を二枚シャツの胸ポケットに入れた。

天井には扇風機がついていた。シガーは立ちあがって鎖を引くとベッドに寝てショットガンをそばに置き街灯の明かりの中で木製の羽根がゆっくり回転するのを眺めた。しばらくして起きあがり隅の机から椅子を引き出しドアの手前に傾けて置き梯子状の背もたれのてっぺんをドアノブの下にあてがった。それからベッドに坐りブーツを脱いで横になると眠りこんだ。

朝になるともう一度家の中を二階も一階も見てまわってから二階の廊下のはずれのバスルームでシャワーを浴びた。カーテンを開けたままにしておいたので湯が床に飛び散った。ドアも開けっぱなしでショットガンを一フィート離れた洗面台のキャビネットに置いておいた。

ドライヤーで脚の包帯を乾かし髭を剃り服を着てから台所に行きシリアルに牛乳をかけボウルを持って食べながら家の中を歩いた。居間で立ちどまり玄関ドアの真鍮製の郵便受けから床に落ちている郵便物に眼をとめた。しばらくゆっくりとシリアルを嚙んでいた。

それからボウルとスプーンをコーヒーテーブルに置き部屋を横切って玄関まで行くと郵便物を拾いあげてあらためる。それからドアのそばの椅子に坐り電話料金請求書を開封し封筒を両側から指で押さえて口を軽く開かせ息を吹きこんだ。

この家からの発信記録を見た。リストの中ほどにテレル郡保安官事務所があった。シガーは請求書を折りたたんで封筒に戻しそれをシャツの胸ポケットに入れた。それからほかの郵便物を調べた。腰をあげて台所に入りテーブルからショットガンをとって居間に戻ってくるとまた郵便物を見つける前の位置に立った。安物のマホガニーの机のところへ行き一番上の引き出しを開ける。中には郵便物が詰まっていた。ショットガンを置いて椅子に坐り郵便物を全部出して机の上に積み重ね一通ずつあらためはじめた。

モスは町はずれの安モーテルに入り新しい服をクロゼットの針金ハンガーに吊るして裸でベッドで眠った。中庭で影が長く伸びている時刻に眼が醒めて苦労しながら起きあがってベッドの端に坐った。シーツには掌の大きさの薄い血の染みができていた。ナイトテーブルから町のドラッグストアで買ったものが入っている紙袋をとり足を引きながらバスルームに入った。五日ぶりにシャワーを浴び髭を剃り歯を磨いてからバスタブの縁に腰かけて傷の包帯を取り替える。それから服を着てタクシーを呼んだ。

モーテルの事務所の前に立って待っているとタクシーが来た。後部座席に乗りこむと一息つきそれから手を伸ばしてドアを閉めた。ルームミラーに映った運転手の顔を見る。金儲けをしたくないか、とモスは訊いた。

ああ。金儲けしたいですね。

モスは百ドル札を五枚出して重ねたまま半分にちぎりその半分を座席越しに運転手に渡した。運転手は紙幣を数えてからシャツの胸ポケットに入れミラー越しにモスを見て待った。

あんたの名前は？

ポールですが。

よしその調子だ、ポール。あんたを面倒に巻きこんだりしないからな。要するにおれを途中で置き去りにしないでもらいたいんだ。

わかりました。

フラッシュライトは持ってるか？

ええ。持ってますよ。

貸してくれ。

運転手はフラッシュライトをよこした。

ようしいいぞ。

どこへ行くんです？

川沿いの道だ。

不法移民を拾うのは嫌ですよ。

誰も拾いやしない。

運転手がミラー越しに眼を向けてきた。麻薬もごめんです。

麻薬じゃない。

運転手は続きを待った。

これから書類鞄を拾いにいく。それはおれのものだ。なんなら中身を見てくれてもいい。

違法なものは入ってないから。

見てもいいんですか。

ああいいんだ。

わたしを利用する気じゃないでしょうね。

そんなつもりはない。

金儲けはしたいけど刑務所行きはごめんですから。

おれもそうだよ。

タクシーはゆっくりと橋に向かって走った。モスは助手席の背もたれの前へ身を乗り出した。橋の下に車を駐めてくれ。

わかりました。

この車内灯の電球をはずさせてもらうぞ。

この道路はいつも見張られてますよ、と運転手は言った。

わかってる。

運転手は道路からはずれてエンジンを切りヘッドライトを消してミラー越しにモスを見た。モスは車内灯の電球をはずしてプラスチック製のカバーの中に置き運転手に渡してからドアを開けた。二、三分で戻ってくる、とモスは言った。

葦の繁みは砂埃をかぶっており茎が密生していた。モスは慎重に中へ分け入りフラッシュライトのレンズを片手で半ば覆ってそれを膝に向けていた。

書類鞄は繁みの中に誰かが置いたように表側を上にして無傷で引っかかっていた。モスはフラッシュライトのスイッチを切り鞄を拾いあげて頭上の橋を目印に暗闇の中を引き返した。タクシーに戻るとドアを開け鞄を座席に置き用心深く乗りこんでドアを閉めた。フラッシュライトを運転手に返して座席にもたれる。行こうか、とモスは言った。

中に何が入ってるんです？

金だ。

金？

金。

運転手はエンジンをかけて車を道路に出した。

ライトをつけてくれ。

運転手はヘッドライトをつけた。

いくらです？

大金だ。サン・アントニオまでいくらで行ってくれる？

運転手は考えた。さっきの五百のほかにですか？

そうだ。

全部で千ってのはどうです？

全部でか。

ええ。

いいだろう。

運転手はうなずいた。じゃあさっきの五百の半分をくださいよ。

モスはポケットからちぎった残りの紙幣を運転手に渡した。

移民局に停められたらどうしますかね？

停められないよ。

なんでわかります？

おれはこれからまだまだ大変なことが残ってるんだ。ここで終わる気はない。

そう思いどおりにいけばいいけど。

おれを信じてくれ。

その言葉嫌いなんですよね。前からずっと。

自分で言ったことはないのか？

いや。ありますよ。だからあてにならないと知ってるんです。

その夜は町のすぐ西を走る九〇号線沿いのロードウェイ・インに泊まり朝になるとロビーに降りて新聞を買いまた苦労しながら二階の部屋に戻った。身分証明書がないので銃砲店で銃は買えないが新聞の広告で売り手を見つけることはでき実際に買った。テック－9一挺に予備のマガジン二つと弾薬を一箱半。モスは部屋まで届けにきた男に現金で支払った。銃を手にした。パーカライジング防錆処理を施した緑色がかった仕上げになっている。セミオートマチックの拳銃。この前これを撃ったのはいつだ？　とモスは訊いた。

撃ったことはない。

ちゃんと撃てるのか？

なぜ疑うんだ？

わからない。

おれにもわからないな。

銃の売人が帰るとモスは枕を一つ脇に抱えモーテルの裏の原っぱに出て枕で銃口を包みこみ三発発射したあと冷たい陽射しの中で矮性樫の繁みの上を漂う羽毛を眺めながら自分の人生と過去と未来のことを思った。それから回れ右をし焦げた枕を地面に捨ててモーテルへゆっくりと戻っていった。

ロビーで一休みしてからまた部屋にあがった。バスタブに湯を張って風呂に入り鏡で背中の下のほうの射出口を見た。かなりひどく腫れている。射入口にも射出口にも瘡蓋ができていて剝がしたかったがやめておいた。腕のガーゼをはずして弾丸がつけた深い溝を調べてからまた絆創膏で留め直した。服を着てジーンズの尻ポケットに追加の札束を入れテック－9とマガジンを書類鞄に入れてストラップを留めると電話でタクシーを呼び書類鞄をさげて部屋を出て階段を降りた。

ノース・ブロードウェイの自動車販売店で四百六十馬力エンジンを積んだ一九七八年式のフォード四輪駆動ピックアップ・トラックを買い現金で支払って事務所で権利証を公証

してもらいそれをグローブボックスに入れて車を走らせた。モーテルに戻ってチェックアウトするとテック－9を車の運転席の下に置いて書類鞄と服を入れた袋を助手席の床に置いた。

バーニーの町のハイウェイの入り口にヒッチハイクの女の子が立っているのでモスは車を路肩に寄せクラクションを鳴らしてバックミラーでその子を見た。女の子は片方の肩にかけた青いナイロン製ナップサックを揺らして走ってきた。トラックに乗りこみモスを見る。年は十五か十六か。赤い髪。どこまで行くの？　と女の子は訊く。

運転はできるか？

うん。できるよ。マニュアルじゃないよね？

ああ。いったん降りてこっちへまわってくれ。

女の子はナップサックを助手席に置いて車を降り運転台の前を横切った。モスがナップサックを床におろしてそろそろと助手席に移ると女の子は運転席に乗りこみ車を動かして州間高速道路に乗った。

年はいくつ？

十八。

嘘つけ。こんなとこで何やってるんだ？　ヒッチハイクは危ないぞ。

うん。わかってる。

モスは帽子を脱いで脇に置き座席にもたれて眼を閉じた。スピード違反するなよ。お巡りに停められたら二人とも滅茶苦茶やばいことになるからな。

わかってるって。

まじめな話だ。制限速度を超えたら路肩へ放り出すからな。

わかった。

モスは眠ろうとしたがだめだった。痛みが激しかった。しばらくして背を起こすとまた帽子をかぶって速度計を見た。

一つ訊いていい？　と女の子が言った。

いいよ。

警察から逃げてるの？

モスは楽な姿勢に坐り直して女の子を見てからハイウェイに眼を向けた。なんでそんなことを訊く？

さっきあんなこと言ったから。警察に停められたらやばいって。

警察から逃げてるとしたら？

あたしここで降りたほうがいいと思う。

そんなこと思ってないな。自分の立場が知りたいだけだ。

女の子は横眼でちらりとモスを見た。モスは周囲の風景を見ていた。おれと三日一緒にいたらガソリンスタンドの強盗をやらされるかもしれないぞ。簡単なことなんだ。

女の子は半分笑ったようなちょっと変な顔でモスを見た。それが商売なの？　ガソリンスタンドを襲うのが？

いや。そんなことしなくていいんだ。腹減ってないか？

だいじょうぶ。

この前食べたのはいつだ？

この前いつ食べたかなんて訊かれるのは嫌い。

わかった。で、この前食べたのはいつだ？

車に乗ったときからふざけんぼだってわかってた。

そのとおりさ。次の出口で降りてくれ。たしかあと四マイルほどだ。それと座席の下のマシンガンをとってくれ。


ベル保安官はゆっくりとキャトルガードを渡りピックアップ・トラックから降りてゲートを閉めまた乗りこんで放牧地を横切り水飲み場で車を駐めると水槽のほうへ足を向けた。

片手を浸けていっぱいに水を汲みまたそれをこぼす。帽子を脱いで濡れた手で髪をかきあげて風車を見あげた。楕円形の暗い色の羽根がゆっくりとまわり乾いた草を風でなびかせていた。ごとごとと木の打ち当たる音が足の下から伝わってくる。ベルはしばらくのあいだ帽子のつばを両手で持ちゆっくりとまわしながら立っていた。それは今何かを埋めたばかりの人のような姿勢だった。おれにはさっぱりわからん、とベルは一人ごちた。

家に帰るとロレッタが夕食の用意をすませて待っていた。車のキーを台所の棚の引き出しに入れ流しへ行って手を洗った。ロレッタが調理台にメモ用紙を置いたのでベルはそれを見た。

今どこにいるか言ったかい？　これは西テキサスの番号だが。

カーラ・ジーンですと言ってその電話番号を教えただけ。

ベルはサイドボードのところへ行って電話をかけた。カーラ・ジーンと祖母はエル・パソ郊外のモーテルにいた。ちょっと訊きたいんだけど、とカーラ・ジーンは言った。

どうぞ。

あなたは約束を守ってくれる？

守るよ。

わたしにも？

とくにきみにはだ。

受話器からカーラ・ジーンの息遣いが聞こえた。遠くに車の行き交う音。

保安官？

なんだね。

うちの人がどこから電話してきたか教えたらあの人に危害が加えられないようにするって約束してくれる？

わたしからご主人に危害を加えることはないよ。それは約束できる。

しばらくしてカーラ・ジーンは言った。わかった。


壁に蝶番で天板をとりつけ折りたたみ式の脚で支えたベニヤ板の小さなテーブルについている男がメモパッドに何か書きつけヘッドホンをはずしてその紙を前に押し出して黒い髪の左右の鬢(びん)を両手で後ろへ撫でつけた。それからトレーラーハウスの後ろのほうのベッドで寝ている男のほうを向いた。用意はいいか(リスト)？

男は起きあがって両足を床におろした。しばらく坐っていたがやがて立ちあがりこちらに出てきた。

わかったのか？

ああわかった。

テーブルの男がパッドから紙をちぎりとって渡すと受け取ったほうはそれを読んでから折りたたみシャツの胸ポケットに入れた。それから台所の流しの上のキャビネットを開けて迷彩塗装をしたサブマシンガンと予備のマガジン二つをとりだしトレーラーハウスのドアを開けて敷地に降りるとドアを閉めた。砂利を踏んで黒いプリムス・バラクーダを駐めてあるところへ行きドアを開けサブマシンガンを助手席に放り出して運転席に乗りこむとドアを閉めエンジンをかけた。エンジンを二度ふかしてからアスファルト道路に出てヘッドライトをつけギアを二速に入れて発進すると車体は太いリアタイヤに重心をかけ左右に横滑りしながら焼けたゴムの煙を背後に残して走りだした。

8

この何年かで友達が何人も死んだ。おれより年上の人ばかりじゃない。年をとるとわかるのは誰もが自分と一緒に年をとっていくわけじゃないということだ。給料を払ってくれる住民の役に立とうとしている人間としてはどうしても自分が残した記録のことを考えずにはいられない。この郡では過去四十一年間に未解決の殺人事件など一件もなかった。ところが今は一週間で九人殺された。これは解決するだろうか？　わからない。一日たつごとに捜査は難しくなっていく。時間はこちらの味方じゃない。犯人が麻薬密売組織だと見当をつけているからといってたいした手柄とも言えんだろうな。向こうはこっちの動きをよく知っているようだ。連中は法を尊重しないって？　それじゃ言い足りないな。法のことなど考えもしないんだ。連中は不安にもならないようだ。もちろんしばらく前にサン・アントニオで連中が連邦判事を射殺した事件があった。あの判事は連中を不安がらせたのだろう。かと思うと国境沿いで麻薬で儲けていた警察官どもがいた。ああいうのはやりきれない。おれにはやりきれないことだ。十年前なら本当に起きたことだと信じなかっただろう。腐った警察官ほど汚らわしいものはない。そうとしか言いようがないな。麻薬密売人の十倍悪いと思うよ。だがこういうことはなくならないだろう。おれにわかるのはそれだけだ。こういうことはなくならない。どうなくなるというんだね？

こんなことを言うと馬鹿なことをと言われるかもしれんが何よりつらいのはおれが今でも生きているのは連中から相手にされてないからだってことだ。これはつらい。つらくてしょうがない。今じゃ何年か前ですら考えられなかったようなことが起きる。しばらく前にプレシディオ郡でDC‐4が見つかった。その飛行機は砂漠に不時着したんだ。仲間が夜にやってきて即席の滑走路を作ってタールを入れた樽を並べたんだがあの飛行機をあそこから飛び立たせるのは無理だった。そこで機体の外側の殻だけ残して中身を全部運んでいった。中身で残ったのは操縦席だけだった。麻薬犬なんか使わなくてもマリファナの匂いがぷんぷんしてたそうだ。そこの保安官は――名前は言わないでおくが――次に連中が飛行機をとりにくるのを待ち伏せして逮捕しようと考えたがそのうち誰かからもう連中は来ないと教えられた。実際連中は来なかった。その誰かが教えてくれたことの意味がやっとわかると保安官はしばらく黙りこんでから車に乗りこんで砂漠をあとにしたそうだ。

国境の向こうで麻薬密売人どもが抗争をしたときにはどこへ行っても半クォートの密閉

式広口瓶が品切れだった。あのジャムなどを入れておく容器のことさ。芥子漬けピクルスとか。あれが手に入らなくなった。密売人どもが手榴弾を入れるのに使ったんだ。誰かの家の上を飛行機で飛んで手榴弾を落とすと地面に落ちる前に爆発してしまう。だから安全ピンを抜いて広口瓶に入れて蓋を閉める。それが地面に落ちるとガラスが割れてスプーンがはずれるわけだ。つまりレバーがね。連中は手榴弾入りの瓶を何ケースも用意していた。そんなものを積んで夜中に小型飛行機を飛ばすとは信じられないような話だが連中はそれをやったんだ。

もしもあんたが悪魔で人間をひざまずかせる道具が何かないかと考えたとしたらたぶん思いつくのは麻薬だろう。実際悪魔があれを思いついたのかもしれん。このあいだ朝飯を食いながらある人にこのことを話したらあんたは悪魔を信じるのかと訊かれた。おれは大事な点はそこじゃないと答えた。するとその人はそれはわかるがともかく信じてるのかと訊いた。おれは考えてみなくちゃいけなかった。子供の頃はたぶん信じていたと思う。中年になると信じる気持ちはいくらか薄れていたようだ。でもこの頃はまたもとに戻ってきたよ。悪魔がいると考えなくちゃ説明のつかないことがたくさんあるからだ。少なくともおれには説明がつかないと思えることがね。

モスは仕切り席に書類鞄を置いて自分もそこに坐った。マスタードやケチャップのそばに置いてある針金のホルダーからメニューをとった。女の子は向かいに坐った。モスは眼をあげなかった。きみはなんにする？

わかんない。メニュー見てないから。

モスはメニューの上下を逆にして女の子の前に滑らせてから店内を見まわしてウェイトレスを探した。

あなたはなに？

何にするかってことか？

じゃなくて。どういう人かってこと。放浪者（キャラクター）なの？

放浪者（キャラクター）なんて言葉を知ってる人間は放浪者（キャラクター）だけだろうな。

あたしはただの旅の道連れってとこね。

旅の道連れか。
そう。
まあそのとおりだな。
あなた怪我してるでしょ？
なんでそう思うんだ？
やっとのことで歩いてるもん。
軍隊時代の古傷のせいかもしれないだろう。
そうじゃないと思うな。何があったの？
最近って意味か？
そう。最近。
知らないほうがいい。
なんで？
きみに惚れられると困る。
なんであたしが惚れると思うの？
不良少女は不良少年が好きだからさ。さあ何を食う？
なんにするかな。あなた仕事はなんなの？

三週間前までは善良な市民だった。九時から五時まで働いてた。正確には八時から四時までだが。しかし人間には突然何かが起こる。それは前もって訊いちゃくれない。起こっていいですかなんてね。

それ以上の真理って聞いたことない。

おれと一緒にいるともっといろんな真理が学べるよ。

あたしのこと不良少女だと思ってるの？

それになりたがってるんじゃないかな。

その書類鞄（ブリーフケース）の中身はなに？

ブリーフさ。

冗談じゃなくて。

教えてもいいがあとできみを殺さなくちゃいけない。

外で銃を持ち歩いちゃいけないのよ。知らないの？　とくにそういう銃はだめなんだから。

一つ訊いていいかな。

いいよ。

銃撃されたときに銃を持ってるのと法律を守ってるのとどっちがいい？

銃撃とか関わり合いになりたくない。

いやなりたがってるな。顔に書いてある。撃たれるのが嫌なだけだろう。さあ何にする？

あなたは？

チーズバーガーとチョコレートミルク。

ウェイトレスが来たので注文した。女の子はマッシュポテトとグレイヴィ付きのホットビーフサンドイッチを頼んだ。あたしがどこへ行くのか訊かないのね。

どこへ行くのかは知ってるよ。

どこなの？

道の先だ。

それじゃ答えになってない。

たんなる答え以上のものさ。

あなたはなんでも知ってるわけじゃないでしょ。

そのとおりだ。

人を殺したことはある？

ある。きみは？

女の子はとまどった顔をした。ないことぐらいわかるでしょ。

そりゃおれにはわからない。

ないんだってば。

じゃないんだ。

あなただってない。そうでしょ？

何が。

さっき言ったこと。

人を殺したことかい？

女の子は人の耳を気にして周囲を見まわした。

そう。

答えるのは難しいな。

しばらくしてウェイトレスが注文の品を運んできた。モスは小袋の端を嚙み切りマヨネーズをチーズバーガーの具の上に絞り出してからケチャップの容器をとった。きみはどこから来た？

女の子はアイスティーを一口飲んでから紙ナプキンで口を拭いた。ポート・アーサー、と答える。

モスはうなずいた。チーズバーガーを両手で持ち一口齧(かじ)ってから座席にもたれて嚙んだ。

ポート・アーサーは行ったことないな。

あなたを見かけたことはなかったみたい。

行ったことないんだから見かけるわけないだろう？

そうよ。だからないって言ってるじゃない。あなたと同じ意見なのよ。

モスは首を振った。

二人は食べた。モスは女の子を見つめた。

きみはカリフォルニアへ行くんだろう。

なんでわかった？

そっちの側で待ってたからな。

まあ行き先はそこよ。

金は持ってるのか？

そんなことあなたになんの関係があるの？

関係はない。でも持ってるのか？

少しね。

モスはチーズバーガーを食べ終えると紙ナプキンで両手を拭いてチョコレートミルクを

飲み干した。それからポケットに手を入れて百ドル札の束を出して折りたたんであるのを開いた。そこから千ドル分を抜きフォーマイカのテーブルに置いて女の子のほうへ押しやり残りをポケットに戻した。行こうか、とモスは言った。

このお金はなに？

カリフォルニアまでの旅費だ。

あたしは何をすればいいの？

何もしなくていい。眼の見えない雌豚でもたまにはドングリを見つけることがある。さっさとしまえよ。出発するから。

代金を払って二人はトラックのほうへ向かった。さっきあたしを雌豚って呼んだわけじゃないよね？

モスは取り合わなかった。キーを返してくれ。

女の子はポケットからキーを出して渡した。あたしが持ってること忘れてるんじゃないかと思ってたけど。

おれはあんまり物忘れをしない。

トイレへ行くと言ってトラックに乗ってあなたを置いてけぼりにしたかもしれないのに。

いやそれは無理だな。

なんで？

いいから乗れよ。

トラックに乗りこむとモスは二人のあいだに書類鞄を置きズボンの縁からテック－9を抜いて運転席の下に隠した。

なんで無理なの？

一生お馬鹿なままで終わるなよ。第一におれには店の入り口から駐車場のトラックまできれいに見通せた。第二にもしヘマなことに入り口に背を向けて坐ってきみに逃げられてもタクシーを呼んで追いかけて車を停めさせてきみを思いきりぶちのめしてそこへ転がして行っちまったはずだ。

女の子は黙りこんだ。モスはキーをまわしてエンジンをかけ車を出した。

ほんとにそんなことした？

どう思う？

ヴァン・ホーンの町に入ったのは夜の七時だった。女の子はナップサックを枕にし身体を丸くしてほとんどのあいだ眠っていた。サービスエリアに車を入れてエンジンを切った瞬間に雌鹿のように眼をぱちりと開けた。身体を起こしてモスを見てから外の駐車場を見た。ここはどこ？

ヴァン・ホーンだ。腹は減ったか？

ちょこっと何か食べたいかな。

ディーゼル・フライドチキンはどうだ？

え？

モスは看板を指さした。

そんなもん食べたくない（店の名前だがディーゼル油揚げのチキンともとれる）。

女の子は長いあいだ女子トイレに入っていた。出てくるともう注文したのかと訊いた。

したよ。きみにはあのチキンを頼んでおいた。

嘘ばっかり。

実際に注文したのはステーキだった。あなたはいつもこんな生活をしてるの？　と女の子は訊いた。

そうさ。大物の無法者は気ままなもんだ。

その鎖でぶらさげてるものはなに？

これか？

うん。

これは猪の牙。

なんでそんなものぶらさげてるの？

これはおれのじゃない。人のものを預かってるんだ。

それって女の人？

いや、死んだ男だ。

ステーキが来た。モスは女の子が食べるのを見ていた。きみがどこにいるのか誰か知ってるのか？

え？

きみがどこにいるのか誰か知ってるのかと訊いたんだ。

誰かって誰のこと？

誰でもいいけどさ。

あなたが知ってるじゃない。

おれはきみが何者か知らないんだからどこにいるのかも知らない。

あたしだってそうよ。

自分が何者か知らないのか？

違うよ、馬鹿。あなたが何者か知らないってこと。

まあお互い何もばらされないようこのまま何も知らない同士でいよう。それでいいか？

いいよ。でもなぜそんなこと頼むわけ？

モスはロールパンの半分で皿のグレイヴィをぬぐいとった。ほんとにそのほうがいいと思うんだ。きみにとっては居心地のいいこと。おれにとっては必要なことだ。

どうして？　人に追われてるから？

そうかもな。

あたしはこういうのが好き。そのことではあなたの言うとおりよ。

こういうのが好きになるのにそう時間はかからないだろう？

うん。そうね。

でも実はそう単純なことじゃない。今にわかるけどな。

どうして？

いつだって誰かがこっちの居所を知ってるからさ。どこになぜいるのか。ほとんど完全に知ってる。

それ神様のことを言ってるの？

いや。きみのことを言ってるんだ。

女の子は食べた。でももし自分がどこにいるか知らなかったら困るわよね。

おれは知らない。きみはどうだ？

さあ。

かりにきみが今どこだか知らない場所にいるとする。するときみが本当に知らないのはほかの場所がどこにあるかってことだ。あるいはそれがどれくらいの距離にあるかってこと。だからといってきみが今いる場所について何かが変わるわけじゃないけどね。

女の子はそれについて考えた。あたしその手のことは考えないようにしてるから。

きみはカリフォルニアへ行けば一から出直せると思ってるだろう。

そうしようと思ってるけど。

そこが肝心な点だろうな。一方にはカリフォルニアへ行く道があってもう一方にはそこから戻ってくる道があるけど一番いいのはただ向こうに現われることだ。

向こうに現われる？

そうだ。

つまりどうやって着いたかわからないやり方で？

そう。どうやって着いたかわからないやり方で。

どうやったらそんなことができるのかわかんないな。

おれにもわからない。そこが肝心な点だ。

女の子は食べた。まわりを見まわした。コーヒー飲んでいいかな？

なんでも飲むといい。きみは金を持ってるんだから。

女の子はモスを見た。なんか肝心な点がよくわかんないんだけど。

肝心な点は肝心な点なんかないということさ。

そうじゃなくて。あなたが言ったこと。今自分がどこにいるかを知るってことについてよ。

モスは女の子を見た。しばらくして言った。問題は自分がどこにいるかを知ることじゃない。きみが何も持ち越さないで向こうに着けると考えてること。出直しができるという考え方だ。いやきみじゃなくていいんだけどさ。出直しなんてできないんだ。そういう話だよ。きみのどの一歩も永遠に残る。消してしまうことはできない。どの一歩もだ。言ってることわかるかい？

わかる気がする。

きみがわかってないのは知ってるけどもう一度説明してみるよ。きみは朝起きたときには昨日なんて意味がなくなってると思ってる。でも意味があるのは昨日だけだ。ほかに何がある？　きみの人生はそれができあがってきた日々でできあがっている。ほかには何もない。きみは家出をして名前を変えたり何やかやできると思ってるかもしれない。出直しできるとね。でもある朝眼が醒めて天井を見あげたときそこに寝てるのは誰だと思う？

女の子はうなずいた。
おれの言ってることわかるか？
わかる。そういうのは考えたことある。
ああ、そうだろうな。
あなたは無法者になったのを後悔してるわけ？
もっと早くならなかったのを悔やんでる。用意はいいか？
モスはモーテルの事務所から出てくると鍵を女の子に渡した。
何これ？
きみの部屋の鍵だ。
女の子は鍵を掌に載せたままモスを見た。ま、あなたのいいようにすればいいけど。
そのとおりだ。
あたしに鞄の中身を見られたくないってわけね。
そういうわけでもない。
モスはエンジンをかけてトラックを事務所の裏手の駐車場に入れた。
あなたオカマなの？
おれか？　ああ、正真正銘のオカマだよ。

そうは見えないけど。

そうかい？　オカマの知り合いは多いのか？

しぐさがオカマっぽくないっていうか。

ダーリンきみはオカマのことをよく知ってるのかい？

知らない。

もういっぺん言ってみな。

え？

もういっぺん言ってみなよ。知らないって。

知らない。

よし。それ練習したほうがいいよ。きみによく似合う台詞だ。

しばらくしてモスは車で近くのコンビニエンスストアへ行った。モーテルの駐車場に戻ると運転席に坐ったままほかの車を観察した。それから車を降りた。

女の子の部屋へ行ってドアをノックした。しばらく待つ。もう一度ノックした。カーテンが動くのが見えたあと女の子がドアを開けた。さっきまでと同じジーンズとTシャツを着ている。だが今眼が醒めたところという感じだった。

まだ未成年だろうけどビールを飲みたいかなと思ってね。

うん。ビール飲みたい。

モスは茶色い紙袋から冷たい瓶を一本出して女の子に差し出した。はいよ。

モスは行きかけた。女の子は部屋を出てドアを閉めた。そんなに急いで行かなくてもいいじゃない。

モスは入り口前の階段の下の段で足をとめた。

袋にもう一本入ってるの？

ああ。二本入ってる。二本ともおれが飲むつもりだ。

ここに坐って一緒に一本飲んでったらどうかなって思っただけ。

モスは眼を細めて相手を見た。女ってのはノーという返事をなかなか受け入れないって気づいてたかい？　それはたぶん三歳くらいから始まるんだろうな。

男はどうなの？

男は慣れる。慣れなきゃやっていけない。

あたしもう一言もしゃべらない。黙って坐ってる。

一言もしゃべらないか。

うん。

ほらさっそく嘘になった。

とにかくほとんど何もしゃべらないから。静かにしてる。

モスは階段に腰をおろし紙袋からビールを一本出してねじ蓋をはずしラッパ飲みをした。女の子も一段上に坐って同じようにした。

きみはよく眠るほうか？

眠れるときはしっかり眠る。うん。あなたは？

この二週間ほどは一晩ぐっすり寝たことがない。それがどんなものかもうわからなくなった。おかげでおれは馬鹿になってきてると思う。

馬鹿には見えないけど。

きみの眼で見たらそうだろう。

それどういう意味？

別に意味はない。からかっただけだよ。もうやめる。

あの鞄の中身は麻薬じゃないよね？

違う。どうして？　麻薬をやるのか？

もし持ってたらだけど葉っぱなら吸うよ。

持ってないな。

別にいいけど。

モスは首を振った。ビールを飲んだ。
ここに坐ってビールを飲んでるだけでいいってこと。
満足してくれてて嬉しいよ。
これからどこへ行くの？　全然話してくれないけど。
それはなんとも言えない。
でもカリフォルニアへは行かないよね？
ああ。行かない。
違うと思った。
エル・パソへ行くんだ。
どこへ行くのかわからないんじゃなかった？
今決めたのかもしれない。
そうじゃないと思うな。
モスは返事をしなかった。
ここに坐ってると気持ちいい。
そういうのは前にどこに坐ってたかによるな。
まさか刑務所から脱走してきたとかそういうんじゃないよね？

おれは脱走した死刑囚だ。電気椅子送りになる前に頭を剃られたよ。でももうだいぶ伸びてきただろ。

嘘ばっか。

でも実はほんとだったりすると面白くないか？

追ってくるのは警察？

みんなが追ってくるんだ。

何したわけ？

ヒッチハイクの若い女の子を何人も拾って砂漠に埋めたんだ。

それ笑えない。

うん。そんなことはしちゃいないよ。からかっただけだ。

もうやめるって言ったくせに。

もうやめる。

今までほんとのことを言ったことあるの？

ああ。おれはほんとのことを言う。

結婚してるよね？

ああ。

奥さんの名前は？

カーラ・ジーン。

エル・パソにいるわけ？

そう。

あなたがどういう仕事をしてるか知ってるの？

ああ。知ってる。おれは溶接工だ。

女の子はモスをじっと見つめた。ほかに何を言うだろうと様子を見ている。だがモスは何も言わなかった。

溶接工じゃないな。

どうして？

あのマシンガンはなんのため？

悪いやつらが追ってくるからだ。

そいつらに何したの？

やつらのものをとったから取り返しにくるんだ。

なんか溶接工っぽくないんですけど。

そうだよな。そのときはそのことを考えなかったんだな。

モスはビールを一口飲んだ。瓶の首を親指と人差し指でつまんでいた。
それが鞄に入ってるわけね？
それはなんとも言えない。
あなた金庫破りなの？
金庫破りかって？
うん。
なんだその発想は？
わかんない。どうなの？
違うよ。
でもとにかく何かでしょ。違う？
誰でも何者かではあるな。
カリフォルニアは行ったことある？
ああ。行ったことあるよ。兄貴が住んでる。
お兄さんカリフォルニアは好きだって？
さあ。とにかく住んでるんだ。
でもあなたはあそこで暮らす気がないのね？

ああ。

あたしはあそこへ行くべきだと思う？

モスはちらりと相手を見てすぐに眼をそらした。両脚をコンクリートの上に伸ばしてブーツを重ね合わせ駐車場の向こうのライトが点っているハイウェイを眺めやった。ダーリン、とモスは言った。きみがどこへ行くべきかなんてどうしておれにわかるんだ？

そうね。とにかく、お金どうもありがと。

どういたしまして。

あんなことしなくてよかったのに。

きみはしゃべらないんじゃなかったのかな。

わかった。でも大金だから。

思ってるほど遣いではないよ。今にわかる。

無駄遣いはしない。住む場所を確保するのにお金がいるもん。

きみはだいじょうぶだよ。

だといいけどね。

カリフォルニアで暮らすのに一番いい方法はよそから移ってくることだ。火星からが一番だろう。

それ当たってないほうがいい。あたし火星から来てないから。

きみはだいじょうぶだよ。

一つ訊いていい？

ああ。訊いていいよ。

今何歳なの？

三十六。

結構いってるんだ。そんなオジサンとは思わなかった。

うん。おれも自分でびっくりしてるんだ。

ほんとはあなたを怖がらなくちゃいけないんだろうけど怖くないんだよね。

うーん。そのことでもおれにはアドバイスできないな。家出する子はたいていい自分の母親から逃げて死神の首に齧りつく。死神に会うのが待ちきれないって感じだ。

あたしもそれをしてると思ってるでしょ。

きみが何をしてるのかなんて知りたくもないよ。

今朝あなたに会ってなかったら今頃どうしてたかな。

さあね。

あたしは昔から運がいいほうなの。この手のことっていうか。人との出会いで。

それはまだ結論を出すのが早すぎるんじゃないか。

なんで？　やっぱり砂漠に埋めるつもり？

いや。ただ悪運ってのはありふれてるからね。生きてるうちにはそれなりにつかんでしまうよ。

もうつかんできたよ。でもそろそろツキが変わると思う。とっくに変わっててもおかしくないんじゃないかな。

そうか？　違うと思うけどな。

なんでそんなこと言うのよ？

モスは女の子を見た。いいかいお嬢ちゃん。この地球上できみに一番似てないものがあるとしたらそれは幸運にたっぷり恵まれた女の子だ。

それすっごい意地悪。

そうじゃない。ただ気をつけてほしいんだ。エル・パソに着いたらバス停でおろしてやる。きみは金を持ってる。もうヒッチハイクはしなくていい。

わかった。

よし。

ちょっと前にあなたが言ったあれってほんとにやってた？　あたしがトラックを盗んだ

らってやつ。

なんの話だ？

ほら。あたしを思いきりぶちのめすって話。

やらなかったよ。

だと思った。

最後の一本は半分こするか？

うん。

部屋からカップをとってきな。おれもちょっと部屋へ行ってくる。

わかった。ところで気は変わってない？

なんのことだ？

わかってるでしょ。

おれは気を変えない。最初に正しい決断をするのが好きだ。

モスは腰をあげて通路を歩きだした。女の子はドアの前に立った。前に映画で聞いた台詞を教えてあげようか。

モスは立ちどまって振り返った。どういうのだい？

世の中には良心的なセールスマンも大勢いてまともな買い物もできる。

ダーリンきみはちょっと遅すぎたよ。もう買い物はすませたんだ。今のものを手放さないことにするよ。

モスは通路を進み階段をのぼって部屋に入った。

バラクーダはバルモリア郊外のサービスエリアに入りその中の洗車場に乗り入れた。運転席から男が降りてドアを閉め車を調べる。ウィンドーや車体に血とそのほかのものが筋を引いているのを確かめてから両替機の前へ行ってお金を二十五セント硬貨に崩し戻ってきて機械のスロットに硬貨を入れノズル付きホースをとって車をシャンプーで洗い水ですすぐとまた車に乗りこみハイウェイに出て西に向かって走りだした。

ベルは七時三十分に家を出ると二八五号線を北に進んでフォート・ストックトンに向かった。最終目的地のヴァン・ホーンまでは二百マイルほどでたぶん三時間以内に着けるはずだった。ベルはルーフライトをつけた。フォート・ストックトンからさらに西へ十マイルほど進んで州間高速道路一〇号線に乗ると道路の端で一台の車が燃えていた。事故現場にはパトカーが数台駐められ一車線が封鎖されていた。ベルは車を停めなかったが嫌な予感に襲われた。バルモリアでサービスエリアに寄って魔法瓶にコーヒーを詰めてもらいヴァン・ホーンには十時二十五分に着いた。

ベルは自分が何を見ることになるのか知らなかったが知る必要はなかった。とあるモーテルの駐車場にカルバーソン郡のパトカー二台と州警察の車一台がヘッドライトをつけたまま駐めてあった。モーテルは黄色いテープで封鎖されていた。ベルは車を停止させたがライトはつけたままにしておいた。

保安官補はベルを知らなかったが保安官は知っていた。一台のパトカーの後ろのドアが開いておりその中で保安官と保安官補がシャツ姿の男から事情聴取をしていた。悪いニュースはすぐ伝わるようだな、と保安官はベルに言った。こんなとこで何してるんだね、保安官？

何があったんだ、マーヴィン？

ちょっとした撃ち合いだ。あんた何か知ってるのかい？

いやなんにも。犠牲者はいるのか？

半時間ほど前に救急車が運んでいった。男二人と若い女の子が一人だ。女の子はもう死んでたし男の一人も助からんだろう。もう一人はだいじょうぶかもしれん。

三人の身元はわかってるのか？

いや。男の一人はメキシコ人であっちに駐めてあるその男の車の記録を陸運局に問い合わせて今その返事待ちだ。三人とも身分証明書を持ってなかった。携帯してなかったし部屋にもなかった。

そこにいる人はなんと言ってる？

撃ち合いはメキシコ人が始めたとね。女の子を部屋から引きずり出したらしくてもう一人の男が銃を持って部屋から出てきたがメキシコ人が女の子の頭に銃を突きつけてるのを見て自分の銃を捨てた。そのとたんメキシコ人が女の子を突き放して射殺しそれから男も撃ったそうだ。メキシコ人はそこの一一七号室の前に立ってた。銃はサブマシンガンだ。ここにいる目撃者の話では撃たれた男は階段を転げ落ちて地面から自分の銃を拾いあげてメキシコ人を撃ったそうだ。よくそんなことができたと思うよ。身体が蜂の巣にされてたからな。あっちの通路に血が流れてる。おれたちは通報を受けてからかなり早く来た。七分くらいかな。女の子はもう死んでた。

身元は不明か。

身元は不明だ。連れの男のトラックは販売店の仮ナンバーをつけたままだった。

ベルはうなずいた。目撃者に眼を向けた。目撃者は保安官補から煙草をもらって火をつけ吸っていた。かなり落ち着いている様子だった。以前にもパトカーの後部座席に坐ったことがあるというふうに見えた。

その女の子だが。白人かね？

ああ。白人だ。髪はブロンド。ちょっと赤みがかってたかな。

麻薬は見つかったのか？

いや。まだ今捜してるとこだ。

金は？

まだ何も見つかってないんだ。女の子の部屋は一二一号室だった。服や何かを入れたナップサックがあった。

ベルはモーテルのドアの並びに眼をやった。数人の人が小さな輪を作って話していた。

ベルは黒いバラクーダを見た。

あれはタイヤをまわす仕掛けを積んでるのかね？

えらく優秀なやつを積んでるよ。四百四十馬力でスーパーチャージャー付きだ。

スーパーチャージャー？

ああ。

ついてるように見えないが。

サイドワインダーってやつだ。ボンネットの下に収まっちまう。

ベルはその車を眺めた。それから首をめぐらして保安官を見た。あんたちょっとここを離れられるかな?

ああかまわんよ。何を考えてるんだね?

一緒に病院まで行ってくれないかと思ってね。

いいだろう。おれの車で行こう。

それはありがたい。じゃおれの車をもう少しちゃんとした場所に駐め直すよ。

そんなことはいいんだ、エド・トム。

とにかく邪魔にならないところへ移すから。どこかへ出かけるときはどれくらいで戻れるか必ずしもわからないからな。

病院の受付で保安官は夜勤の女性看護師に名前で呼びかけた。看護師はベルを見た。

この人は身元の確認に来てくれたんだ、と保安官は言った。

看護師はうなずいて立ちあがり読んでいた本のページに鉛筆をはさんだ。二人は病院に着いたときもう亡くなってました、と看護師は言った。メキシコ人は二十分ほど前にヘリコプターで搬送しました。もうご存じかもしれませんけど。

誰もそういうことは教えてくれなかったよ、ダーリン、と保安官は言った。

二人は看護師のあとについて廊下を進んだ。コンクリートの床にはぽつぽつと血がしたたっていた。部屋を見つけるのは難しくないな、とベルは言った。

廊下のはずれに出口という赤い表示があった。そこへたどり着く前に看護師は身体の向きを変え左側の鉄のドアに鍵を差して開き明かりをつけた。コンクリートブロックがむきだしの部屋には窓がなくスチール製の車輪付き解剖台が三つあるほかは何もなかった。解剖台のうち二つには合成樹脂のシートで覆った死体が横たえてある。看護師は戸口で待ち二人の保安官は室内に入った。

男のほうはあんたの友達じゃないだろうな、エド・トム？

友達じゃない。

顔に二発食らってるからあまり見好いものじゃない。もっとひどいのも見たことはあるがね。実を言うとこの近くのハイウェイは戦闘地域なんだ。

保安官がシートをはぐった。ベルは解剖台の端をまわりこんだ。モスは首の下に敷き台が置かれておらず顔が横を向いていた。片方の眼が半開きになっている。死体仮置台に寝かされた西部の悪漢のようだった。血はスポンジで拭き取られていたが顔には二つ穴があき歯が吹き飛ばされていた。

この男かね？

ああ、この男だ。

違ってればよかったって顔をしてるな。

奥さんに連絡しなくちゃならない。

そりゃ気の毒な務めだ。

ベルはうなずいた。

しかし、と保安官は言った。あんたにはどうすることもできなかったよ。

ああ、とベルは言った。でもいつだって何かできたんじゃないかと思うもんだ。

保安官はモスの顔にシートをかぶせもう一つの解剖台のシートの端をはぐってベルを見た。ベルは首を振った。

二人はめいめいに部屋をとってた。両方とも男がとったのかもしれんが。払いは現金だ。宿帳に書いてある名前は読めない。ただの殴り書きだからね。

名前はモスだ。

そうか。じゃ話は事務所で聞くことにしよう。しかしちょっとすれた感じの娘だな。

うむ。

保安官はシートで顔を覆った。これを聞いたら奥さんは面白くないだろうな。

ああ、面白くないだろう。

保安官は看護師を見た。看護師はまだドアにもたれていた。この若い女のほうは何発撃たれてた？　きみは知ってるかね？

いえ知りません、保安官。ご自分で調べてみればわかりますよ。わたしはかまいませんし本人も気にしないでしょう。

いやいいんだ。検死報告書を見ればわかる。もういいかな、エド・トム？

ああ。部屋に入る前から出る用意はできてた。

ベルは保安官の事務所のドアを閉め一人坐って電話を見つめていた。それから立ちあがって事務所を出た。保安官補が顔をあげた。

保安官はもう家に帰ったんだろうな。

ええ、と保安官補は答えた。何かわたしにできることはありますか、保安官？

ここからエル・パソまでどれくらいあるかな？

百二十マイルくらいですね。

保安官によろしく伝えてくれ明日また電話するからと。

はい。

町はずれの安食堂に立ち寄って仕切り席で食事をしコーヒーを飲んでいるとハイウェイの照明が消えた。何か変だった。ベルにはわけがわからなかった。腕時計を見た。一時二十分。代金を払って外に出ると車に乗りこんでしばらく坐っていた。それから交差点まで車を走らせ東に折れてモーテルに戻った。

シガーは州間高速道路の東に向かう車線に面したモーテルにチェックインし風の吹くなか暗い原っぱに出て双眼鏡でハイウェイの向こう側を眺めた。大型の長距離トラックが視野の中に現われて通り過ぎていった。シガーはしゃがんで膝に肘をつき観察を続けた。それからモーテルの部屋に戻った。

時計のアラームを一時にセットしそれが鳴ると起きてシャワーを浴び服を着て小さな革製の鞄をさげて外に出てトラックの座席の後ろに鞄を置いた。

シガーは例のモーテルへ行って駐車場に車を駐めしばらくのあいだ坐っていた。座席にもたれてルームミラーを見つめる。何も起こらない。警察の車はとっくに引きあげていた。モーテルの部屋の入り口に張られた立入禁止の黄色いテープが風に吹かれて揺れアリゾナとカリフォルニアに向かうトラックが何台も鈍い響きを立てて走っていた。シガーは車を降りて部屋の入り口へ行き錠をスタンガンで打ち抜いて中に入りドアを閉めた。窓から射し入る明かりで室内はかなりよく見えた。ベニヤ板のドアにあいた銃弾の穴からも光が小さくこぼれていた。ベッド脇の小さなナイトテーブルを壁ぎわへ寄せてその上に立ちジーンズの尻ポケットからドライバーを抜いて通風孔の鎧張りのカバーからネジをはずしはじめた。カバーをナイトテーブルに置きダクトに手を突っこんで鞄を引っ張り出すと床に降りて窓辺へ行き外の駐車場を見た。ジーンズの背中側から拳銃を抜きドアを開けて外に出てドアを閉め黄色いテープの下をくぐりトラックのところまで行って乗りこんだ。

鞄を床に置きキーをまわそうとしたときテレル郡のパトカーが百フィートほど離れた事務所の前の駐車スペースに滑りこんできたのが見えた。シガーはキーから手を離して座席にもたれた。パトカーは駐車スペースで停止してライトを消した。それからエンジンがとまった。シガーは拳銃を膝に載せたまま待った。

パトカーから降りたベルは駐車場を一度見まわすと一一七号室の前まで歩いていきドアノブをまわした。錠はかかっていなかった。テープの下をくぐりドアを押し開け手探りでスイッチを探して明かりをつけた。

まず眼についたのはナイトテーブルに載っている通風孔のカバーとネジだった。ベルはドアを閉めた。窓辺へ行ってカーテンの隙間から駐車場を見た。そしてしばらくそこに立っていた。動くものは何もなかった。床に何か落ちているのを見つけてそこへ行き拾いあげたがそれがなんなのかはもうわかっていた。いろいろに向きを変えて眺めた。ベッドの端に腰をおろしてその小さな真鍮製のものを掌に載せた。それからナイトテーブルの灰皿の中に入れた。電話の受話器をとりあげたが回線は死んでいた。受話器を架台に戻した。ホルスターからリヴォルヴァーを抜きローディングゲートを開いてシリンダーの装弾を確かめ親指でゲートを閉じ拳銃を持った手を膝に載せた。

やつがこの辺にいるなんて確信はないだろう、とベルは一人ごちた。

いやある。レストランにいるときにわかった。だからおれはここへ戻ってきた。

さてそれでどうする気だ？

立ちあがって壁のところへ行き明かりを消した。ドアに銃弾の穴が五つあった。拳銃の刻みのついた撃鉄に親指をかけて立ちあがった。それからドアを開けて外に出た。

ベルはパトカーに向かって歩いた。駐車場に駐めてある車に眼を走らせる。ほとんどがピックアップ・トラックだ。発砲があればまず銃口炎が見える。見えたときにはもう遅いのだが。誰かに見られているときその視線を感じ取れるものだろうか？　感じ取れると思っている人間は多い。パトカーにたどり着くと左手でドアを開けた。車内灯がついた。運転席に乗りこみドアを閉め拳銃を助手席に置いてキーをとりだしイグニッションに差してエンジンをかけた。それから駐車スペースを出てヘッドライトをつけ駐車場を出た。

モーテルが見えなくなると路肩で車を停めフックからマイクをとって保安官事務所を呼び出した。パトカー二台が来ることになった。マイクをフックにかけギアをニュートラルに入れてバックでハイウェイの端を滑り降りモーテルの看板が見えるところまで戻った。腕時計を見た。一時四十五分。七分後というと一時五十二分。ベルは待った。モーテルにはなんの動きもなかった。一時五十二分に二台のパトカーが車間距離をほとんど空けずにサイレンを鳴らし回転灯を光らせながらハイウェイの流出ランプを降りてきた。ベルはモーテルから眼を離さなかった。どんな車であれモーテルの敷地から出てきて流入ランプに向かいはじめたらこちらの車をぶつけて道路から突き出してやる覚悟を決めていた。二台のパトカーがモーテルの敷地に入るとベルは車のエンジンをかけヘッドライトをつけてUターンをし道路を逆向きに走ってモーテルの敷地に乗り入れ車を降りた。

ベルたちは駐車場で拳銃を抜きフラッシュライトで車を一台ずつ照らしながら調べてまた引き返してきた。ベルが最初に戻ってきて自分のパトカーに寄りかかった。保安官補たちにうなずきかける。どうやらわれわれの作戦負けらしいな。

三人は拳銃をホルスターに収めた。ベルは主任保安官補と一緒に部屋へ行きドアの錠と通風孔と錠のシリンダーを見せた。

こいつはどうやったんですかね、保安官、と主任保安官補はシリンダーを手にして訊いた。

話せば長くなる、とベルは答えた。無駄足を踏ませて申し訳なかったな。

そりゃいいんです、保安官。

おたくの保安官にエル・パソから電話すると伝えておいてくれるかね。

はい、伝えておきます。

二時間後ベルは町の東側にあるロードウェイ・インにチェックインし鍵を受け取ると部屋へ行ってベッドに入った。いつもどおり六時に眼が醒め起きてカーテンを閉めてからまたベッドに戻ったがもう眠れなかった。そこで起きてシャワーを浴び服を着るとコーヒー店へ行って朝食をとり新聞を読んだ。モスと若い女の子の記事はまだ出ていなかった。コーヒーを注ぎ足しにきたウェイトレスに夕刊は何時になれば買えるのか訊いてみた。

さあ、とウェイトレスは言った。あたしもう読むのやめてますから。

それは無理もない。おれもできればやめたいんだ。

自分でもやめたし亭主にもやめさせたんですよ。

そうなのかね？

あれなんで新聞（ニューズペイパー）っていうんでしょうね。あんなの新しい知らせ（ニューズ）じゃないのに。

そうだね。

お客さんこの前新聞でイエス・キリストのことを読んだのはいつですか？

ベルは首を振った。さあてな。もうだいぶ前だろうな。

きっとかなり前のことだと思いますよ。

同じような知らせを携えてドアをノックしたことは以前にも何度かあるのでさほど目新

しいことをしている感じはしなかった。窓のカーテンが小さく動くのが見えそれからドアが開いてシャツの裾をジーンズの外に垂らした彼女が現われた。顔は無表情だった。ただじっと待っていた。ベルが帽子を脱ぐと彼女はドアの脇柱に寄りかかって顔をそむけた。

気の毒なことになった、とベルは言った。

そんな、と彼女は言った。よろめきながら後ろにさがり床にくずおれて両手で頭を抱え二つの腕先に顔を埋めた。ベルは帽子を手にしたままじっと立っていた。どうしていいかわからなかった。彼女の祖母がいる気配はなかった。駐車場にいるメキシコ人のメイド二人がこちらを見てひそひそ囁き合っていた。ベルは部屋に入ってドアを閉めた。

カーラ・ジーン、とベルは言った。

ああ神様。

本当に気の毒なことになった。

ああ神様。

ベルは帽子を持ったまま立っていた。申し訳ないことだ、と言った。

カーラ・ジーンは頭をあげてベルを見た。顔がくしゃくしゃになっていた。何よ。ただぼうっと突っ立って気の毒にって。うちの人が死んだのよ。わかってるの？　もういっぺん気の毒にって言ったら銃をとってきてあんたを撃ち殺してやる。

9

おれはカーラ・ジーンの言葉を額面どおり受け止めた。そう受け止めるほかなかった。あれ以来彼女には一度も会うことはなかった。おれは彼女に新聞のあの書き方は事実に反すると言ってやりたかった。モスとあの女の子のことだ。女の子は家出少女だとあとでわかった。十五歳だった。おれはモスとあの子とのあいだに何かあったなどとは信じていないしカーラ・ジーンにもそう思ってほしくなかった。しかし彼女はそう思ったようだ。何度電話をかけてもすぐ切られたが無理もなかった。それからしばらくしてオデッサから電話がありオ何が起きたかを知らせてきたがおれには信じられなかった。まるで意味がわからなかった。オデッサへ出かけていったができることは何もなかった。カーラ・ジーンのお祖母さんも死んだばかりだった。おれはＦＢＩに頼んで犯人の指紋をデータベースで調べてもらったが無駄に終わった。やつの名前や前歴などを知りたかったんだが。おれはもう間抜けもいいところだった。やつは幽霊だ。だがやつはどこかにいる。あんなふうに突然現われてまた消えてしまうなんてことはあるはずがない。おれは今でもほかの情報が入ってくるのを待っている。そのうち入ってくるかもしれない。だが入ってこないかもしれない。人間は簡単に自分の気持ちをごまかしてしまう。自分が聞きたがっていることを自分自身に聞かせてしまう。おれは夜中に眼が醒めていろんなことを考えるんだ。自分が何を聞きたがっているのか今ではもうよくわからない。この件はもう終わったのかもしれないと自分に言い聞かせたりする。だが終わっていないのはわかっているんだ。ただの願望ならどうとでも考えればいいんだが。

おれの親父の口癖は最善を尽くせと本当のことを言えだった。朝起きて自分はどういう人間なんだと悩まずにすむよう生きるのが一番だとよく言った。何か間違ったことをしたらやりましたと正直に認めて謝ってから次のことをやれと。悔いを後々まで引きずるなと。今の時代からするとなんと単純なということになるだろうな。おれですらそう思う。しかしだからこそいっそうそれについて考えてみる値打ちがあるわけだ。親父は口数の少ない人だったからその少ない言葉をおれはよく覚えてるんだ。気の短い人で同じことを二度は言わなかったから最初によく聞くようにしたもんだ。若い頃は親父の教えた道からちょっと離れたのかもしれんがその後その道に戻ってからはもう二度と離れまいと思ったし実際に離れなかった。真実ってやつはいつだって単純なんだろうと思う。絶対そうに違いない。

子供にもわかるほど単純でなくちゃならないんだ。子供の時分に覚えないと手遅れだからね。理屈で考えるようになるともう遅すぎるんだ。

シガーはスーツにネクタイ姿で受付の前に立った。書類鞄を足もとに置きオフィスの中を見まわした。

どういう綴りでしょうか？　と受付の女性が訊いた。

シガーは綴りを言った。

お約束はなさってますでしょうか？

いや。してない。でも喜んで会ってくれるはずだ。

少々お待ちください。

受付係は内側のオフィスに内線電話をかけた。しばらく沈黙が流れた。それから受話器を置いた。どうぞお入りください。

シガーがドアを開けて中に入ると机についていた男が立ちあがりこちらを見た。男は机の後ろから出てきてシガーと握手をした。きみの名前は知っているよ、と男は言った。

二人はオフィスの隅のソファーに腰をおろしシガーは書類鞄をコーヒーテーブルの上に置いてそれを顎で示した。これはあんたのものだ。

中身は何かな？

あんたの金だ。

男はじっと坐ったまま書類鞄を見つめた。それから立ちあがって机まで行き背をかがめてボタンを押した。電話は取り次がないように、と男は言った。

それから背中をそらし背後の机の両端に手をついてシガーをじっと見た。どうやってわたしを見つけた？

そのことに何か意味があるのかな？

わたしにはある。

心配いらない。ほかには誰も来ない。

なぜわかるんだね？

誰が来て誰が来ないかはおれが管理してるからだ。おれたちは早く本題に入る必要がある。おれはあんたを安心させるために長々と時間を費やしたくない。それは見込みのない無駄骨折りだ。ということで金の話をしよう。

わかった。

金は少し減ってる。十万ドルほどね。一部は盗まれ一部はおれが自分の経費にあてた。おれはそこそこ苦労をしてあんたの金を取り戻したんだから悪い知らせを持ってきた人間とは思われたくない。その鞄には二百三十万ドル入ってる。全額回収できなかったのは申し訳ないがまあそういうことだ。

男は動かなかった。しばらくして言った。きみはいったい誰だ？

おれの名前はアントン・シガー。

それは知ってる。

じゃどうして訊く？

何が望みなのか。わたしが訊きたいのはそれだろうな。

ふむ。あんたを訪ねてきた目的はおれの実績を証明するためだ。難しい問題を処理する専門家だという証明。完全に信頼でき完全に誠実な人間だという証明。そんなところだな。

わたしが取引できる相手だと。

そうだ。

本気なんだな。

完全に。

シガーは男を見つめた。男の瞳孔が開き首の動脈が脈打つのを見た。呼吸の速さを測った。最初に後ろの机に両手をついたとき男はいくらかリラックスしているように見えた。姿勢はそのときと同じだが今はもうそんなふうには見えなかった。

その鞄に入ってるのは爆弾じゃないだろうね？

違う。爆弾じゃない。

シガーはストラップをはずし真鍮の留め金をはずして革製のフラップを開き鞄を前に傾けた。

なるほど、と男は言った。もう閉めてくれ。

シガーは鞄を閉じた。男は後ろの机に両手をついた姿勢から身体をまっすぐに起こした。拳の第二関節で口を拭く。

あんたが考えなくちゃいけないのは、とシガーは言った。そもそもどうしてこの金を失ったかだ。誰の言うことを聞いたために何が起こったか。

そうだな。だがここでは話せない。

それはわかる。どのみちあんたが今すぐこのことを納得するとは思ってない。二日後に電話するよ。

わかった。

シガーはソファーから腰をあげた。男は書類鞄を顎で示した。それがあれば自分でどんどんビジネスができたろうに。

シガーはにやりと笑った。あんたとおれには話すことがいろいろあるようだ。おれたちはこれから新しい連中と仕事をするんだ。もう何も問題はない。

古い連中はどうなった？

ほかのことに鞍替えしたよ。誰もがこの仕事に向いてるわけじゃない。儲けがうんと大きいとみんな自分の能力を大げさに言う。頭の中でね。いろんなことをコントロールしてるふりをするが実際にはたぶんできてない。不安定な土台の上に立ってると決まって敵から注目されるものだ。敵が自信をなくすこともあるがね。

それできみの場合は？　きみの敵はどうだ？

おれは敵を持っていない。敵がいることを許さない。

シガーは部屋を見まわした。いいオフィスだ。控えめでね。それから壁の絵に顎をしゃくった。あれはオリジナルか？

男はその絵を見た。いや、違う。オリジナルは持ってるがね。貸金庫に預けてある。

そいつはすごい、とシガーは言った。

葬儀は三月の寒い風の強い日に執り行なわれた。カーラ・ジーンは祖母の妹と並んで立っていた。祖母の妹の夫は妻の前に置かれた車椅子に坐って顎を片手で支えていた。死んだ老女には意外なほど大勢の友人がいた。カーラ・ジーンは驚いた。祖母の友人たちは黒いベールで顔を覆っていた。カーラ・ジーンが大叔父の肩に手をかけると大叔父は反対側の手を胸の前に持ちあげて彼女の手を軽く叩いた。カーラ・ジーンは大叔父が眠っていると思っていたのだった。風が吹くなか牧師が話しているあいだじゅうカーラ・ジーンは誰かに見られている気がしてならなかった。二度あたりを見まわしさえした。

家に帰ったときにはもう暗くなっていた。台所に入って薬缶を火にかけテーブルに坐った。今日まで泣きたい気分になったことはなかった。だが今彼女は泣きだした。テーブルの上で折り曲げた両腕に顔を埋めた。ああママ、と彼女は言った。

二階にあがって寝室に入り明かりをつけるとシガーが小さな机に坐って待っていた。

カーラ・ジーンは戸口に立ったまま壁のスイッチにかけた手をゆっくりとおろした。シガーはまったく動かなかった。カーラ・ジーンは帽子を手にしたままじっと立っていた。それからようやく口を開いた。まだ終わってないのは知ってたわ。

頭のいい女だ。

あたしは持ってないから。

何を？

ちょっと坐らせて。

シガーはベッドのほうへ顎をしゃくった。カーラ・ジーンはベッドに腰をおろし帽子をかたわらに置いたがまたそれをとりあげて胸に押しあてた。

もう手遅れなんだ、とシガーは言った。

わかってる。

何を持ってないと言ったんだ？

なんのことかわかってると思うけど。

今いくら持ってるんだ？

持ってないんだったら。七千ドル持ってたけどそんなのはもうとっくにないしまだ払いのすんでない請求書がいっぱいある。今日は母の葬式だった。その費用もまだ払ってない。

おれならその心配はしないな。

カーラ・ジーンはベッド脇のナイトテーブルを見た。

そこにはないよ。

カーラ・ジーンはがっくり前に背をかがめて帽子を両腕で抱えた。あたしを痛めつける理由なんてないでしょ。

わかってる。でもおれは約束したんだ。

約束？

そうだ。おれとおまえの運命は死んだ人間の手の中にある。この場合はおまえの亭主の手の中に。

そんなの筋が通らない。

残念だが筋は通ってる。

あのお金は持ってないのよ。それは知ってるでしょ。

知ってる。

あたしを殺すってうちの人に約束したの？

そうだ。

あの人はもう死んだ。うちの人は死んだのよ。

ああ。でもおれは死んでない。

死んだ人に約束を果たす義理はないでしょ。

シガーは小首をかしげた。そうかな？

どうしてありうるの？

どうしてありえない？

相手は死んでるのよ。

そうだ。でもおれの約束は死んでない。どんなこともそれを変えることはできない。

変えられるわ。

そうは思わないな。無神論者でも神を模範にするのを有意義だと思うことがあるかもしれない。実際とても有意義だと思う。

あなたは神を冒瀆してる。

きつい言い方だな。だが起きてしまったことは取り返しがつかない。そのことはおまえにもわかると思う。これを知るとやりきれないだろうがおまえの亭主にはおまえを危険な立場から救う機会があったのにそうしないことを選んだ。その選択肢を与えられたときにノーと答えたんだ。そうしていなければおれは今ここにいないのに。

あたしを殺す気なのね。

お気の毒だ。

カーラ・ジーンは帽子をベッドに置き首をめぐらして窓の外を見た。庭の放電ランプの明かりに照らされた新緑の木の枝が夜の風に揺れていた。あたしが何をしたっていうのかわからない。ほんとにわからないわ。

シガーはうなずいた。でもたぶんわかってるんだ。どんなことにも理由がある。

カーラ・ジーンは首を振った。あたしも何べんそれを言ったことか。でももう二度と言わない。

おまえは信じていたものを失ったわけだな。

あたしは何もかも失ったのよ。うちの人があたしを殺したがったっていうの？

そうだ。何か言いたいことはあるか？

誰に？

ここにはおれしかいない。

あんたなんかに言うことは何もない。

おまえはだいじょうぶだ。気に病まないようにすることだ。

なんですって？

おまえの顔つきを見て言うんだが。おれがどんな人間だろうと関係ないんだ。おれを悪いやつだと思ってるからといって死ぬのをよけいに怖がることはない。

そこに坐ってるのを見たときからあんたが狂ってるのはわかったわ。自分の身に何が起きようとしてるのかが。たとえこんなふうに口に出して言えなかったとしても。

シガーは笑みを浮かべた。これを理解するのは難しいことだ。みんなが理解するのに苦労するのをおれはいつも見る。そういう連中の顔つきを。連中はみんな同じことを言う。

なんて言うの？

こう言うんだ。こんなことしなくていいのに。

本当にしなくていいことだわ。

しかしそんなことを言ってもどうにもならない、そうだろう？

そのとおりね。

それならなぜ言うんだ？

あたしは言ってない。

誰であれだ。

ここにはあたししかいない。ほかには誰もいないわ。

そのとおりだ。もちろん。

カーラ・ジーンは拳銃を見た。それからよそを向いた。頭を垂れ肩を震わせながら坐っていた。ああママ、と言った。

これはおまえのせいじゃない。

カーラ・ジーンはすすり泣きながらうなずいた。

おまえは何もしなかった。これは悪運だ。

カーラ・ジーンはまたうなずいた。

シガーは片手を顎にあてて彼女を見つめた。よし、それじゃせめてこうしてやろう。

片方の脚を伸ばしてポケットに手を入れ硬貨をいくつかつかみだしてその中の一枚をつまみあげた。手首をひねって裏表を見せる。不正がないことを示すために。それを親指と人差し指でつまんでしばらく掲げたあとで弾きあげて宙でくるくるまわし掌でぴしゃりと手首に打ちつけた。表か裏か、とシガーは言った。

カーラ・ジーンは相手を見、差し出された手首を見た。なんなの？

表か裏か当てろ。

あたしやらない。

いいやおまえはやる。さあ言え。

こんなこと神様はお望みにならない。

もちろんお望みになる。おまえはわが身を救う努力をすべきだ。表か裏か。これがおまえの最後のチャンスだ。

表、とカーラ・ジーンは言った。

シガーが手をどける。硬貨は裏だった。

お気の毒だ。

カーラ・ジーンは返事をしなかった。

これが一番いいのかもしれない。

カーラ・ジーンは顔をそむけた。まるで硬貨のせいみたいに言うけど。要するにあなたがやるんじゃない。

どっちが出ることもありえたんだ。

硬貨なんて関係ない。要するにあなたよ。

そうかもしれない。だがおれの視点で見てみろ。おれは硬貨と同じやり方でここへ来たんだ。

カーラ・ジーンは坐ったまま静かにすすり泣いた。何も言わなかった。

共通の行き先を持つものには共通の道がある。それはいつも容易に見えるとは限らない。だがちゃんとあるんだ。

あたしが考えたことはいつだって反対の結果になった、とカーラ・ジーンは言った。あたしが何かをちゃんと見通したことなんて一度もなかった。このこともそうだし、ほかのどんなこともそうだった。

わかってる。

あなたはどのみち見逃してくれなかったんでしょ。

そのことではおれに発言権はない。人生の一瞬一瞬が曲がり角であり人はその一瞬一瞬に選択をする。どこかの時点でおまえはある選択をした。そこからここにたどり着いたんだ。決算の手順は厳密だ。輪郭はきちんと描かれている。どの線も消されることはありえない。自分の念じたとおり硬貨の表裏を出せるなんてことをおれは信じない。なぜそんなことができる？　ある人間が世界の中でたどる道はめったに変わらないしそれが突然変わることはもっとまれだ。おまえのたどる道の形は初めから見えていたんだ。

カーラ・ジーンはすすり泣いた。首を振った。

だがたとえ最後にどうなるかがわかっていても闇のとばりが降りる前におまえにこの世界での最後の希望をちらりと見せてやりおまえを元気づけてやるくらいお安いご用だと思ったんだ。わかるか？

ああ神様。ああ神様。

気の毒にな。

カーラ・ジーンは最後にもう一度シガーを見た。こんなことしなくてていいのに。しなくていいのに。しなくてていいのに。

シガーは首を振った。おまえはおれに自分を弱くしろと頼んでるわけだがそれは絶対にできない。おれの生き方は一つしかない。それは特例を許容しないんだ。コイン投げは特例を認めるかもしれない。ちょっとした便宜を図ってやるために。ほとんどの人はおれのような人間が存在しうるとは信じない。ほとんどの人にとって何が問題かはわかるだろう。

自分が存在を認めたがらないものに打ち勝つのは困難だということだ。わかるか？　おれがおまえの人生の中に登場したときおまえの人生は終わったんだ。それには始まりがあり中間があり終わりがある。今がその終わりだ。もっと違ったふうになりえたと言うことはできる。ほかの道筋をたどることもありえたと。だがそんなことを言ってなんになる？　これはほかの道じゃない。これはこの道だ。おまえはおれに世界に対して口答えしてくれと頼んでるんだ。わかるか？

ええ、とカーラ・ジーンはすすり泣きながら答えた。わかる。ほんとにわかるわ。

よし、とシガーは言った。それでいい。そしてカーラ・ジーンを射殺した。


カーラ・ジーンの家から三ブロック離れた交差点でシガーの車に衝突したのは一時停止の標識を無視した十年前の年式のビュイックだった。車はブレーキをかけようともしなかったので現場にタイヤ痕はなかった。シガーはまさにこういう危険があるので市街地を走るときシートベルトを締めたことがなく車が突進してくるのを見て身体を助手席側に投げたが衝撃でへこんだ運転席側のドアが腕の骨を二ヵ所と肋骨数本を折り頭と脚に切り傷を負わせた。シガーは助手席側のドアから這い出しよろめきながら歩道まで行って誰かの家の芝庭に坐りこみ自分の腕を見おろした。皮膚の下で骨が突き出ていた。よくない。部屋着姿の女が悲鳴をあげながら走ってきた。

血が眼に流れこむのを感じながらシガーは考えようとした。腕を持ちあげひっくり返して出血がどれほどひどいか見てみようとした。正中動脈が切れていないかどうかを。だが切れていないようだった。頭ががんがん鳴っていた。痛みはない。今はまだ。

ティーンエイジの少年二人が彼を見ていた。

だいじょうぶ、おじさん？

ああ、とシガーは答えた。だいじょうぶだ。ちょっとのあいだ坐ってたいだけだ。

もうすぐ救急車が来るよ。あっちにいた男の人が呼びにいったから。

わかった。

ほんとにだいじょうぶ？

シガーは二人を見た。そのシャツはいくらで売る？

二人の少年は顔を見合わせた。なんのシャツ？

なんのシャツでもいい。いくらだ？

シガーは脚を伸ばしてジーンズのポケットに手を入れマネークリップにはさんだ札束をとりだした。頭に巻くものとこの腕を吊るものが欲しいんだ。

少年の一人がシャツのボタンをはずしはじめた。なんだ、そんならそうと早く言えばいいのに。おれのシャツをあげるよ。

シガーはシャツを受け取ると背中の部分を歯で二つに引き裂いた。一方をバンダナのように頭に巻きもう一方をねじって輪にしその輪に腕を入れた。

ここを結んでくれ。

二人は顔を見合わせた。

いいから結べ。

Tシャツ姿になった少年が前に出て膝をつき腕を吊るための布を結んだ。その腕すごいことになってるね。

シガーはマネークリップから紙幣を一枚抜きクリップをポケットに戻してからくわえておいた紙幣を手にとって立ちあがり紙幣を差し出した。

いいよ、おじさん。困ってる人を助けただけだから。それ多すぎるし。

とっとけ。これをやるからおれがどんなやつだったか知らないことにしろ。わかるか？

少年は紙幣を受け取った。わかった。

二人はシガーが頭の布のねじって留めた部分を手で押さえて足を軽く引きながら歩道を歩いていくのを見送った。その金は半分おれのだぞ、ともう一人の少年が言った。

おまえはまだシャツ着てるじゃないか。

それシャツの金じゃないぜ。

かもしんないけどおれはもうシャツがないんだからな。

二人は二台の車が湯気をあげている車道に出ていった。すでに街灯が点っていた。歩道ぎわに緑色の不凍液が溜まっている。シガーのトラックの開いたドアのそばへ来たときTシャツ姿のほうの少年が立ちどまり手でもう一人を制止した。おいあれ見ろよ。

うわ、ともう一人が言った。

二人が見たのは車の床に落ちているシガーの拳銃だった。遠くですでにサイレンの音が響いていた。とれよ、とTシャツ姿の少年が言った。早く。

なんでおれが？

おれはシャツがないから隠せないだろ。ほら。早く。

彼は三段の木の階段をのぼってポーチにあがり手の甲で軽くドアを叩いた。帽子を脱ぎシャツの袖で額の汗を拭いてからまた帽子をかぶった。

入ってくれ、と声がした。

彼はドアを開けて涼しい暗がりの中に足を踏み入れた。エリス叔父さん？

奥にいるんだ。入ってきてくれ。

彼は台所に入った。老人はテーブルの脇に置いた車椅子に坐っていた。調理用ストーブから古いベーコン油と饐えたような燻煙の匂いが漂いその上に尿のかすかな匂いがかぶさっていた。猫の匂いのようだが原因は猫だけではなかった。ベルは戸口に立ったまま帽子を脱いだ。老人が顔をあげてベルを見た。片方の眼はずっと以前に馬に振り落とされたときウチワサボテンの棘が刺さったせいで白濁していた。やあ、エド・トム、と老人は言った。誰かと思ったよ。

近頃はどうです？

見てのとおりさ。あんた一人か？

ええ。

まあお坐り。コーヒー飲むかね？

ベルは格子縞（じま）のオイルクロスを敷いたテーブルの上のがらくたを見た。薬瓶。パン屑。クォーターホース（四分の一マイルレース用の競走馬）の雑誌。いやいいです。ありがとう。

あんたの奥さんから手紙をもらったんだ。

ロレッタと呼んでくれていいんですよ。

わかってるよ。よく手紙をくれることは知ってるかい？

一度か二度書いたのは知ってますがね。

一度か二度じゃない。わりとまめにくれるんだ。家族のことを書いてくれてね。

書くことなんかあるのかな。

読んだらあんたは驚くかもしれん。

それで今度の手紙はどこが特別なんです？

あんたがもう辞めることを知らせてくれたってことだけだがね。まあお坐りよ。

老人はベルが坐るかどうか見ようともしなかった。煙草の葉の袋を肘のそばに置いて煙草を巻いていた。煙草の片端を口でねじりひっくり返してそのねじった先にクロムが剝げて真鍮の地金が見えている古いジッポのライターで火をつけた。老人は煙草を鉛筆のように持って吸った。

お元気ですか？　とベルは訊いた。

まあまあだよ。

老人は車椅子を軽くまわして煙越しにベルを見た。あんたもだいぶ年をとったように見えるが。

実際もう年です。

老人はうなずいた。ベルはすでに椅子を引き出して坐り帽子をテーブルに置いていた。

一つ訊いていいですか？　とベルは言った。

いいよ。

今までで一番後悔したことってなんです？

老人は質問の趣旨を推し量ろうとするようにベルを見た。さあてな。後悔ってのはあんまりないな。こうだったら幸せだろうなと思うことならいろいろ思いつくよ。達者に歩けたらってのもその一つだろうな。あんたもそういうリストを作れるだろう。もう作ってるかもしれんな。だいたい人間は一人前の大人になる頃には将来味わえる幸福をもう味わってると思うよ。その先いい時もあり悪い時もあるだろうが結局幸せの程度は前と同じだ。不幸せの程度もね。そういうことがわからん連中も何人か知ってたがね。

おっしゃる意味はわかります。

そうだろう。

老人は煙草を吸った。わしにとって一番不幸だったことを訊いてるのならあんたはもう答えを知ってるはずだ。

ええ。

この椅子に坐ってなくちゃいけないことじゃない。この眼のことでもない。

ええ。それはわかってます。

行き先がだいたいわかってるつもりで馬車に乗ったとするな。でも実はわかってなかったということもあるだろう。誰かに嘘をつかれたということも。それならたぶん誰もとやかく言わんだろうよ。途中で降りてもね。しかしただ思ったよりつらいとわかったというだけなら、まあ、話は別だろうな。

ベルはうなずいた。

世の中には試しちゃいかんことがあるんだろうな。

そうでしょうね。

ロレッタが逃げ出すのはあんたが何をしたときだと思うかね？

さあて。そりゃよっぽど悪いことをしたときでしょうな。少しばかり苦労をさせたくらいじゃ逃げ出しそうにない。実際大変なときが一、二度ありましたがね。

エリス老人はうなずいた。煙草の灰をテーブルの上の瓶の蓋に落とした。今のは信じるよ。

ベルは笑みを浮かべた。周囲を見まわした。あのコーヒーは淹れてからどれくらいたつんです？

だいじょうぶだと思うよ。週に一回は前のが残ってても新しく淹れるから。

ベルはまた笑みを浮かべて腰をあげポットを調理台に持っていってプラグを差した。

二人はテーブルで細かい罅の入った陶器のカップに注いだコーヒーを飲んだがそのカップはベルが生まれる前からこの家にあった。ベルはカップを見てからまた台所を見まわした。まあでも世の中には変わらないものもあるでしょうな。

たとえば何かね？

いや、わかりませんが。

わしにもわからんな。

猫は何匹飼ってます？

何匹か飼ってるよ。飼ってるという意味にもよるがね。何匹かは半分野良で残りは無法者のどら猫だ。あんたのトラックの音が聞こえたら家から飛び出して逃げちまった。

叔父さんはトラックの音が聞こえたんですか？

なんだって？

だからトラックの……なんだからかってるんですね。

なんでそんなことを訊くのかね？

どうなんです？

聞こえなかったよ。猫がすっとんで逃げるのを見たんだ。

お代わり飲みますか？

いやもういい。

叔父さんを撃った男は刑務所で死んだんでしたね。

ああ。アンゴラでな。

もしその男が釈放されてたら叔父さんはどうしてました？

さあ。何もせんかったろうな。何をしたって意味はない。意味はないんだ。どんな意味も。

叔父さんがそう言うとはちょっと意外ですね。

怒りもだんだん薄れるんだよ、エド・トム。とられたものを取り返そうとしているとそのあいだにもっとたくさんのものがドアから出ていっちまう。そのうちあちこち止血帯をあてようとするばかりになるんだ。わしは父親から保安官補になってくれと頼まれたわけじゃない。わしが自分でなったんだ。ほかにすることがなかったからね。給料もカウボーイと同じくらいもらえたし。とにかくどんな悪運が人を最悪の運から救ってくれるかわからんもんだ。わしは戦争へ行くには若すぎて次の戦争では年をとりすぎてた。でも戦争のせいで何が起きたかは見たよ。愛国心を持っててもあまりにも大きな代償を支払わされたと思うことはあるんだな。戦死した兵隊たちの母親に何を支払って何を手に入れたかを訊いてみるといいよ。必ず支払いすぎになるんだ。とくに約束に対する代償はそうだ。格安の約束なんてものはない。あんたにも今にわかる。いやもうわかってるかな。

ベルは答えなかった。

昔は年をとったら神様がなんらかの形で人生の中に登場してくるだろうと思っていた。でも神様は登場しなかったな。神様を責める気はないよ。わしが神様ならわしのような人間について同じような意見を持っただろうからな。

神様の考えなんてわからんでしょう。

いやわしにはわかる。

エリス老人はベルを見た。あんたらがデントンへ越したあとであんたが訪ねてきてくれたときのことを覚えてるよ。あんたは入ってくると家の中をぐるっと見てわしにどうするつもりかと訊いた。

そうでしたね。

今はそんなことを訊こうと思わんだろう？

そうかもしれない。

そりゃあ訊かないさ。

ベルはひどい匂いのブラックコーヒーを一口飲んだ。

ハロルドのことを考えることはありますか？

ハロルドのこと？

ええ。

あんまりないな。ハロルドはわしとそう年が離れてなかった。九九年生まれだ。これは間違いない。なんでハロルドのことなんか思い出したのかね？

この前祖母ちゃんがハロルドに出した手紙を読んだんですよ、それだけです。それでどんな思い出があるのかなと思って。

ハロルドがよこした手紙はあるのかい？

それはないですね。

あんたも家族のことを考えてみてごらん。ああいうことで気持ちの整理がつくかどうかをね。わしの母親がどんな痛手を受けたかは知ってる。結局乗り越えられなかったんだ。あれをどう納得できるというのかわしにはわからんよ。例の賛美歌を知ってるだろう。いずれもっとよくわかるようになるという歌詞のあれを。そう思えるのはよっぽど信仰心が強いんだ。ハロルドが海の向こうへ行ってどこかの塹壕で死んだことを思ってみてごらん。十七歳だ。わかるなら教えておくれ。わしにはさっぱりわからない。

言ってることはわかりますよ。ときに叔父さんはどこか行きたいところはないですか？

人にあちこち運んでもらうのはどうもな。ずっとここに坐ってるつもりだ。わしはだいじょうぶだよ、エド・トム。

別に手間でもないんですがね。

それはわかってるがね。

そうですか。

ベルはエリス老人をじっと見た。老人は瓶の蓋で煙草を揉み消した。ベルは老人の生涯のことを考えてみようとした。その次には考えまいとした。ひょっとして不信心者になったんじゃないでしょうねエリス叔父さん？

いや。いや。そんなことはない。

神様はいろんなことをちゃんと知ってると思いますか？

知ってるんじゃないかと思うよ。

悪いことをとめられると思いますか？

いや。そうは思わんな。

二人は静かに坐っていた。しばらくして老人が言った。ロレッタの手紙に古い写真や家族のものがたくさんあると書いていた。それをどうしますかとね。しかしどうすることもできんだろう。そうじゃないか？

ええ。そうでしょうね。

マック叔父さんの古い五ペソのバッジ（五ペソ硬貨から作ったテキサス騎馬警備隊のバッジ）と拳銃をテキサス騎馬警備隊（レンジャーズ）（現在は州警察）に寄付したらどうかと母親に言おうと思ったことがあるんだ。たしか博物館があるはずだからね。でもどう話していいかわからなかった。その手のものがこの家にはいろいろあるよ。あそこの衣装簞笥の中に。ロールトップデスクには書類がいっぱい入ってるよ。老人はカップを傾けてその底を見た。

本当はコーフィー・ジャック（テキサス騎馬警備隊の大尉）と一緒に戦ったんじゃない。マック叔父さんはな。あれは作り話だ。誰が言いはじめたのか知らんが。本当はハッズペス郡にあった自分の家の玄関ポーチで撃たれたんだ。

前からそんなふうに聞いてましたよ。

連中は七、八人で家にやってきた。そうしてあれやこれや要求したんだ。マック叔父さんは家に入ってショットガンを持って出てきたがやつらのほうが先を越してマック叔父さんを玄関先で撃った。叔母さんが飛び出してきて血をとめようとした。家の中へ入れようとした。叔父さんはショットガンを拾いあげようとしたそうだ。連中は馬に乗ったまま見ていた。それから行ってしまった。なぜだかわからん。なんとなく怖くなったんだろうな。一人がインディアンの言葉で何か言うとみんな馬の向きを変えて行ってしまった。家に入ってきたりはしなかった。叔母さんは叔父さんを家の中に入れたが何しろ大きい人だったからベッドに寝かせることはできなかった。だから床に藁布団を敷いてね。もう手の施しようがなかった。叔母さんは叔父さんをそこに残してすぐ馬で人を呼びにいけばよかったとあとでよく話したがどこへ呼びにいけばよかったのかはわからんね。それに叔父さんがどこへも行かせなかっただろう。台所へも行かせたがらなかったんじゃないかな。叔母さんはどうか知らないが叔父さんにはわかっていた。右の肺を撃たれたことを。それでもう一巻の終わりというやつだった。世間でよく言う言い方をすればな。

いつ死んだんです？

一八七九年だ。

そうじゃなくてすぐ死んだのかもう少しあとだったのかということですが。

その夜のうちだったと思うよ。それとも明け方かな。叔母さんは自分で叔父さんを埋めた。あの石灰石の多い堅い地面を掘ってね。それから馬車に家財道具を積んで馬をつないでこの土地を出ると二度と戻らなかった。家は二〇年代に焼けた。焼け残ったところも崩れ落ちた。これから連れていって見せてあげてもいいがね。石を積んだ煙突は残ってたがひょっとしたら今でもまだ立ってるかもしれん。叔父さんたちはかなりの土地を持ってたんだよ。十セクション（セクションは一平方マイルの区画）ほどあったはずだ。叔母さんは税金が払えなかった、ほんの少しの額だったんだが。土地も売れなかった。あんたは叔母さんを覚えてるかね？

いや。おれが四歳ぐらいのとき一緒に写した写真を見たことはありますがね。叔母さんはこの家のポーチでロッキングチェアに坐っておれはその横に立ってた。叔母さんを覚えてると言えたらいいんだが覚えてないですね。

叔母さんは再婚しなかった。そのあと学校の先生になったんだ。サン・アンジェロでね。この国は人に厳しいよ。でもみんな国に責任を問うつもりはないようだ。どうも妙なことだがね。とにかくそうなんだ。この家族に起きたことを考えてみるといい。このわしがまだ生きてるというのはどういうことかわからんよ。若い頃に死んじまった者が大勢いる。その半分はどこに埋められたかすらわからない。そんなことでいいのかね。だからおれはいつも同じことを考える。なぜみんなこの国にはうんと責任があると思わないんだ？　でも思わないんだな。国ってのはただの土地だから何もしないとも言えるがそんな言い草にはあんまり意味がない。わしは以前ある男がショットガンで自分のピックアップ・トラックを撃つのを見たことがあるよ。トラックが何かしたと思ったんだろう。この国はあっさり人を殺しちまうがそれでもみんなこの国を愛してるんだ。わしの言ってることがわかるかね？

わかる気がしますよ。叔父さんはこの国を愛してますか？

そう言っていいだろうな。しかし言っとくがこのわしは石ころを詰めた箱みたいに無知だから言ってることは真に受けんほうがいいよ。

ベルはにやりと笑った。立ちあがって調理台のところへ行った。老人はベルが見えるよう軽く車椅子をまわした。おい何をしてるんだね？

この皿を洗おうと思いましてね。

そんなのは放っとけ、エド・トム。明日の朝ルーペが来る。

すぐすみますよ。

蛇口から出る水は炭酸石灰で白く濁っていた。流しに水を張って粉石鹸を一さじ入れる。それからもう一さじ加えた。

たしか前はテレビを持ってたと思いましたがね。

前はいろんなものを持ってたよ。

なんで言ってくれないんです？　一台持ってくるのに。

テレビはいらん。

多少は寂しさがまぎれるでしょうに。

テレビがわしに愛想をつかしたんじゃない。わしが放り出してやったんだ。

ニュースは見ないんですか？

ああ。あんたは見るかね？

あんまり見ないかな。

ベルはゆすいだ食器を水切りに置き窓の外の雑草が伸びた狭い庭を見た。風雨に傷んだ燻製小屋。ブロックの上に載せた馬二頭を運搬できるアルミ製のトレーラー。前は鶏を飼ってましたね、とベルは言った。

ああ。

ベルは手を拭いてテーブルに戻り椅子に坐った。老人を見た。叔父さんは誰にも話したくないほど恥ずかしいことというのをしたことありますか？

エリス老人は考えた。それはまああるな。誰にでもあるんじゃないかな。わしのしたことでどんな恥ずかしいことを見つけたのかね？

まじめな話ですよ。

わかった。

何か悪いことってことです。

どれくらい悪いことだね？

さあ。いつまでも忘れられないぐらいかな。

刑務所行きになるようなことかね？

まあそれも含めてですが。必ずしもそういうことに限らず。

ちょっと考えてみんとな。

考える気なんぞないでしょう。

どうしたんだね？　もうここへは招んでやらんぞ。

今日だって招んでもらったわけじゃないですよ。

うん。そのとおりだな。

ベルはテーブルに両肘をついて手を組み合わせた。エリス老人はベルをじっと見つめた。

何かひどいことを打ち明ける気じゃないだろうな？　と訊いた。わしは聞きたくないかもしれんぞ。

聞きたくないですか？

いや。いいから話してごらん。

わかりました。

まさか男と女の生臭い話じゃないだろうね？

違いますよ。

まあいいがね。とにかく話してごらん。

戦争の英雄のことなんです。

そうか。それはあんたのことかね？

ええ。そういうことですね。

話してごらん。

ええ今話します。本当はこういうことだったんです。おれが勲章をもらう理由になった出来事は。

続けておくれ。

おれの部隊は最前線で無線機の信号を頼りに移動していてある農家に身をひそめたんで

す。部屋数二つの石造りの家ですがね。そこに二日間いるあいだずっと雨が降ってました。もうざんざん降りの雨です。それで二日目の昼頃だったか通信兵がヘッドホンをはずしてみんな耳をすましてみろと言った。おれたちは静かにして耳をすましました。誰かが耳をすましてみろと言ったらいつもそうするんです。でも何も聞こえない。おれはなんだ？　と訊いた。すると通信兵は何も聞こえないだろうと答える。

　何も聞こえないとはなんのことだとおれは言いましたよ。何が聞こえたんだ？　すると通信兵は言うんです。だから何も聞こえないだろう。耳をすましてみろ。なるほどそのとおりだ。なんの音も聞こえない。野戦砲を撃つ音も何も。雨の音だけだ。それがそのときの最後の記憶でした。眼を醒ましたときには外に寝て雨に濡れてたがどのくらいのあいだそうしていたのかはわからなかった。ずぶ濡れで寒くて耳の中ががんがん鳴って身体を起こすと家は消えていた。壊れた壁が一つ立ってるだけでね。迫撃砲弾が当たって吹き飛ばされたんです。音は何も聞こえなかった。今度は雨の音も何も。声を出すとそれが頭の中で響くんですがそれだけです。おれは立ちあがって家が建っていた場所へ行ってみると壊れた屋根が敷地のほとんどにかぶさってその瓦礫の下に隊員の一人が埋まってるのが見えたから掘り出せるかどうかやってみました。頭全体がしびれたみたいな感じでね。瓦礫を掘りながらふと顔をあげると向こうからドイツ軍の歩兵が何人かやってくる。二百ヤードほど離れた林から出てきて畑を横切ってくる。おれには何が起きたのかまだよくわかっていなかった。ぼうっとしていたんですね。残っている壁のそばにしゃがむと最初に眼にとまったのは木材の破片の下から突き出ているウォーレスの三〇口径機関銃だった。金属箱に入った給弾ベルトで給弾する空冷式の重機関銃でもう少しこちらに引き寄せれば見通しのいい場所だからうまく当たるだろうし敵兵はこっちに近づきすぎてるから味方に砲撃を要請できないだろうと思った。おれはそっと木材を動かしてやっと機関銃を掘り出し、三脚を掘り出し、それからもっと瓦礫をどけると弾薬箱も見つかったからまだ残ってる壁の後ろに銃を据えてスライドを引いて安全装置をはずすと撃ちまくりましたよ。

地面が濡れてて弾がどこに当たってるのかはわかりにくいがまずまずだというのはわかった。二フィートほどの給弾ベルトを全部撃ちつくして様子を見ていると二、三分は静かだったがそのうち一人のドイツ野郎がぱっと立ちあがって林に駆け戻ろうとしたけれどもこっちにはもう撃つ準備ができていた。おれは残りの連中を釘づけにして飛び出せないようにしたがそのあいだもこっちの仲間の何人かがうめくのが聞こえてて暗くなったらどうなるのか不安だった。おれが青銅星章をもらったのはこのおかげなんです。推薦してくれたのはマカリスターという少佐でジョージアの人だった。おれは勲章はいりませんと言った。ところが少佐はじっとこっちを見ながら言うんです。わたしは受勲を拒む理由の説明を待っているんだぞと。それでおれは説明した。終わると少佐は言った。勲章をもらうんだ軍曹。軍は体面を保ちたかったんでしょうね。今度のことにも意味があった。陣地を一つ失ったことにも意味があったとしたかったんです。勲章をもらうんだそして今わたしに話したことを周囲に話したらわたしにはすぐわかるからそうなったらきみは背骨を折られて地獄に堕ちるほうがましだというような目にあうと思え。わかったか？　おれはわかりましたと答えた。はっきりとようくわかりましたと。そういうことだったんです。

であんたはこれから自分が実際にしたことを話そうというわけだね？

ええ。

暗くなってからしたことを。

暗くなってからしたことを。ええ。

何をしたんだね？

逃げたんです。

エリス老人はそれについて考えた。しばらくして言った。どうもそのときはそうするのがよかったように思えるがねえ。

ええ、とベルは答えた。そう思えたんです。

その場に残ってたらどうなってた？

暗闇の中で敵が近づいてきて手榴弾を投げてきたでしょうね。それとも林に戻って味方に砲撃を頼んだか。

うん。

ベルはテーブルクロスの上で両手を組み合わせてじっと坐っていた。そして叔父を見た。

老人は言った。あんたがわしに何を訊きたいのかよくわからんのだが。

おれにもわからない。

あんたは戦友たちを置き去りにした。

そう。

でもほかに選ぶ道はなかった。

選ぶ道はありましたよ。残ることもできた。

残っても戦友を助けられんかったろう。

たぶんだめだったでしょうね。例の重機関銃を持って百フィートほどさがって敵が手榴弾を投げるなりなんなりするのを待つ手もあった。やつらを引き寄せておいて。あと何人か殺せたかもしれない。闇の中でもね。それはわからない。おれは壁の陰に坐って陽が暮れるのを見ていた。きれいな陽の入りでしたよ。その頃には空もだいぶ晴れてた。雨がとうとうやんだわけです。畑はオーツ麦を刈り入れたばかりで茎だけ残ってました。秋のことですよ。だんだん暗くなってきたんだが壊れた農家の瓦礫からはだいぶ前から声が聞こえなくなってました。もうみんな死んでたのかもしれない。でもほんとはどうだかわからないんです。真っ暗になるとおれはすぐ立ってそこから逃げた。拳銃すら持ってなかった。重機関銃を持っていくつもりはなかった。頭はもう痛くなくて耳も少し聞こえた。雨はあがったがおれはずぶ濡れで寒さで歯ががちがち鳴った。柄杓(ひしゃく)星を目じるしにできるだけ真西に向かってどんどん進んでいった。途中で家を一軒か二軒見たが人がいる様子はなかった。あのあたりは全部戦場でしたからね。住民はもう退去してましたよ。陽が出ると林の中で寝た。林といっても情けないありさまだった。その辺一帯が火事になった痕みたいでね。木は幹しか残ってなかった。次の日の夜にアメリカ軍の陣地に着いてまあそれでだいたい話は終わりです。おれは何年もたてば忘れるだろうと思った。なんでそう思ったのかはわからないですがね。それからひょっとしたら償いはできるかもしれないと思って今日までそれを心がけてきたんだと思いますよ。

　二人はじっと坐っていた。しばらくして老人が言った。これは心から言うんだがそれはそんなに悪いことだったとは思えんな。あんたはそう自分を責めんほうがいいんじゃないか。

　そうかもしれない。でも戦争では戦友を守るという血の誓いを立てるんですがなぜかおれは仲間を守りきれなかったんです。守りたかったんですがね。ああいう任務を引き受けたときはその結果を引き受ける決心をしなくちゃいけない。でもどういう結果になるのかはわからんわけです。自分の家の玄関に予定になかったものをたくさん積むはめになるかもしれない。自分が約束したことを海の向こうでやって死ぬのが定めだったのならおれは死ぬべきだった。口ではどんなふうにも言えるが要するにそういうことなんです。おれは死ぬべきだったのに死ななかった。もう一度あそこに戻りたいという気持ちはおれの中で消えたことがない。でももう戻れないんです。人が自分自身の人生を盗んでしまうことがあるものだとは知りませんでしたよ。盗んだ人生なんて要するに泥棒が盗んだ品物と同じだけの値打ちしかないってことを知らなかった。おれはできる限りよく生きてきたつもりですがそれでもそれは自分の人生じゃなかった。自分の人生だったことは一度もなかったんです。

老人は長いあいだ黙っていた。軽く前に背をかがめて床を見ていた。それからうなずいた。これがどういう話になるかわかる気がするよ。

ええ。

あんたの祖父さんならどうしたと思う？

それはもうはっきりしてる。

うん。わしにもわかる気がするな。

地獄が凍りつくまでそこにいてそのあともしばらく氷の中にいたはずですよ。

だから祖父さんのほうがあんたよりいい人間ということになると思うかね？

ええ。思います。

あの人のことであんたの考え方が変わるようなことをいくつか教えてあげられるよ。何しろ自分の父親だからあの人のことはよく知ってたんだ。

いやそれはどうですかね。叔父さんの言葉を軽んじるわけじゃない。それはそうなんだが怪しいと思いますね。

まあ話しゃせんがね。しかしあの人は違う時代に生きてたとは言えるんじゃないかな。

ジャック祖父さんが五十年遅く生まれてたら違う物の見方をしたかもしれん。

そうかもしれないが。この部屋にいる人間は誰もそれを信じないでしょうよ。

ああそうかもしれん。老人は顔をあげてベルを見た。しかしなんでわしにその話をしたのかね？

自分の馬車から荷物をおろしたかったんでしょうね。

ずいぶんと長く積んどったもんだな。

ええ。それと自分の口で話すのを自分で聞きたかったのかな。みんなおれを昔気質(かたぎ)の人間だと言うがそうじゃない。そうだったらいいんだが。おれはこの時代の人間なんです。

でも今までのことは全部予行演習かもしれんぞ。

かもしれない。

ロレッタにも話すつもりかね？

ええ、話すでしょうね。

そうか。

あれはなんて言うと思います？

まああんたは今思っている以上に気分が楽になるだろうよ。

ええ。そうだといいんですがね。

10

叔父はおれにあんたは自分を責めすぎると言った。それは年をとった証拠だと言った。いろんなことをきちんと清算しようとしてるんだと。たしかに一理あると思う。でもそれがすべてじゃない。年をとることはいいことばかりじゃないというのは賛成だとおれが言うと叔父は一つだけいいことを知ってると言うのでそれは何かと訊いてみた。叔父は年寄りでいる時期は長く続かないことだと答えた。おれは叔父がにやりと笑うのを待ったが叔父は笑わなかった。残酷なことを言いますねとおれは言った。すると叔父は事実がそれだけ残酷なんだと答えた。叔父との話はだいたいそんなところで終わった。叔父がどういうことを言うかは初めからわかってたんだ。心優しい叔父に祝福あれ。人は大事に思っている相手の重荷を軽くしてやろうとするもんだ。たとえそれが自業自得の重荷でも。気に病んでいるもう一つの件については一言も話さなかったがそれも戦争のときの話と関係していると思うのは人がしたことはなんであれまた戻ってくるものだからだ。長く生きていればきっと戻ってくるもんだ。あのろくでもない男がモスの奥さんを殺すのにどんな理由があったというのか見当もつかない。あの若い奥さんがやつに何をしたというんだ？　そもそもおれはあの奥さんを訪ねていくべきじゃなかったんだ。例の州警察の警官を射殺して車ごと焼いた犯人としてメキシコ人が捕まってハンツヴィルに移送されたがおれはその男がやったとは思っていない。それでもその男は死刑になるだろう。おれはそのことについて何をすべきなのか？　おれはただこのことがなんらかの形で過ぎ去ってしまうのを待っているだけのようだがもちろん過ぎ去ってしまうことはないだろう。おれは今度のことが始まったときからそのことを知っていた気がする。そんな予感があったんだ。そこから引き返す道のりがうんと長くなる何かに引きずりこまれるに違いないという予感が。

なぜ何十年もたったあとで例のことが気になりはじめたのかと叔父に訊かれたときおれはずっと気になっていたんだと答えた。ただほとんどのあいだ無視してきただけだと。だが叔父の言うとおりあのことは近頃急に気になってきたんだ。どうやら人はまったく答えがないより下手な答えでも手に入るほうがましだと思うことがあるようだ。叔父にあの話をしたらあの話はおれの思ってもみなかった形をとったわけだからその意味では叔父の言ったことも正しかったわけだ。これに似ているのは前にある野球選手から聞いた話でその選手によれば何か軽い怪我をしているとそれがちょっと気になって不愉快になるんだが大抵そんなときのほうがいいプレーができるという。百のことじゃなく一つのことだけに気持ちが集中するからだそうだ。おれにはこれがよくわかる。わかるからといって何かが変わるわけでもないんだが。

もし自分で一番いいとわかっている生き方ができるならもう二度とこんなつらい思いに身を嚙まれるようなことはしないだろうとおれは思っていた。二十一歳の自分には一度の間違いくらい許される、とくにこれを教訓にして今後は自分の思っているような人間になることができるならと思った。でもそれはまったくの見込み違いだったというわけだ。おれは今この仕事を辞めようとしているがそれで良いのはもうあの男(マン)を追う任務に呼び出されはしないということだ。あいつはたぶん人間(マン)だと思うんだがね。だからおまえはちっとも変わらなかったと言ってくれていいのでそれに対しておれに反論できるとは思わない。三十六年。その年月が無駄だったと思い知らされるのはつらいことだ。

叔父が言ったもう一つのこと。神様が自分の人生の中に登場するのを八十何年か待ったなら神様はきっともう来ているはずだと思うだろう。まだ来ていないとしてもきっと神様には自分のしていることがわかっているはずだと。神様のすることについてほかにどんな説明の仕方があるのかおれにはわからない。結局のところ神様に話しかけてもらった人たちというのはよっぽど切実にそれを必要としていたんだろう。この考え方は簡単に受け入れられることじゃない。とくにそれがロレッタのような人間にもあてはまるとするならば。だがひょっとしたらおれたちはみんな望遠鏡を反対側から覗きこんでいるのかもしれん。昔からずっとそうしてきたのかもしれん。

　キャロリン祖母ちゃんがハロルドに出した手紙。祖母がその手紙を全部持っていたのはハロルドがとっておいたからだ。ハロルドを育てたのはその叔母である祖母で祖母はハロルドにとって母親と同じだった。手紙は隅が折れて破れ目があって泥や何かわからないもので汚れていた。その手紙のことなんだが。一つは祖母もハロルドも田舎の人たちだったということだ。ハロルドは戦争に行く前はテキサス州はおろかイリオン郡すら出たことがなかったはずだ。だがあの手紙のことでおれが思うのは祖母がハロルドに戻ってきてもらおうと考えていた国はもうここにはないということだ。今はそれがよくわかる。六十何年かたった今になると。しかし当時の二人にはそれがわかっていなかった。それでいいんだとか気に入らないとかは言えるがそれで何が変わるわけでもない。おれはうちの保安官補の連中にやれることをやってあとは成り行きに任せろとよく言ってきた。あることについてできることが何もないならそもそもそれは問題ですらない。要するに一つの困ったことにすぎないんだと。本当のことを言うならいろいろなことが起きている世界についておれはハロルドと同じように何もわかっていないんだ。

もちろん結局のところハロルドは故郷に帰ってこなかった。祖母の手紙からはその可能性を予想していたことは窺えない。

だが祖母にはわかっていたんだ。そのことを手紙に書かなかっただけで。

あの勲章はもちろんまだ持っている。紫色のしゃれた箱に略綬や何かと一緒に入っている。何年ものあいだ机の引き出しに入れてあったのをあるときとりだして居間のテーブルの引き出しに入れたのはそこならもう見ずにすむからだった。実際には一度も見たことはなかったがとにかく最初は机の引き出しにあったんだ。ハロルドは勲章をもらわなかった。木箱に入って家に帰ってきただけだった。第一次世界大戦中は戦死者の母の会（ゴールド・スター・マザーズ）というのはなかったと思うがかりにあったとしても祖母はハロルドの母親じゃなかったから金星章（ゴールド・スター）はもらえなかっただろう。でもあげるべきだったな。祖母は戦没者遺族年金ももらえなかったんだ。

おれはもう一度あそこへ行ってみた。あの土地を歩いてみたがそこで何かが起きたという痕跡はほとんどなかった。空薬莢を二つばかり拾った。だがそれだけだった。おれはあそこにしばらくじっと立っていろんなことを考えた。冬でもたまにある暖かい日だった。少し風が吹いていた。その後もときどき思うんだが本当にこの国には何かあるのかもしれない。エリス叔父が言ったようなことが。おれは自分の一族のことやあの古い家で車椅子の生活をしている叔父のことを考えるうちにこの国は一風変わった歴史を持っていてその歴史はえらく血腥い(ちなまぐさい)と思えてならなかった。どこを見てもそうなんだ。ちょっと突き放して眺めてそんな考え方に苦笑してみせることはできるがそれでもおれはそう思っている。自分の考え方について言い訳はしない。今はもうしない。おれはときどき娘と話すんだ。生きていれば今年三十だ。別にかまわんよ。これがどんなふうに聞こえようとね。おれは娘と話すのが好きなんだ。迷信とでもなんとでも言ってくれ。長いあいだにおれは自分で持ちたいと願ってきた心を娘に与えてきたんだってことはわかってる。だからおれは娘の話を聞くんだ。娘からはとてもいい言葉が聞けるのをおれは知っている。おれ自身の無知や根性の悪さが混ざりこむことはない。これがどう聞こえるかはわかってるがまあそんなことはどうでもいいんだ。このことは家内にも話したことがない。家内とのあいだにはほとんど秘密なんてないんだがね。家内はおれの頭がおかしくなったとは言わんだろうがそんなふうに言う連中もいるかもしれんな。エド・トムか？　ああ、あいつは金箔付きのいかれポンチだ。食い物はドアの下のほうの小窓から入れてやるらしいよ。そんなふうに言われたっていい。おれは娘の話に耳を傾けるがその話はいつだって筋が通ってるんだ。もっといろんなことを話してくれないかと思うよ。助言というのはいくらでもしてもらいたいからな。まあ、この話はもういいだろう。

家に入ると電話が鳴っていた。今出るから、と彼は言った。サイドボードまで歩いて受話器をとる。ベル保安官だ、と言った。

保安官わたしはオデッサ市警のクック刑事という者です。

はい。

うちの者が作った報告書にあなたの名前が出てくるんです。この三月に殺害されたカーラ・ジーン・モスという女性と関係があるんですが。

なるほど。連絡ありがとう。

ある事件で使われた拳銃がFBIの発射痕データベースの記録と一致したんですがその出所をたどるとこの近くのミッドランドに住む少年だとわかりましてね。少年は事故現場のトラックの車内からとったというんです。そこにあったからとったと。これはたぶん本当だと思います。わたしがその少年と話したんですがね。少年は拳銃を売ってそれがルイジアナ州シュリーヴポートで起きたコンビニ強盗で使われた。で少年が銃を手に入れた日というのが三月の殺人事件と同じ日なんですよ。もとの所有者は銃をトラックに残したまま姿を消してその後の消息は不明です。ということでもう用件はおわかりでしょう。この辺じゃ未解決の殺人事件はめったにないことでわれわれとしちゃ気に入らないんです。あの殺人事件とあなたの関わりを聞かせてもらえますか、保安官?

ベルは説明した。クックはじっと聞いていた。それから電話番号を一つ告げた。事故の調査をした担当者の連絡先です。ロジャー・ケイトロン。わたしからまず電話しときますよ。そうすれば話を聞けると思います。

それには及ばんよ、とベルは言った。ちゃんと話が聞けるさ。古いなじみだ。

その番号にかけるとケイトロンが出た。

やあ調子はどうだいエド・トム。

絶好調だと自慢はせんよ。

なんの用かな。

ベルは車の衝突事故のことを話した。ああ、あれね、とケイトロンは言った。覚えてるよ。車の残骸の中で若い男が二人死んでた。当てられた車の運転手はまだ見つかってない。

どういう事故だったんだ?

若い連中がヤクをやっててね。一時停止を無視してダッジのまだ新しいピックアップ・トラックの横っぱらへぶつけたんだ。どっちの車も大破した。ピックアップを運転してた男は車から出てどこかへ行ってしまった。警察が現場に着く前にね。ピックアップはメキシコで買ったものだ。売主は闇のディーラー。排ガス検査も何もなし。車両登録もなしだ。

ぶつけたほうの車は？

若い男が三人乗ってた。年は十九、二十。三人ともメキシコ系。生き残ったのは後ろに坐っていた一人だけだ。どうやら葉っぱを回し呑みしながら時速六十マイルほどで交差点に突っこんでピックアップと直角に衝突したらしい。助手席に乗ってた男は頭でフロントガラスを突き破って通りの向こうへ吹っ飛んで民家の玄関ポーチに落ちた。ちょうどその家の女が郵便受けに郵便物を入れに出ていたところでもう少しで激突するところだったようだ。女は部屋着姿で頭にカーラーを巻いたまま通りに飛び出してぎゃあぎゃあわめいた。まだちゃんと正気に戻ってないんじゃないかな。

拳銃を盗んだ少年はどう処分されたんだね？

釈放された。

そっちへ行ったら話が聞けるかな？

聞けると思うよ。今パソコンの画面で写真を見てるんだがね。

名前はなんというんだ？

デイヴィッド・デマーコ。

メキシコ系かね？

いや。ぶつけた車の三人はそうだが。この少年は違う。

話をしてくれるかな。

やってみなくちゃわからんな。

ともかく明日の朝行こう。

待ってるよ。

ケイトロンが少年に電話で連絡しておいてくれたがその少年がカフェに入ってきたときにはとくに不安がっている様子を見せなかった。仕切り席に滑りこみ片方の足をテーブルに載せて歯をチッチッと吸いながらベルを見た。

コーヒーを飲むかね？

ああ。もらうよ。

ベルは人差し指を立ててウェイトレスを呼び注文を告げた。それから少年を見た。

きみに訊きたいのは例のつぶれた車から出てきてどこかへ行ってしまった男のことなんだ。何か覚えてることはないかな。なんでもいいんだが。

少年は首を振った。ないよ。そう言って店内を見まわした。
怪我はどれくらいひどかった？
さあ。腕の骨が折れてたみたいだけど。
ほかには？
頭を切ってた。どの程度の怪我かはわかんない。とにかく歩くことは歩いたよ。
ベルは少年をじっと見つめた。年はどれくらいだった？
そんなのわかんないよ、保安官。血だらけだったしさ。
きみは三十代後半じゃないかと証言したと報告書にあったが。
うん。だいたいそんなとこだよ。
きみは誰と一緒にいた？
え？
誰と一緒にいたんだ？
誰とも一緒じゃなかったよ。
通報した近所の人は二人いたと証言しているが。
そいつはいい加減なやつなんだよ。
そうかね？　さっきその人と話したがまともな加減の人みたいだったぞ。

ウェイトレスがコーヒーを運んできた。デマーコ少年はマグカップの四分の一ほどまで砂糖を入れていつまでも掻きまぜていた。

その男は三ブロック離れたところで女の人を殺してそのすぐあとで事故にあったんだ。

うん。あんときは知らなかったけどね。

あの男が何人殺したか知ってるかね？

あのおっさんのことは何も知らないよ。

背はどれくらいだった？

そんなに高くなかったよ。中くらいかな。

ブーツを履いてたかね？

うん。履いてたと思う。

どんなブーツだね。

駝鳥革じゃなかったかな。

高いやつだな。

ああ。

どれくらいひどく血が出てた？

わかんないよ。とにかく血が出てたんだ。頭を切ってた。

その男はなんと言った？

なんにも言わないよ。

きみはその男になんと言った？

なんにも。だいじょうぶかいとは訊いたけど。

死ぬかもしれんと思ったのか？

全然わかんなかった。

ベルは後ろにもたれた。テーブルの塩入れを半分まわした。それからまたもとに戻した。

誰と一緒にいたのか教えてくれ。

誰もいなかったって。

ベルはじっと相手を見た。少年は歯を吸った。マグカップをとってコーヒーを一口飲みまたそれを置いた。

協力してくれる気がないようだな。

知ってることは全部話したよ。報告書を読んだんだろ。そこに書いてあるので全部なんだ。

ベルは少年を見つめた。それから腰をあげて帽子をかぶり店を出た。

翌朝ハイスクールへ出かけてデマーコの担任教師からいくつかの名前を聞き出した。最初に話した少年はどうやって自分を見つけたのかと訊いた。大柄な少年で坐って両手を組み合わせ自分のテニスシューズに視線を落とした。サイズは十四でそれぞれの爪先に紫色のマジックで右と左と書いてあった。

まだ話してないことがあるだろう。

少年は首を振った。

その男に脅されたのかね？

いや。

どんな男だった？　メキシコ系か？

さあ。色はちょっと黒めだったけど。

その男が怖いのか？

あんたが来るまでは怖くなかった。ねえ保安官、あれをとったのはまずかったよ。馬鹿なことをしたと思ってるよ。あれはディヴィッドがとろうと言ったんだなんてことは仮にほんとでもおれは言わないよ。おれはもう大きいんだから嫌なら嫌と言えるんだ。

ああきみは大きいな。

なんか変な感じだったよ。車ん中で人死んでるしさ。おれこのことでまずいことになるのかい？

例の男はほかになんと言った？

少年はランチルームの中を見まわした。ほとんど泣きそうになっていた。やり直せるんだったらやり直したいよ。ほんとだよ。

なんと言った。

おれがどんなやつだったか知らないことにしろって。それでデイヴィッドに百ドルくれたんだ。

百ドルか。

ああ。デイヴィッドはシャツをやったんだ。あいつはそのシャツを腕を吊るのに使った。

ベルはうなずいた。そうか。でそいつはどんな男だった。

背は中くらい。太ってても痩せてもない。引き締まった感じの体型だった。年は三十いくつってとこかな。髪は黒っぽかった。ダークブラウンだと思う。でも保安官、そいつはごく普通だったんだよ。

ごく普通か。

少年は自分の靴を見た。それから顔をあげてベルを見た。いや全然普通じゃなかった。変なところはなんにもなかったけど。でも逆らったら絶対やばいって感じ。あいつが何か言ったらちゃんと聞かなきゃだめだって感じだった。腕の皮の下で骨が飛び出てるのに全然なんとも思ってないみたいだった。

そうか。

おれまずいことになるの?

いや。

よかった。

何がどうなるかわからんもんだろう、ええ?

ほんとだね。なんか一つ勉強したっていうか。でも保安官の役に立ったのかな。

役に立ったよ。デマーコも勉強したと思うかね?

少年は首を振った。それはどうかな。あいつの代わりに返事はできないから。

11

モリーにあの男の身内のことを調べさせてようやく父親がサン・サバに住んでいることを突きとめた。おれは金曜日の夕方に出かけたが家を出るときまた馬鹿なことをしようとしているなと思ったのを覚えているがそれでもとにかく出かけたのだった。先方には前もって電話で連絡をしておいた。父親の口ぶりはぜひ会いたいでも会いたくないでもなかったが来てくれていいと言うので出かけたわけだった。町に着くとモーテルに泊まって翌朝車で自宅に出向いた。

奥さんは何年か前に亡くなったとのことだった。おれたちは玄関ポーチに坐ってアイスティーを飲んだがこちらが口を切らなかったら今でもそのまま黙って坐っているかもしれない。老人はおれより少し年上だった。たぶん十歳くらい上だ。おれは話そうと思ってきたことを話した。彼の息子のことだった。事実を全部話した。老人はうなずきながら聞いていた。ぶらんこ椅子に坐り手にしたグラスを膝につけて前後に小さく揺れていた。おれはほかに何を話せばいいかわからないので二人でかなり長いあいだ黙っていた。やがて老人がこちらに眼を向けず庭を眺めながらこう言った。あれはライフル射撃が誰よりもうまかった。文句なしに一番だった。おれは何を言っていいかわからなかった。そうですかとだけ答えた。

ヴェトナムでは狙撃手だったんだ。

そうでしたか、とおれは言った。

あれは麻薬の密売人じゃなかったんだろう？

ええ。違います。

老人はうなずいた。そういう育ち方をしなかったからな。

ええ。

あんたも戦争に行ったのかね？

行きました。ヨーロッパへ。

老人はうなずいた。ルウェリンは国に戻ってから帰ってこれなかった戦友の家を訪ねて歩いたんだ。でも何家族かでやめちまった。何を言っていいかわからんかったそうだ。あんたが死ねばよかったのにと思われてるのがわかったと言っていたよ。顔にそう書いてあったとね。自分のところの息子の代わりにというわけだ、わかるだろう。

ええ。わかります。

わしにもその気持ちはわかる。しかしそれはそれとして向こうへ行った兵隊たちはできれば忘れたいようなことをしてきたわけだ。わしらのときの戦争ではそんなことはなかった。あってもほんの少ししかなかった。ルウェリンはヒッピーを一人か二人ぶちのめしたことがあったよ。唾を吐かれてね。赤ん坊殺しと言われたんだ。戻ってきた兵隊の中には今でもうまくやっていけない者もいるそうだ。それは国が後ろから支えてくれなかったせいだと以前のわしは思った。だが今はそれよりひどいことだったのかもしれんと思ってる。国がばらばらだったんだ。今でもそうだがね。だからヒッピーのせいじゃなかった。向こうへ行った兵隊たちのせいでもなかった。十八、九の子供だったんだものなあ。

老人はこちらを向いておれを見た。そのとき老人が前よりずっと年をとってるように見えた。眼がうんと年寄りの眼だった。老人は言った。みんなはヴェトナムがこの国を屈服させたと言う。でもわしはそれを信じたことがない。この国はその前からおかしくなっていた。ヴェトナムはケーキのアイシングにすぎなかった。わしらにはあの国に与えられるものが何もなかったんだ。いっそライフルなしで人を送っていたらあんなひどいことにはならなかったかもしれん。あんなことで戦争はできんよ。神様の助けなしに戦争はできん。次の戦争のときは何が起こるかおれにはわからん。本当にわからんよ。

それでほぼ話は尽きた。おれは老人に時間をとってもらったことの礼を言った。翌日は最後のご奉公の日だから考えなければならないことがいろいろあった。田舎道を通って州間高速道路一〇号線に向かった。チェロキーで五〇一号線に乗る。頭の中を整理しようとしたが今度の事件はまだ生々しすぎた。自分がどういう人間かがちゃんと見えるまでには一生涯かかるがそれだけ時間をかけても間違えるかもしれない。だがおれはこのことで間違えたくないんだ。おれは自分がなぜ保安官になりたかったのかを考えてみた。何か責任のある仕事につきたいという気持ちはあった。その気持ちはうんと強かった。みんなにおれの言うことを聞いてもらいたかった。だが一方ではみんなを船に引き戻したいとも思った。おれが何か一生懸命やったことがあるとすればそれだ。これから来るものがどんな形をしているのかそんなことはどうでもいいがとにかくわれわれはみんなそれに対する準備ができていないと思う。これから来るものがなんであれそれがわれわれを養う力は小さいだろう。おれが話した老人たちに今後はテキサスのどの町にも緑色の髪をして鼻に骨を刺してわけのわからない言葉を話す連中が現われるだろうと話しても老人たちは全然信じなかったはずだ。でもそれはあんたがたの孫たちなんだと話したらどうだろう？　そういうのはみな聖書に言う徴(しるし)と不思議みたいなものだがどんな具合にそうなっていくのかは教えてくれない。その先どうなるのかも何も教えてくれないだろう。以前はこのおれにも多少は物事を正すことができるだろうと思っていたが今はもうそんな気がしない。自分がどう感じているのかもよくわからない。おれが話したあの老人たちと同じ気分だ。この気分はこれからもよくなりそうにない。おれはもう以前のようには信じていないことのために働くことを要求されている。以前と同じようには押し立てていけないものを信じるようにと。それが問題なんだ。おれは信念を持っていたときにすらそれに失敗した。そしてそれがあからさまな光に照らされるのを見た。何人もの人が、信念を捨てるのを。おれはそれを見直し自分自身を見直すことを強いられた。いいことか悪いことかはわからない。保安官を辞めると打ち明けたときロレッタは最初額面どおりに受け取らなかったがおれは本気だと言った。かりにまた立候補してもこの郡の人たちはおれに投票しないだけの分別を備えていたほうがいいと言った。みんなの税金から給料をもらうのが心苦しいんだと。ロレッタは本気じゃないだろうと言ったがおれは本気だと言った。おれたちにはこの仕事でできた六千ドルの借金があるんだがそれをどうしたらいいかはわからない。おれたちはしばらく黙って坐っていた。ロレッタがそんなに動揺するとは思わなかった。しばらくしておれは言った。ロレッタ、おれはもう続けられないんだ。するとロレッタは微笑んで言った。まだ勝ってるうちに降りようってわけね？　おれはいや違うただ辞めるだけだと答えた。おれは全然勝ってなんかいない。これからだって勝つことはないと。

あと一つだけ話したらもう黙ることにするよ。できれば話したくないんだが新聞に出てしまったからな。おれはオゾナへ行ってあそこの地区検事と話したんだが地区検事からはもしよかったら例のメキシコ人の担当弁護士に会わせるしあんたに法廷で証言させてもいいがしてやれるのはそれくらいだと言われた。要するに何もしてやるつもりはないということだ。それでもおれは弁護士に会って法廷で証言もしたがもちろんなんの役にも立たずあのメキシコ人は死刑判決を言い渡された。おれはハンツヴィルへ出かけて死刑囚と面会したがそのとき起きたことはこうだった。おれが面会室に入って椅子に坐るともちろん向こうは法廷でおれを見ていたから誰だか知っていてこう訊いてきたんだ。おれに何を持ってきてくれた？　おれが何も持ってこないと答えるとでもきっと何か持ってきてくれると思ったけどなと言った。お菓子か何かをな。あんたはおれに親切なんだと思ってたよ。おれが看守のほうを向くと看守は眼をそらした。おれは死刑囚を見た。メキシコ人で年は三十五から四十といったところだった。英語は達者だった。おれがその男におれはあんたに侮辱されにきたんじゃないあんたのためにできるだけのことをしたと言いにきたんだあんたがやったんじゃないと思ってるからこの結果は残念だと思ってると言うと男は後ろにそっくり返って笑ってからこう言った。世の中にゃあんたみたいな人もいるんだな。まだおむつをしてるんじゃないのか？　おれはあのくそ野郎の眉間に弾をぶちこんで髪の毛をつかんでまたやつの車に押しこんでから車に火をつけて丸焼きにしてやったんだよ。とまあこうだ。ああいう連中は人の考えを読むのがとびきりうまい。あの男の口を思いきり殴りつけてやっても看守は知らん顔したと思うね。そのこともあの男は知ってたよ。ちゃんと知っていた。

廊下に出ると別の面会室から郡の検事が出てきたが世間話をするくらいの顔見知りではあったからちょっと立ち話をした。おれはたった今起きたことを話しはしなかったがあの検事はおれがあの男を助けようとしたことを知ってたから事情は察したかもしれん。どうなんだろうな。あの死刑囚のことは何も訊かなかった。なんの用で来たのかとも訊かなかった。物を尋ねない人間には二通りある。尋ねるだけの頭がない馬鹿と尋ねる必要のない人間だ。おれがその検事をどちらと思ってるかはご想像に任せるよ。検事は書類鞄を持って廊下にじっと立っていた。まるで時間なら無限にあるとでもいうように。検事はロースクールを出たあとはしばらく刑事弁護士をやっていたと話した。おかげでしょっちゅう悩みを抱えこむことになったとね。毎日当然のように嘘をつかれるような生活をずっと続けていくのはごめんだと思ったそうだ。おれはその検事にあるとき弁護士から聞いた話ではロースクールでは真実か虚偽かなんてことは気にせずに法に従うことだけを考えればいいと教えるそうだがそんなものなのかなと話した。検事はちょっと考えてからうなずいてその弁護士の言うことにはだいたい賛成だと言った。法に従わなかったら真実だの虚偽だの言っても始まらないと。言いたいことはわかる気がする。だがそれでおれの考え方が変わるわけじゃない。それからおれは検事にマモンとは何者か知ってるかと訊いてみた。検事はマモン？　と訊き返した。

そう。マモン。

神と富（マモン）に同時に仕えることはできないというあれかね？（『マタイによる福音書』六：二四。マモンは悪霊に見立てられた富）

ああ。

いやあ、知ってるとは言えないな。聖書にあるのは知ってるがね。あれは悪魔かな？

それは知らない。調べてみるよ。ただ何者なのかは知っとくべきだという気がするんだ。

検事は穏やかな笑みを浮かべて言った。まるで今度そいつに部屋を貸すことになったみたいな言い方だね。

そんなはめになるかもしれん。とにかくどんな性質のやつなのか知っておく必要がある気がしてね。

検事はうなずいた。曖昧に笑っていた。それから一つ訊いてきた。こう言った。あんたがあの州警察官を殺して車ごと焼いたと思ってる謎の男のことだがね。その男についてあんたは何を知ってるんだい？

何も知らない。知っていればいいんだが。というかおれは知っていればいいのにと思ってるんだろうと思うんだ。

なるほど。

あれはまあ幽霊みたいなもんだ。

みたいなものなのか幽霊なのかどっちだね？

いやあの男は本当にいるよ。いないのならいいと思うが。本当にいるんだ。

検事はうなずいた。幽霊ならあんたも心配する必要がないんだがね。

おれはそのとおりだと言ったが、その後それについて考えてみて思ったのはあの検事の問いに対しては、この世界である種のものに出くわしたとき、あるいはある種のものがいるという証拠に出くわしたときにこれは自分では敵わないと気づくことがあるが実際あれはそういうものの一つだったんだと思うという返事をすべきだったということだ。あれは頭の中にいるだけではなく本当にいるんだと答えたとき結局のところ自分が何を言ったのかおれにはよくわからない。

ロレッタはあることを言った。あれはあなたのせいじゃなかったというようなことだがおれはおれのせいだと答えた。そしてそのことについても考えてみた。おれはロレッタにもし庭にとびきりの性悪犬がいたら誰も庭に近づかないはずだと言った。ところが近づいた連中がいたんだと。

家に戻ると妻はいなかったが車はあった。納屋を覗くと妻の馬がいなかった。母屋に戻りかけて足をとめもしかしたら途中で怪我をしたのかもしれないと思い馬具室へ行って壁にかけた鞍をとり通路へ持ち出して口笛を吹くと納屋の奥の馬房の扉の上に彼の馬が顔を出して両耳を鋏のように動かした。

二本の手綱を片手で握り空いた手で馬の身体を軽く叩きながら進んだ。進みながら馬に話しかけた。外は気持ちいいだろう。おまえうちのがどこへ行ったか知ってるかい？　いやいいんだ。知らなくたっていい。じきに見つかるさ。

四十分後に見つけて馬を停め妻を眺めた。妻は両手を鞍の前橋の上で組み合わせて赤砂の尾根を南に進みながら入り陽を眺め、馬はさらさらの赤砂の上を重い足取りでゆっくりと歩いて後ろには赤い砂埃がまだ空中に漂っていた。あれがおれの心だよ、と彼は馬に言った。今までもずっとそうだった。

二人は一緒に馬を進めてウォーナーズ・ウェルまで行き馬を降りてポプラの木の下に坐り二頭の馬には草を食わせた。野鳩が水飲み場のタンクに飛んできた。もう冬だな、とベルは言った。あれらもじきにいなくなるだろう。

ロレッタは微笑んだ。もう冬ね。

おまえ本当は嫌なんだろう。

ここを出ていくのが?

ここを出ていくのが。

あたしは別にいいの。

おれがそうしたがってるからだろう?

妻は微笑んだ。まあある程度の年になると生活を変えるというのはあまりいいものじゃないかもしれないわね。

おれたちは困ったことになるんだろうな。

だいじょうぶ。夕食のときあなたがいつもいるというのはいいものだと思うわ。

おれは今までだって家にいるのが好きだったよ。

父が退職したとき母がこう言ったのを覚えてるわ。健やかなる時も病める時もとは誓ったけどお昼ご飯をつくると誓った覚えはないって。

ベルはにやりと笑った。お義母さんは今はお義父さんが家にいてくれたらと思ってるんじゃないかな。

きっとそうね。あたしも父がいてくれたらと思うけど。

今のは言わないほうがよかったな。

あなたはなんにもまずいことを言ってないわ。

言っててもおまえは言ってないと言うだろうさ。

それがあたしの仕事だから。

ベルは笑みを浮かべた。おれが間違っててもそうは言わないのか？

ええ。

おれが言ってもらいたがってたら？

難しいわね。

くすんだ薔薇色の陽のもと砂漠に棲む小さなまだら模様の野鳩が一群れ飛んできた。本当に？

かなりね。絶対に無理とは言わないけど。

それはいい考えだと思うかい？

まあどっちにせよあたしの意見なんか聞かなくてもあなたは自分でちゃんと判断すると

思うわ。かりにあたしたちの考えが食い違うことになってもあたしはなんとか折り合いをつけるから。

おれには無理かもしれない。

ロレッタは微笑んでベルの手に手を重ねた。もうよして。こうやってただ坐ってるのが気持ちいいから。

そうだな奥さん。ほんとにそうだ。

12

おれが眼を醒ますとそれだけでロレッタも眼を醒ます。横になったままじっとしているとおれの名を呼ぶ。そこにいるのを確かめるように。ときには台所へ行ってロレッタにジンジャーエールを持ってきてやり一緒に真っ暗な寝室で坐っていることもある。おれもロレッタみたいにいろんなことを気軽に考えられたらと思う。おれが見てきた世界はおれを信心深い人間にはしなかった。ロレッタのような信心深い人間には。ロレッタもおれのことを心配している。それがわかる。おれは自分のほうが年上だし男でもあるから妻はおれからいろんなことを学べるだろうと思っていたし実際妻が学んだことも多かった。だがおれはどちらのほうが借りが多いか知っている。

おれたちがどこへ向かっているのかはわかるような気がする。みんな自分の金で買われていくんだ。問題は麻薬だけじゃない。誰も知らないような富が世の中でどんどん貯められていく。その金からどんなことが起きると思うかね？　国をいくつも買えるほどの金。

実際に買ってきた金。この国も買えるかって？　いやそうは思わんな。しかしその金のせいでみんな付き合うべきじゃない相手と一緒にベッドに入ることになるだろう。これは警察がだらしないという話ですらない。そうではないんじゃないかと思う。麻薬は昔からあったわけだから。しかし人はある日突然なんの理由もなしに麻薬をやりだすわけじゃない。大勢の人間がやりだすのには理由があるはずだ。その答えをおれは知らない。とくに元気が出るような答えは。ちょっと前に新聞記者から質問されたことがある――記者は若い女の子でいい子のように思えた。あの子はただ記者としての仕事を果たそうとしていただけだった。その子は言った。保安官どうしてこの郡でこんなひどい犯罪が起きるのを許してしまったんですか？　それはもっともな質問のように思えた。実際もっともな質問だったんだろう。ともかくおれはこう答えた。それは礼儀を忘れることから始まるんだよ。サーとかマームという言葉を聞かなくなったら終わりは近いな。それからこう言った。それはあらゆる層に起こってるんだ。こういう言葉は聞いたことあるだろう？　あらゆる層という言葉は？　商売の信義が地に堕ちてとうとう砂漠に乗り捨てられた車の中で人がごろごろ死ぬようなことが起きるともう遅すぎるんだ。

新聞記者はちょっと変な顔をした。そこで最後におれが言ったのは、まあ言わないほうがよかったのかもしれんが、麻薬ビジネスは麻薬使用者がいなくちゃ成り立たないということだった。麻薬使用者の中には身なりがよくて稼ぎのいい仕事についてる連中も多いとおれは言った。あんたにも何人かそういう知り合いがいるかもしれんなと。

もう一つ気になっているのは年寄り連中のことでおれはしょっちゅうそのことを考えてしまう。年寄り連中はいつもわからないという顔でおれを見る。昔はそんなことはなかったと思うんだ。五〇年代に保安官をやっていた頃には。今の年寄りを見るととまどっているどころじゃない。わけがわからなくて気が変になりそうだという顔をしている。それが気になるんだ。年寄り連中は朝眼が醒めたとき自分がどこにいるかわからなくなっているといった感じだ。ある意味本当にそうなんだろう。

今夜夕食をとっているときロレッタは『ヨハネ』を読んでいると言った。『ヨハネの黙示録』だ。おれがその時々のことを話すとロレッタはいつも聖書の中に何か見つけるので『黙示録』は今の世の中のありようについて何か言ってるかと訊いてみると探してみて何かあったら教えると言った。緑色の髪や鼻に刺した骨のことは出てないのかと訊くとそのとおりのことは書いてないと答えた。それがいい徴なのかどうかはわからない。それからロレッタはおれが坐っている椅子の後ろへ来ておれの首に両腕をまわすと耳を噛んだ。ロレッタはいまだに若い娘のようなところがあるんだ。ロレッタがいなかったら代わりに何が欲しいかおれにはわからない。いいやわかるな。やっぱり同じようにしまっておくのに箱のいらないものだ。

最後に郡庁舎を出たのは風の吹きすさぶ寒い日のことだった。女の人が泣いていると自然に抱擁してやれる男もいるが彼はそうではなかった。階段を降りて建物の裏口を出るとトラックに乗りこんでしばらくじっと坐っていた。今の気持ちは言葉にできなかった。それは悲しみだったがそれ以外のものもあった。このそれ以外のもののせいですぐに車を出す代わりにじっと坐っているのだった。こんな気持ちになったことは前にもあったがそれはずいぶん昔のことだと口にしたときその気持ちの正体がわかった。それは敗北感だった。打ちのめされた気分だった。それは彼にとって死よりもつらいものだった。これを乗り越えなくちゃいかん、と彼は一人ごちた。それからエンジンをかけた。

13

あの石造りの家の裏口を出ると横手の雑草が生えているところに石の水槽があった。屋根からトタンの樋がその上に降りていて水槽はいつもほぼ満杯だったがあるときそこで足をとめてしゃがんで中を覗きこんでその水槽のことを考えたのを覚えてるよ。その水槽がいつ頃からあるものかは知らない。百年前からか。二百年前からか。石には鑿(のみ)の痕がついていた。一つの大石から切り出したもので長さが六フィートほどあり幅は一フィート半ほどで深さもそれくらいあった。それが一つの石から切り出されたんだ。おれはそれを作った男のことを考えた。あの国はおれの知るかぎり平和なときが長く続いたことがなかった。あの国の歴史のことはその後少しばかり本で読んだことがあるが平和なときなどあったのかどうかよくわからない。だがその男は金槌と鑿を持ってここに坐り一万年ほどももつ石の水槽を切り出した。いったいなぜだ？　その男は何を信じてた？　それはどんなことも変わらないだろうということじゃなかった。あんたはそんなふうに思うかもしれない。だがその男はもっとよく物がわかっていたはずだ。おれはそのことをずいぶん考えてきた。あの家が吹き飛ばされておれがあそこを離れたあともそれについて考えた。あの水槽はまだあそこにあるだろうと思う。あれを動かすのに何か道具が必要なことは間違いない。とにかくおれはその男が毎日夕食のあと一時間だか二時間だかその辺は知らないが金槌と鑿を持って坐っていたことを考える。おれに思いつけるのはその男の心の中にはある種の約束があったということだけだ。おれは石の水槽なんぞ作るつもりはない。しかしそういう約束ができたらと思う。おれが一番欲しいものはたぶんそれだろう。

話は違うがおれが今まで自分の親父のことをほとんど話さなかったのはやっぱり親父に悪い気がするな。今のおれは親父が死んだ年より二十歳近く老けてるから今おれは年下の男のことを思い出してるわけだ。親父はまだ子供といっていい頃に博労(ばくろう)になってあちこち旅をした。最初の一、二回はカモにされて毟(むし)られたがだんだんに勉強していったと話してくれたことがあった。ある馬商人は親父の肩に腕をまわして親父の顔を見おろしながらこう言ったそうだ。なあ若いの、おれはおまえさんは馬なんか持ってないかもしれないと思いながらおまえさんと取引するんだ。つまり中にはほんとのことをはっきり言ってくれる人がいてそういう人の話は聞いたほうがいいってことだ。この話は今も忘れられない。おれの親父は馬をよく知っていて扱いが上手だった。野生馬を馴らすのを何べんか見たことがあるがそれはもう手慣れたもんだった。馬にものすごく優しいんだよ。いっぱい話しかけてね。おれのことは馴らそうなんて全然しなくて今思うとあれはありがたいことだった。世間の人もそう言うはずだがおれのほうが善い人間だったと思う。父親のことをそんなふうに言うのは聞こえがよくないし実際によくないことだが。誰かのことをそんなふうに思うのはつらいもんだ。まして相手が自分の父親ならな。親父は保安官になりたくてもなれなかったろう。たしか二年ほど大学へ行ったんだが卒業はしなかった。親父のことはあんまり思い出さないがそれも褒められた話じゃないのはわかってる。死んだあとで親父の夢を二回見た。最初のはよく覚えてないがなんでもどこかの町で親父と会ってお金をもらったのにたしかそれを失くしちまう夢だった。だが二回目のはまるで二人とも昔に戻ったみたいな夢でおれは馬に乗って山の中を進んでいた。山の中の細い道だ。寒くて地面には雪が積もっていたが馬に乗った親父はおれを追い越してどんどん先へ行くんだ。なんにも言わずにね。親父は毛布を身体に巻きつけ顔をうつむけて馬に乗っていて追い越していくとき昔の人がよくやったように牛の角の中に火を点したものを持っているのをおれは見たがその内側に点された明かりで角が見えたんだ。その角は月の色をしていた。そしてその夢の中でおれには親父が先に行ってどこかこの闇の中この寒さの中で焚き火をするつもりでいていつかおれがたどり着いたらそこに親父がいるはずだってことがわかった。そこで眼が醒めたんだ。

訳者あとがき

本書はアメリカの現代作家コーマック・マッカーシーの長篇第九作、*No Country for Old Men*（2005）の全訳である。この翻訳は、二〇〇七年八月に扶桑社ミステリーから『血と暴力の国』の題で刊行されたが、このたび訳文に手を入れ、邦題を『ノー・カントリー・フォー・オールド・メン』と改めて、ハヤカワepi文庫から新たにお届けすることになった。

邦題をこう変えた主な理由は、コーエン兄弟監督による映画化作品の邦題が『ノーカントリー』となったことだ。アメリカ本国で二〇〇七年十一月、日本で二〇〇八年三月に公開された『ノーカントリー』は、周知のとおり、大変なヒット作となった上に、アカデミー賞の八部門にノミネートされ、作品賞、監督賞、助演男優賞（ハビエル・バルデム）、脚色賞の四冠を達成する偉業をなしとげた。

マッカーシーはアメリカ純文学界を代表する大御所の一人であり、久しい以前からノーベル文学賞の有力候補と目されている作家だが、本作は深遠な純文学作品であると同時に本格的な犯罪小説(クライム・ノヴェル)——その中のノワール小説——でもあり、大衆小説的な面白さに満ちている。そのことは映画『ノーカントリー』にもあてはまり、ここに原作と映画の両方が、玄人好みでありつつ高い娯楽性を持つという奇跡が起きたのである。

時は一九八〇年、舞台はテキサス州南西部。ヴェトナム帰還兵で溶接工のルウェリン・モスは、砂漠で麻薬密売組織同士の取引がこじれた凄惨(せいさん)な殺戮現場に遭遇する。死体がごろごろ転がり、大量のヘロインと現金二百四十万ドルが残されていた。モスはその大金が入った鞄を持ち逃げするが、それを取り戻そうと、非情で異様な殺し屋シガーが追ってくる。実直な保安官ベルの懸命の捜査にもかかわらず、モスの必死の逃亡劇は死屍累々の惨劇を引き起こしていく。

初老の保安官エド・トム・ベルは、平和な田舎町が麻薬組織の凶悪犯罪に脅かされる現代の世情を嘆く。原題 *No Country for Old Men* は、直訳すれば「老人の住む国にあらず」。その「国」とはもちろん作中で「人に厳しい」国と言われているアメリカのことだ。出典はアイルランドの詩人・劇作家ウィリアム・バトラー・イェイツの詩「ビザンティウムへの船出」である。

今の紹介からは、本作は典型的なノワール小説と言える。しかしながら読み進むにつれて、奇妙な点がいろいろ出てきて、事件は意表をつく結末を迎え、そのあとに長めの対話と謎めいた夢の話が来る。これはどういうことなのか。以下では、ネタバレはしないつもりだが、訳者の解釈を提示するので、作品を未読の方はご注意いただきたい。

さてこの事件は発端から普通のノワール小説とは若干違う性質を帯びている。普通こういう犯罪小説では、欲にかられた罰として酷い目に遭うのだが、本作のモスは、金を盗んだあとさっさと遠くへ行ってしまえば逃げおおせた可能性が高かった。現金にはトランスポンダーが仕込んであるが、無制限に電波が届くわけではないからだ。ところが縁もゆかりもない瀕死の犯罪者に末期の水を飲ませてやりたくなり、現場に引き返して、シガーに身元を知られてしまう。モスは欲深さでなく、慈悲深さのせいで、地獄の逃避行を強いられるのだ。

マッカーシーの小説では、「世界」は善良な人間の望むようにはできていない。一寸先は闇であり、勧善懲悪や因果応報は機能しない。そしてある種の人間はほかの人間に対してどんな残酷なことでもする。

モスはそんな「世界」を甘く見たことで罰を受けたと言えそうなのである。博打で大勝ちしたらそこでやめるのが正解なのに、次も勝てると楽観して――というより大博打を打っている自覚を持たずに――危険な場所にうかうか戻っていく。モスは、言わばシガーとのコイン投げのゲームを自ら進んで二度もやってしまったというわけだ。

　ギリシア神話では、人間の身の程をわきまえない思いあがりを「ヒュブリス」と言い、神の怒りを実行する女神ネメシスから処罰されることになる。シガーはこのネメシスと言えるかもしれない。

　あるいは、死神とも考えられるか。英語ではdeath（死）をDeathと書くと「死神」の意味になる。「世界」では一寸先は闇であり、いつ不慮の死が訪れるかわからないのに、モスはその死を甘く見ている。それは、たとえば自分の死んだ母親に自分で挨拶するつもりだと縁起の悪い軽口を言うところにも表われている。おれは死もジョークにできるんだとマッチョぶっているだけではあるのだが。

　殺し屋のシガーという名前は、原語ではChigurhで、『血と暴力の国』では原書朗読CDに合わせて「シュガー」とした。しかしその後公開された映画では「シガー」（Chicagoのchiにsugarのgar）と発音していたし、綴りから素直に発音すればそうなるので、本書ではそちらに改めたことをお断わりしておきたい。シガーをわざとお砂糖野郎（シュガー・ガイ）と侮って呼ぶモスは、まさに死神を「甘く」見ているわけである。

　ついでに言うと、シガーが突然の交通事故に遭うくだりは、この「世界」は死神さえもが不慮の事故に遭う油断ならないところであるという一種の哲学的ジョークではないかと思うのだがどうだろう。

　マッカーシーはシガーに何か人間でない感じを与えることで、「老人の住む国にあらず」というのは実は特定の国や時代に限定されない「世界」そのもののことだとして、「世界の闇」を哲学的・神話的に浮かびあがらせてみせたと言えそうだ。コーエン兄弟はハビエル・バルデムにあの奇怪な髪型をさせるなど、シガーの死神らしさをみごとに視覚化している。

　ここで映画とこの原作小説との違いについて一つ書いておきたい。映画のベル保安官は、最初のほうで、祖父も父親も保安官だったと語る。しかし本作では、父親のことは最後の最後で初めて出てきて（この計算された唐突さが憎い）、保安官ではなく、世間のはみだし者のところがある博労（ばくろう）だったと説明される。この違いは大きいように思うのだ。

　ベル保安官は祖父を尊敬し模範としていたが、父親のことは、嫌いではないけれども、社会人としては駄目な人だとずっと思っていた。ところがシガーの事件で、この「世界」には善意や勇気や正義感が通用しないことがあると思い知らされたとき、自分の父親もそういう「世界」のままならなさに翻弄された人だったのではないか、そして自分も無力な点では同じではないかと気づき、父親との絆を初めて実感する、とそういうことなのではないかと思われるのだ。映画での改変は父親の説明に尺がとれないせいだろうが、あれだとなぜ父親だけが馬に乗って現われるのかわからないように思う。もちろん以上は訳者の個人的な考えである。

最後に細かい点を一つ。本作には一九八〇年には存在しなかった、ズボンのポケットに入る携帯電話が出てくる。意図的なアナクロニズムなのかどうかは不明だが、原文どおりに訳したことをお断りしておく。

本作の翌年二〇〇六年には、破滅した世界を旅する父親と幼い息子の物語、『ザ・ロード』（ハヤカワepi文庫）が出て、ピュリッツァー賞を受賞し、やはり映画化された。「世界」の不条理と残酷を極限の形で想像して、それでも生きていく意味があるのかを問う作品だ。それから二〇一三年に映画脚本『悪の法則』（早川書房）が刊行され、それがリドリー・スコット監督の映画『悪の法則』になった。これもノワール作品であり、本作と似た内容を持っている。

そして『ザ・ロード』から十六年を経た昨年二〇二二年十月、待望の新作長篇 *The Passenger* が刊行され、十二月にはそれと一体をなす小説 *Stella Maris* が出た。この二作に登場するのは、数学の天才である若い女性アリシアとその兄のボビーだが、マッカーシー作品で女性が主役になるのは珍しく、ほかには未訳の長篇第二作 *Outer Dark*（1968）

があるのみだ。

二人は第二次世界大戦中の原爆開発に参加した科学者を父親に持ち、その影を背負うかのような人生を歩む。アリシアは十二歳で統合失調症を発症して以来、奇怪な妄想に悩みつづける。ボビーはサルベージ・ダイバーとして働くうちに謎の飛行機墜落事故をめぐって追われる身となる。作中では量子論や数学をめぐる対話が交わされ、核兵器の脅威に象徴される科学の発達がもたらす危機のもと、人が生きることに価値はあるのかが突き詰められていく。

二つの小説は、ハードカバーの原書で合計約六百ページ。合わせて一作と見るならこれまでで最長の作品だ。新しい要素をふんだんに備えつつ、これまでの作品すべてと響き合う内容を持つ、マッカーシー文学の集大成とも言える大作である。邦訳が二冊で出るか、一冊で出るかは未定だが、今年中に早川書房からお届けできるはずだ。

二〇二三年二月

解説

作家
佐藤　究

すばらしいかぎりだ。

長らく邦訳を入手できない状況にあったコーマック・マッカーシーの傑作が文庫で復刊され、しかも黒原敏行氏による名訳はそのまま、さらにタイトルは原題どおりの『ノー・カントリー・フォー・オールド・メン』になった。扶桑社より刊行時の邦題『血と暴力の国』も悪いとは思わなかったが、やはりこの小説のタイトルは『ノー・カントリー・フォー・オールド・メン』でなくてはならない。それでこそ各章の冒頭に置かれたベル保安官のモノローグの効果が十二分に発揮され、絶望と温もりが混濁したような、重厚な小説的構造がより立体的に浮かび上がってくる。

復刊と原題どおりのタイトル。これだけでもすばらしいのに、解説の依頼が舞いこんでくるなんて、私は夢を見ているのだろうか？　そうなのだろう、これは夢だ。だとしたら、せめて醒めないうちに解説を終えなくては——

『ノー・カントリー・フォー・オールド・メン』と名づけられた作品は、この世に二つ存在する。一つは言うまでもなく本書であり、もう一つは本書を原作としてコーエン兄弟が撮った映画である。アカデミー賞で四冠に輝き、日本では『ノーカントリー』の邦題で知られるその映画を観たうえで、これからはじめて小説を読む、という方も多いだろう。かく言う私も、かつて〈映画↓小説〉の順番をたどって作家コーマック・マッカーシーを知り、作品の魅力に取り憑かれた一人だ。

一つの作品が二つの道、つまり小説と映画に分岐して、そのどちらも不滅の完成度を誇っている、といったケースはあまり思い浮かばない。映画が大ヒットしても、原作の小説はどちらかと言うとマニア向けだったり、逆に小説は世界中で愛読されているのに、小説に基づく映画は人々の記憶からひっそり消えていったりする場合は少なくない。

だが、何ごとにも例外はある。

小説と映画、双方が「記念碑的傑作」「金字塔」と評されるケースを、私は二つ挙げられる。アーサー・C・クラークが小説を、スタンリー・キューブリックが映画を手がけた『２００１年宇宙の旅』。そしてコーマック・マッカーシーが小説を書き、コーエン兄弟が映画を撮った『ノー・カントリー・フォー・オールド・メン』。

ちなみに映画ファンならすぐお気づきになったと思うが、コーエン兄弟の『ノーカントリー』冒頭の映像は、キューブリックの『2001年宇宙の旅』の導入部と、とてもよく似ている。似ているというより、そこには古代と現代の差異があるだけで、二人の映画監督は同じものを撮影したと見るべきだ。人間のいない広大な荒野。地平線。光と闇のコントラスト。本書の文中から引用すれば、「自分に従う土地を塩と灰できれいに磨くあの神は沈黙のうちに生きている」という印象を観客にもたらす、荒涼とした自然の風景である。人間の文明を翻弄する暴力性の根幹に迫ろうとすれば、自然という深淵を直視するほかない。

現代の私たちは、深淵を象徴する宇宙的な現象を知っている。それは光さえ逃れられない、強烈な重力場を持つ天体だ。そういう意味で、世界の深淵を直視するような本書は、犯罪小説の形をしたブラックホールなのである。

ところで、先ほど〈映画→小説〉の順番をたどったと記したように、コーエン兄弟の『ノーカントリー』を観るまで、私はコーマック・マッカーシーの名前すら知らなかった。マッカーシーの小説から受けた影響をいろんな取材で口にしている今となっては、じつに恥ずかしいかぎりだが。

映画の日本公開は二〇〇八年。私はその数年前に作家デビューし、しかし作品はまるで売れず、原稿依頼もなく、時給の安いアルバイトでどうにか生計を立て、映画を観る経済的余裕もなかった。それでも新宿歌舞伎町の近くに住んでいたので、映画館の外に掲げられた『ノーカントリー』のポスターは幾度も目にする機会があった。殺人者アントン・シガーを中心に、ルウェリン・モスとベル保安官が一列に並ぶ、忘れがたいあの構図だ。

当時の新宿歌舞伎町には〈ドイツ酒場 昇華堂〉という店があって、新作映画を観る予算のない私は、そこでささやかな夜食をとりながら、封切られている映画の感想を友人であるマスターに訊くのが常だった。ある夜、マスターが劇場でやっている『ノーカントリー』を観てきたと言うので、感想をたずねたところ、「面白いよ」という答えが返ってきた。さらにマスターの隣にいた奥さんによれば、いかにも私が好きそうな武器が出てくるという話だった。今にして思えば、あれは武器というより、シガーの愛用する仕事道具なのだが（もちろん本書にも登場する）、そんな会話を真夜中にしていたときには、いずれ私自身がシガーの道具に匹敵するアイテムを考案しようと苦心するはめになる――などとは考えてもみなかった。

マスターとの会話から十年たって、私は『テスカトリポカ』という小説を書くことになり、その作中で特殊な拷問道具を登場させた。それは確かに『ノーカントリー』のシガーの影響下で考案されたもので、『テスカトリポカ』のなかでは麻薬密売人のバルミロが用いている。道具の形状が似ているため、お読みいただければおわかりになるはずだ。

結局、私は映画をDVDで観るしかなかったが、とにかく傑作だった。シガーがモスを追跡するように、私はエンドロールを凝視して、そこではじめてコーマック・マッカーシーの名前を知った。それから『ノー・カントリー・フォー・オールド・メン』（当時は『血と暴力の国』）を読み、大きな衝撃を受け、「国境三部作」、『ブラッド・メリディアン』、『ザ・ロード』などを、いずれもむさぼるように読んだ。解説の役目から逸れてしまうが、原稿の依頼すら来ない、出版社の不良在庫的な作家だった私は、それらの作品群に触発されて、自分の創作の姿勢を再考することができた。何が足りないのか。書くことの本質とは。振り返ってみれば、コーエン兄弟の映画を観たのは、私にとって本書で象徴的に描かれるコイントスのような運命の分かれ道だったのかもしれない。

　どのページを開いてもおわかりのように、コーマック・マッカーシーは会話にカギ括弧を使わず、地の文に読点をほとんど打たない。だからといって、書き手の感情にまかせた饒舌（じょうぜつ）に陥ることはなく、行為と事物が淡々と描かれる。神なき時代の叙事詩的文体とも呼べる。

　言うまでもないが、たんに文章からカギ括弧や読点を排除するだけでは、マッカーシーのような文体にはならない。それは事実への冷徹な観察眼から生まれたもので、別に奇をてらって案出された文体ではない。もともと私たちの意識の〈流れ〉のなかに、カギ括弧や読点は存在していないのだ。携帯電話で誰かと話しながら鍋でパスタを茹でて昨日の職場での失敗を悔やみ明日の出勤時間を考えつつ足下を歩きすぎる猫に目をやり突然外で鳴らされたクラクションの音にびっくりする——というふうに、じっさいの意識においては、現在と過去と未来、行為と事物が継ぎ目なし（シームレス）に連続して展開されている。マッカーシーの文体はこうした意識、心理的事実の観察から生みだされているようにも思えるが、それを犯罪小説に適用することが驚きだ。そして他作品と同様に、人物の心理描写は徹底して差し引かれる。

　マッカーシーは饒舌を拒否する。この世は謎めいた沈黙に支えられている——そんな信念こそが、彼の磨き上げられた文体に宿る眼差しではないだろうか。読めば読むほど、私たちは世界の沈黙の深さを思い知らされる。砂漠に一人で取り残された経験があれば、このような文体が魂の奥底から生まれてくるのかもしれない。遭難した自分自身に言い聞かせるような言葉。遭難までしなくても、疲れてもう一歩も進めないと思ったことは誰しもあるはずだ。そんなとき人はこう考える。まず右足を前に出し、つぎに左足を前に出して、と。マッカーシーの文体には、いつもそうした危機が感じられる。現に本書にはこんな文章がある。「よしいいぞ、とモスは言った。そのまま足を片一方ずつ前に出していくんだ」

そろそろ紙幅が尽きるので、最後に書くべきことを書いておこう。『ノー・カントリー・フォー・オールド・メン』という物語の幕が閉じたあとに、私はアントン・シガーの行為と言葉について、あらためて考えることになった。特にシガーの口にした〈約束〉という言葉の意味について。その謎解きは、マッカーシーがインタビューで「純粋悪」と呼んだシガーの存在自体を考えることにつながる。現時点で私が思うのは、たとえばウランやプルトニウムといった放射性元素に人格と肉体を与えたなら、それはシガーのような人間として出現するのではないか、ということである。ウラン238の半減期四十五億年や、プルトニウム239の半減期二万四千年といった数字は、私たち個々の人生にとって、ほとんど意味を持たない。なぜならその時間はあまりに長く、永遠に等しいからだ。そこにシガーの持ちだす常軌を逸した〈約束〉の実効性が暗示されている気がする。一度ふたを開けてしまえば、もう後戻りのできないパンドラの箱。本書をお読みになった皆さんは、はたしてシガーの存在をどのように感じられただろうか。コインは投げられた。あとは皆さんの選択しだいである。

二〇二三年二月

本書は、二〇〇七年八月に扶桑社より刊行された『血と暴力の国』を改題、改訂の上、再文庫化したものです。

ハヤカワ epi 文庫は、すぐれた文芸の発信源（epicentre）です。

訳者略歴　1957年生，東京大学法学部卒，英米文学翻訳家　訳書『すべての美しい馬』『越境』『平原の町』『ザ・ロード』『ブラッド・メリディアン』マッカーシー，『蠅の王〔新訳版〕』ゴールディング，『シャギー・ベイン』スチュアート（以上早川書房刊）他多数

ノー・カントリー・フォー・オールド・メン

〈epi 108〉

二〇二三年三月二十五日　発行
二〇二四年三月　十五　日　二刷

（定価はカバーに表示してあります）

著　者　コーマック・マッカーシー
訳　者　黒原敏行
発行者　早川　浩
発行所　株式会社　早川書房

郵便番号　一〇一 - 〇〇四六
東京都千代田区神田多町二ノ二
電話　〇三 - 三二五二 - 三一一一
振替　〇〇一六〇 - 三 - 四七七九九
https://www.hayakawa-online.co.jp

乱丁・落丁本は小社制作部宛お送り下さい。
送料小社負担にてお取りかえいたします。

印刷・三松堂株式会社　製本・株式会社明光社
Printed and bound in Japan
ISBN978-4-15-120108-0 C0197

本書は活字が大きく読みやすい〈トールサイズ〉です。